오월의 청춘

이 강 대본집

1

이강 대본집

오월의 청춘 1

1판 1쇄 발행 2021. 6. 25.
1판 4쇄 발행 2023. 10. 23.

지은이 이강

발행인 고세규
편집 김민경 디자인 이경희 마케팅 김새로미 홍보 박은경
발행처 김영사
등록 1979년 5월 17일(제406-2003-036호)
주소 경기도 파주시 문발로 197(문발동) 우편번호 10881
전화 마케팅부 031)955-3100, 편집부 031)955-3200 | 팩스 031)955-3111

값은 뒤표지에 있습니다.
ISBN 978-89-349-8881-6 04810
      978-89-349-8880-9 (세트)

홈페이지 www.gimmyoung.com   블로그 blog.naver.com/gybook
인스타그램 instagram.com/gimmyoung   이메일 bestbook@gimmyoung.com

좋은 독자가 좋은 책을 만듭니다.
김영사는 독자 여러분의 의견에 항상 귀 기울이고 있습니다.

오월의 청춘 1

이강 대본집

김영사

처음 5·18이 제 가슴을 파고든 순간을 기억합니다.

'당신 원통함을 내가 아오. 힘내소, 쓰러지지 마시오.'

5·18 엄마들이 4·16 엄마들에게 보낸 한 현수막의 메시지였습니다. 바위 같은 슬픔을 가슴에 품고도 거센 밀물에 가라앉지 않고 긴긴 세월을 헤엄쳐온 이들이 당신의 슬픔을 안다고 내미는 손길. 사랑하는 사람을 잃고 슬픔에 잠긴 이들에게 당신의 슬픔을 안다고 깊이 공감하고 함께 슬퍼하는 그 마음이 참 아름답고 진정 어린 위로의 방식이라 느껴졌습니다. 짧은 순간이나마 타인의 삶을 경험하게 해주는 드라마로써 더 많은 이들이 당신의 슬픔을 안다고, 광주에 따뜻한 위로를 건네길 바라는 소망으로 드라마 〈오월의 청춘〉을 기획하게 되었습니다.

처음 자료 조사를 하다 눈물을 흘렸던 순간을 기억합니다. 작품의 구체적인 방향을 정하기 전, 자료 조사를 하러 도서관을 찾았다가 5·18 묘지의 비문들을 모아놓은 책 한 권을 뽑아 들게 되었습니다. 한 글자 한 글자 슬픔과 설움으로 새겨놓은 글귀들을 읽는 내내 그 비문들이 꼭 떠난 이에게 보내는 편지처럼 느껴졌습니다. 그러다가 문득 그런 생각이 들더군요. '아, 내가 읽고 있는 이 모든 것은 남겨진 이들의 기록이구나. 비문이며 증언, 실종자 가족의 수기, 사망과 부상에 대한 숫자들까지도 남은 이들이 떠난 이를 기억하기 위해 눈물로 적어 내려간 기록이구나.' 묻힌 사람을 향한 글 같지만, 사실 남은 이들이 읽고 위로받는 '비문'처럼 '남은 이들을 위한 이야기'를 써야겠다고 방향을 잡아나갔습니다.

처음 대본 작업을 하다가 울었던 순간을 기억합니다. 4화 초고 작업을 마치고 난 후, 이렇게나 힘들게 마음을 연 희태를 내가 또 외롭게 만들겠구나 싶어 미안함과 먹먹함에 가슴이 아렸습니다. 작업 내내 참 많이도 울었던 것 같습니다. 이리도 힘들고 외로웠던 아이들인데 그냥 행복하게 살면 안 될까. 이 애틋한 아이들을 꼭 내 손으로 지옥으로 내몰아야 하는 걸까…

괴로운 마음에 수백 번씩 마음이 약해지다가도 내가 만드는 이야기 바깥에, 현실에서 지옥을 사는 이들이 있다고 남은 이들을 위한 이야기를 쓰겠다던 초심을 잃어선 안 된다고 마음을 다잡으며 겨우겨우 이야기의 마침표를 찍었습니다.

그 오월에 사라져, 사랑하는 이들의 곁으로 돌아오지 못한 이들이 정부 공식 인정만 수십, 비공식적으로는 수백 명에 이릅니다. 이 순간에도 '밀물의 삶'을 헤엄쳐나가는 수천, 수만의 희태에게 사랑과 진심을 담아서 명희의 기도를 보냅니다. 사랑하는 이를 잃은 슬픔에 당신의 삶이 잠기지 않기를. 혼자 되어 흘린 눈물이 목 밑까지 차올라도, 거기에 가라앉지 않고 계속해서 삶을 헤엄쳐 나아갈 힘과 용기가 함께하기를…

　마지막으로 이 자리를 빌려 감사 인사를 전하고자 합니다. 평생 숙원이었다는 '오월 이야기'를 제게 믿고 제안해주신 이건준 센터장님, 제가 숲에서 헤맬 때마다 나침반이 되어주신 든든한 파트너 감독왕 송민엽님, 히말라야처럼 모진 악조건 속에서도 작품을 위해주신 셰르파 이대경 감독님, 제 스케치에 아름다운 색깔을 입혀 인물을 완성해준 도현, 민시, 새록, 상이 씨를 비롯하여 역할의 크고 작음에 상관없이 진심과 열정으로 임해주신 모든 배우분들, 오월 밤의 풀벌레처럼 부족한 대본을 아름답게 완성시켜주신 스태프분들, 인물의 나이, 성격까지 고려해 섬세히 사투리를 감수해주신 김보정, 정욱진 배우님, 못난 동생의 SOS에 본업도 뒤로하고 달려와, 넋 나간 프로도 곁을 지켜준 샘처럼 '오월의 산' 등정을 끝까지 함께해준 보조작가이자 나의 뮤즈 김지혜 배우님, 작은 파도에도 출렁이는 통통배처럼 늘 불안 속에서 살던 나에게 더 큰 바다를 항해할 힘과 용기를 주는 나의 항구, 사랑하는 용화. 이 외에도 작품을 위해 도움을 주신 수많은 분들과 함께 울고 웃으며 〈오월의 청춘〉에 따뜻한 '답장'을 보내주신 시청자 여러분께 마음을 다해 감사드립니다.

2021년 5월에,
작가 이강 드림.

차례

○ 이 책은 작가의 드라마 대본 집필 형식을 최대한 따랐습니다.

○ 드라마 대사는 글말이 아닌 입말임을 감안하여, 한글맞춤법과 다른 부분
　이라 해도 그 표현을 살렸습니다.

○ 이 책은 작가의 최종 대본으로, 방송되지 않은 부분이 포함되어 있습니다.

○ 이 드라마는 김해원 작가의 《오월의 달리기》(푸른숲주니어, 2013)를 원작
　으로 하였습니다.

통곡과 낭자한 피, 함성과 매운 연기로 가득했던 80년 오월의 광주.

그 소용돌이 한가운데에 휘말리게 된 두 남녀가 있다.

그 오월이, 여느 때처럼 그저 볕 좋은 오월이었더라면

평범하게 사랑하며 살아갔을 사람들의 이야기.

비록 장엄하거나 영웅적이진 않아도,

그곳에서 울고, 웃고, 사랑했던 평범한 이들의 이야기로

매년 돌아오는 오월이 사무치게 아픈 이들에게는 작은 위로를,

이 순간 각자의 오월을 겪어내는 이들에게는

그 오월의 불씨를 전하고 싶다.

● **황희태** / 黃喜太, 1955년 6월 23일생

자신을 예단하는 모든 것을 거부하는 선천적 청개구리.

희태의 인생을 한마디로 표현하자면 '편견과의 전쟁'이다. 미혼모의 아들에 대한 편견들을 깨부수기 위해 매년 반장과 전교 1등을 도맡아 서울대 의대에 수석으로 입학했고, 광주에서 올라온 자신에게 '머리 좋은 촌놈'이라 동기들이 떠들자 굳이 필요하지도 않은 최신 승용차를 뽑아버렸다. 대학생이라면 당연히 화염병을 들어야 한다는 통념도, 의대생이라 틀어박혀 공부만 할 것이라는 고정관념도 지긋지긋해 통기타 하나 메고 허구한 날 대학로 음악다방을 드나들면서도 날라리 의대생 성적은 안 봐도 뻔하다는 색안경은 또 싫어서 남 안 보는데선 피 터지게 공부해 과탑을 유지해왔다.

그렇다고 오기와 독기만 바짝 오른 성격은 아니다. 오히려 유들유들, 능글능글, 예측 불가한 특유의 뻔뻔함으로 상대가 당황하는 모습을 보며 즐기는 능구렁이에 가깝다. 어쩌면 그것이 희태가 생존하는 방법이었다. 밤무대 가수인 어머니에게 주정 부리는 취객한테 달려들고 싶어도, 담배 심부름을 하며 그 취객

에게 용돈을 받는 아이였다. 강하면 부러지는 법이고, 희태 같은 경우 부러지면 끝이었으니까.

조금, 어쩌면 많이 부족한 살림이기는 했지만 어머니와 보낸 유년 시절이 희태에게 생채기로 남진 않았다. 월세 내야 한다는 아들의 말에 그저 '아 맞다' 하고 웃는 철없음이나, 기껏 공부해 전교 1등 성적표를 내미는 아들에게 '너무 고생하지 말고 나중에 가수나 하라'던 천진난만함이 희태를 또래보다 조금 더 일찍 철들게 하긴 했지만… 기본적으로 어머니는 '강하고 웃긴' 사람이었고, 희태도 그를 닮아 기본적으로 올곧고 따뜻하게 자랐다.

오히려 모자간의 갈등이 시작된 건 어머니가 아프면서부터였다. 평생을 자신과 어머니를 버린 아버지를 원망하며 자란 희태는 어머니의 치료비를 간청하러 얼굴도 모르는 기남을 찾아갔고, 그날 희태는 난생처음으로 어머니의 낯선 얼굴을 봤다. 울고, 싸우고, 간청하고, 불같이 화도 내보았지만 끝끝내 어머니는 기남의 도움을 거부하다 허무하게 세상을 떠났고, 희태는 어머니 장례비를 핑계로 기남을 찾았다. 무슨 의도로 자신을 찾아왔느냐는 기남의 냉정한 물음에 동물적으로 상대방이 원하는 바를 알아챌 줄 아는 희태는 "복수심이 장례비를 내주진 않잖아요"라고 답했다. 그 당돌한 대답이 기남을 만족시켰고, 그길로 그 집으로 들어가 착실히 서자(庶子) 포지션에 적응해나갔다. 군식구라고 기죽지 않고 일부러 밥 한 그릇 더 달라며 뻔뻔하게 굴었다.

어머니의 피를 이어받아 음악에 재능이 있었던 희태는 대학에 와서 사귄 유일한 단짝 친구인 경수와 2인조 그룹을 결성한다. 데모와는 담쌓고 지내던 희태와 달리, 학생운동에 열성적이었던 경수는 종종 병원에 갈 수 없는 수배 학생들을 의대생 희태에게 데려와 자취방을 '불법 진료소'로 만들곤 했다. 그러던 어느 날, 수배 중이던 경수가 중상을 입은 석철을 업고 찾아오지만 여공 석철의 상태는 의대생 희태가 처치하기에 역부족이었고, 외부에 도움을 청하러 간 경수도 체포되어 강제입대를 당하게 된다. 그 사건으로 말미암아 생긴 죄책감과 트라우마로 인턴 수련을 앞둔 시점에 졸업 유예를 선택한 희태는 빚 갚는 사람처럼 가지고 있는 모든 것을 하나씩 팔아 석철의 생명을 유지하기 위해 필사적으로 병원비를 댄다. 그러다 잠시 의식을 찾은 석철의 '집에 가고 싶다'라는 한마디에 곧바로 석철의 고향이자, 자신의 고향이기도 한 광주로 향한다.

석철을 광주병원으로 이송시키기 위해 몰래 광주에 간 희태는 아버지 기남에게 결국 덜미를 잡혀 집으로 끌려오게 되고, 기남에게 '시키는 건 뭐든 할 테니 돈을 달라'는 승부수를 날려 이송에 드는 비용을 얻게 되지만, 대신 맞선에 끌려나가게 된다. 아버지가 사준 맞선용 양복을 입고 심드렁하게 나서던 희태는 미처 알지 못했다. 평생 '경계'로 살아남은 자신이 한 여자 앞에서 무장해제되리란 것을… 그 여자와 인생에서 가장 찬란한 5월을 보내게 되리란 것을.

● 김명희 / 金明喜, 1955년 11월 1일생

광주 평화병원 응급실에 근무하는 3년 차 간호사.

우는 환자를 상냥하게 달래는 건 못해도, 다섯 살배기도 울지 않게 단번에 혈관을 잡아낸다. '백의의 천사'보다는 '백의의 전사'에 가깝다. 누군가의 아련한 첫사랑일 것만 같은 말간 외모와는 달리 관계에 엄격한 거리와 선이 있어, 절대 쉽게 곁을 내주지 않아 동료들에겐 악바리, 독종, 돌명희 등으로 불린다.

명희도 처음부터 '돌'처럼 차가운 사람은 아니었다. '그 사건' 전까지는 오히려 불처럼 뜨겁게 주변을 덥혀주는 사람이었다. 고교 시절, 존경하는 조 신부가 구국선언을 하다 구속을 당하게 되자 함께 만든 대자보를 붙이고 유인물을 학교에 배포한 여고생 수련과 명희는 학생운동 주동 혐의로 보안대로 동시에 잡혀들어가게 된다. 모든 혐의가 명희의 단독 계획으로 사건이 종결되는 부조리한 상황에서 아버지 현철의 강요로 다니던 학교에 자퇴서를 내고 '죽은 듯' 살겠단 각서를 쓰고나서야 풀려날 수 있었다.

가장 존경하고 믿어온 아버지에게 깊은 배신감을 느낀 명희는 그길로 고향집을 나와, 신부님과 야학의 도움으로 검정고시를 보고 간호학교에 진학해 간호사가 되었다. 아버지와는 연을 끊다시피 해, 고향 나주에는 발도 들이지 않았지만, 이제 막 열두 살이 된 늦둥이 동생 명수가 마음에 밟혀 얼마 되지 않는 간호사 봉급을 쪼개고 쪼개 꾸준히 어머니 편에 부쳤다.

지난날을 잊기 위해 더욱더 바쁘고 악착같이 살아온 명희가 그나마 하루하루를 버텨낼 수 있었던 건 유학의 꿈 덕분이었다. 그러던 어느 날 허황된 꿈만 같았던 유학의 기회가 명희 앞에 찾아오지만, 장학 혜택을 받기 위해선 한 달 안에 비행기 푯값을 구해야만 했다. 자유롭게 해외여행도 할 수 없었던 시대에 유럽행 비행기 표는 간호사 봉급 몇 푼으론 절대 한 달 안에 마련할 수 없었기에 고민에 빠진다. 그러던 차에 단짝 친구 수련이 본인 대신 '끔찍한' 맞선에 세 번만 자리해주면 그 대가로 독일행 비행기 표를 구해주겠다는 제안을 해온다. 고민 끝에 이를 수락한 명희는 오로지 '퇴짜'가 목적인 맞선에 나가게 된다.

수련의 구두를 신고 삐그덕 맞선 장소로 향하던 명희는 미처 알지 못했다. 평생 마음을 억누르고 욕망을 유예하던 삶을 살아온 자신이 한 남자 때문에 난생처음 용기를 내게 될 거라는 것을… 그 남자와 인생에서 가장 찬란한 5월을 보내게 될 것이란 것을.

● 이수련 / 李秀蓮, 1955년 8월 31일생

전남대학교에 재학 중인 '법학과 잔 다르크'

대대로 광주지역을 주름잡고 있는 유지 집안의 외동딸로, 사업체와 공장을 운영하시는 아버지 밑에서 유복하게 자랐다. 마음 깊숙한 곳에 풍족한 집안에서 편히 자랐다는 부끄러움이 있어, 어릴 적 아버지 차로 등교할 때면 보는 눈 없는 곳에 세워달라고 하곤 했다. 그런 수련을 보고 누군가는 말한다. 수련이라는 그 이름처럼, 더러운 자본가 집안에 핀 '연꽃' 같다고. 혹은 자본가 아버지 품에서 노동자의 권리를 부르짖는 위선자라고. 수련 역시 자신 안에서 부딪히는 양면성에 혼란스러울 때가 많지만, 노동자를 착취하는 현실에 분노하며 노동운동과 민주화운동에 더욱 앞장선다.

그런 수련을 아무런 비난 없이 바라봐주는 유일한 존재가 바로 명희다. 고등학교 때 만나 벌써 10년을 바라보는 오래된 친구 사이로, 동갑이지만 자신보다 어른스러운 명희를 '쌍둥이 언니'라고 소개할 정도로 수련은 친자매처럼 명희를 마음 깊이 의지하고 있다. 번갈아 1, 2등을 다투며 선의의 경쟁을 벌이던 고교 시절, 교내 학생운동을 주도한 일로 두 사람은 완전히 다른 인생을 걷게 된다. 무슨 이유에선지 모든 혐의를 뒤집어쓴 명희는 고교 자퇴 후 간호사가 됐고, 아무런 처벌을 받지 않은 수련은 '법학과 잔 다르크'가 됐다. 이후 두 사람은 금기어라도 되는 듯 그 사건을 서로 언급하지 않고 수련은 우리 사이에 달라진 게 없다는 듯 부러 더 편안하게, 명희는 혹여나 수련이 죄책감을 느낄까 더 맞춰주면서, 터놓지 못한 묵은 감정들을 지뢰처럼 묻어두고 우정을 이어나갔다.

유치장에 갇힐 만한 '망나니짓'을 한 번 할 때마다 처벌처럼 맞선을 봤다. 맞선에 나갈 때면, 명희에게 '보석금 내러 간다'라며 너스레를 떨곤 했다. 그러다 딱 한 번, 정말 나가기 싫은 맞선 자리에 명희를 대신 내보냈다. 정권의 개 노릇을 하는 집안과 엮이기 싫었던 게 가장 큰 이유였지만, 한편으로는 명희의 자존심을 최대한 다치게 하지 않으면서 독일행 비행기 푯값을 마련해주고 싶어 떠올린 묘책이었다.

대신 맞선에 나가는 명희에게 '부적'을 둘러주던 수련은 미처 알지 못했다. 이 장난스러운 맞선이 나비효과처럼 커다란 파문을 가져오게 될 거란 것을… 평생 가족과 신념 사이에 갈등하던 자신이 선택을 내리게 될 거란 것을.

● 이수찬 / 李秀澯, 1952년 3월 12일생

수련의 세 살 터울 친오빠.

아버지의 회사를 함께 운영하고 있다. 프랑스 대학에서 경영학을 전공해, 실질적으로 가업을 물려받을 후계자다. 무역만이 살길이라고 온 나라가 부르짖던

당시 사회 분위기와 유학 경험에 힘입어 고향 광주에서 제약회사를 차리려는 '산업역군'이다. 훤칠한 외모와 점잖은 성격으로 뚜쟁이들의 러브콜이 끊임없이 밀려오지만, 결혼만큼은 비즈니스처럼 해치우기 싫단 신념으로 몇 년째 싱글 상태를 유지 중이다. 옛 세대의 전형적인 '남자다운 남성상'으로, 가족에 헌신하고 책임감 있는 스타일.

명희와는 수련의 고교 시절 동생의 친구로 처음 만났다. 매일 광주로 통학하며 열심히 공부하는 모습이 그저 기특하기만 했는데 몇 년 후 다시 만난 명희는 어엿한 숙녀가 되어있었다. 고학으로 간호사가 되어 아등바등 어려운 집안 살림까지 도우면서도 꿋꿋이 유학의 꿈을 품고서 삶을 헤쳐 나아가고, 유학 생활을 물으며 호기심으로 반짝이던 명희의 눈빛에 서서히 매료되기 시작한 수찬은, 언제부터인가 거친 풍파에서 명희를 안락하게 지켜주고 싶단 마음을 몰래 품는다.

사업가답게 매사에 수완이 좋고 융통성이 있는 편이라, 바위에 돌진하는 달걀처럼 무모하게 구는 수련을 이해할 수 없었다. 유학 생활을 하며 약소국 출신이라 온갖 수모를 당했던 수찬이었기에 그에게 민주주의보다 더 간절한 것은 바로 '힘 있는 나라'였다. "굶어 죽는 사람이 투표하러 갈 힘은 있겠냐? 일단 밥은 묵고 살아야제." 나라가 부유해지면 민주주의는 자연스레 따라올 것이라 수찬은 믿고 있었다. 그러다 5월 중순, 믿기 힘든 일이 그의 고향 한복판에서 벌어지며 자신이 믿어왔던 세상이 며칠 만에 무너지는 경험을 하게 된다.

● 김경수 / 金炅秀, 1955년 7월 1일생

공수부대 이등병. 광주에 투입된 계엄군이자 희태의 대학 친구.
서울대 국어교육과에 재학 중 체포되어 강제입대를 당했다. 버려진 동물 하나, 길가에 핀 꽃 하나 함부로 대하지 못하는 선한 성품. 늘 궂은 일을 떠맡고 손해 보고 사는 성격 때문에 희태가 악역을 자처해 경수를 챙기고, 옆에서 잔소리해

댔다. 희태와는 대학 동아리인 '시상연구회'에서 만났다. 희태는 자신의 곡에 가사를 붙여줄 만한 사람을 찾으러, 어릴 적 꿈이 시인이던 경수가 시를 쓰고 싶어 가입한 그곳은 '사상연구회'에서 점 하나만 뺀 거라는 우스갯소리가 있을 정도로 문학보다는 학생운동에 더 치중된 동아리였다. 우리끼리는 정말로 '시상'을 연구하자는 희태의 제안으로 하루 이틀 따로 만나다가 정이 들어 듀오까지 결성한다.

'시상연구회'에서 늘 환영받지 못하는 존재였던 희태와 달리 '사상'에도 열심이라 학생운동에 앞장서 환영받는 존재였던 경수는 작사에 영 꽝인 희태 대신에 가사를 써 붙이다가, 가끔 몰래 민중가요 가사를 붙여 희태 몰래 배포하기도 했다. 교사의 꿈을 살려 열정적으로 야학 활동을 하던 경수는 여공들의 노동운동을 부추겼다는 이유로 모진 문초를 겪는다. 그 과정에서 의도치 않게 희태에게 지울 수 없는 상처를 남기고 강제로 군대에 입대하게 된 경수는 '고문관' 취급을 받으며 선임들의 괴롭힘과 강도 높은 충성훈련 속에 하루하루를 견디고 있다.

● **장석철** / 張石鐵, 1957년 12월 11일생

YA 방직 공장의 노동자이자 경수의 야학 학생.

1남 3녀 중 장녀로 중학교를 졸업하자마자 서울로 상경해 돈을 벌었다. 잠 못 자고 다쳐가며 번 돈은 대학생인 남동생을 위해 쓰였다. 그렇게 잠 깨는 약을 들이붓던 여공 생활 5년 차, 고교 검정고시 공부를 무료로 가르쳐준다는 공장 친구의 말에 한 달에 하루 쉬는 날 나들이하듯 나갔던 야학에서 자분자분 시를 읊던 대학생 교사 경수에게 마음을 뺏겨 개근 학생이 되었다. 짓궂은 작업 멘트로 경수의 얼굴 붉히는 재미에 나가기 시작한 야학에서 석철은 비로소 자신을 둘러싼 세상의 부조리에 대해 눈뜨기 시작했고, 다른 동료들을 설득해 노조를 설립하고 대대적인 파업농성을 이끈다. 어느새 사회면을 장식할 정도로 커져

버린 파업의 선봉에 선 석철은 잔혹한 진압 과정 중 크게 다쳐 의식을 잃게 된다. 수배자 신분이던 경수가 그런 석철을 업고 희태에게 향했고, 늦은 처치로 인한 후유증으로 코마 상태에 빠진 석철은 그동안 밀린 잠을 몰아 자기라도 하듯 몇 달째 깨어나지 못하고 있다.

● 황기남 / 黃起南, 1934년 9월 9일생

희태의 아버지. 보안부대 대공수사과 과장.

우아한 가면 뒤에 잔인한 민낯을 숨긴 통제와 조정의 대가. 단번에 가장 연약한 목덜미를 물어뜯는 육식동물처럼 상대의 약점을 꿰뚫어 집요하게 파고드는 능력이 있다. 일찌감치 부모를 여의고 고아로 살아남은 기남은 같잖은 집에서 태어나 같잖은 부모 밑에서 자라는 놈들보단 오히려 혈혈단신인 자신이 낫다고 믿었다. 날 때부터 정해진 가족의 굴레에 얽매이는 게 아니라, 원하는 대로 가족을 꾸릴 수 있는 '선택권'이 있으니까. 그런 기남에게 결혼은 일생일대의 거래이자 철저한 설계였다. 난생처음 진실한 사랑으로 자신을 대해준 희태의 친모를 만나 슬하에 태어난 아이에게 이름까지 지어줬지만, 끝까지 혼인만은 피했던 이유도 그 때문이었다. 일생일대의 거래를 '그저 그런 가족'으로 마치고 싶지 않아서. 출세와 '그럴듯한 가족'에 대한 기남의 강한 욕망은 결국 호남 최대 양조회사의 딸 해령의 결혼으로 이뤄낸다. 장성해 찾아온 희태를 받아준 것도 같은 이유였다. 서울의대 수석합격의 수재… '그럴듯한 가족'의 구성원으론 괜찮았으니까.

기남은 자신이 전라도 출신이라는 이유로 차별받으며 지내온지라, 희태를 비롯한 집안사람들에게 표준어를 쓰도록 강요하고 희태가 상경할 때는 '고향을 물으면 서울이라 하라'고 신신당부하기도 했다. 한 마을에서 나고 자란 현철을 '빨갱이'로 몰아 실적을 채우는 등 특유의 집요함과 잔악함으로 중앙정보부의 요직까지 올라갔다가, 장인이 정치 자금 문제에 엮여 고초를 치르게 되자, 전에 자신이 하던 방식 그대로 돌려받아 좌천을 당한다. 그렇지만 아직 권력욕을 잃지 않고 재기의 발판을 마련하기 위해 열을 올리고 있다.

● 김현철 / 金顯哲. 1931년 3월 12일생

명희의 아버지. 고문 후유증으로 다리를 저는 시계수리공.

모르는 이에겐 그저 장터를 찾아다니는 장돌뱅이처럼 보이겠지만 거칠고 투박했던 삶도 해치지 못한 성품이 말과 행동에서 묻어나, 시장 안에서는 정신적 지주처럼 통한다. 피난길에 아버지를 여의고, 형마저 빨치산이 되어 소식이 끊기자 어린 나이에 가장이 되어 생계에 뛰어들어야만 했던 젊은 시절, 아버지의 유품인 회중시계를 늘 보물처럼 품다 시계에 관심이 생겨, 공장일 틈틈이 공부해 시계수리공이 됐다.

　명희가 국민학교 들어가기 전에 시계방을 내는 것만이 목표였던 순조로운 나날을 보내던 중 청천벽력 같은 사건이 벌어진다. 생사도 모르는 형이 빨치산이었단 이유만으로 간첩이라는 누명을 뒤집어쓰게 된 것. 이 터무니없는 판을 기획한 것은 다름 아닌 보안대의 황기남. 같은 고향에서 나고 자란 동생으로, 현철네 사정을 뻔히 알고 있는 이였다. 엉터리 죄목으로 억울한 옥살이를 1년 정도 하고 풀려난 현철은 정든 고향을 떠나와 다시 0부터 시작해야만 했고, 괜히 자식들까지 '빨갱이의 자식'이라는 낙인이 찍힐까 봐 어릴 적에 앓은 소아마비로 다리를 전다고 거짓말을 해왔다.

　그러다 고등학생이 된 명희가 학생운동 선동 혐의로 조사를 받게 되면서, 현철은 악몽과도 같았던 보안대로 다시 향하게 된다. 사실상 명희의 행동은 교내 징계 정도로 끝날 수 있는 사안이었지만, '빨갱이 아버지'와 엮으면 충분히 사건을 키울 수 있다는 협박에 현철은 선택의 갈림길에 서게 된다. 전도유망한 명희의 날개를 꺾어 '병신의 딸'로 살게 할 것인지, '빨갱이의 딸'로 자신과 같은 고초를 겪으며 살게 할 것인지…

현철은 결국 딸이 자신과 같은 고통은 겪어서는 안 된다는 생각에 명희를 자퇴시키고, 대학 진학까지 막는 결정을 내린다. 그 사건 후 명희와는 남보다 못한 사이로 지내고 있지만 그간 명희가 엄마를 통해 부친 돈을 차곡차곡 통장에 모아두며, 언젠가 아버지의 유일한 유품인 회중시계를 함께 건네주면서 명희와 화해하고 싶은 소박한 바람이 있다.

● 정혜건 / 鄭惠建, 1955년 4월 19일생

희태의 유일한 고향 친구이자, 명희의 성당 친구.

전남대 정치외교학과에 재학 중으로, 수련과 같은 학내 써클 소속이다. 작은 사진관을 운영하시는 아버지 밑에서 온화하게 자라 모난 데 없이 두루두루 누구와도 잘 지내는 타입. 언제 누구에게나 하하허허, 황희 정승 같은 둥근 성격이기에, 고교 시절 극도로 예민했던 희태의 마음을 열고 친해질 수 있었다. 어머니 치료비를 구하러 기남을 찾아가고, 그 집에 들어가기까지의 희태의 모든 선택을 아무런 말도 얹지 않고 지켜봐줬다. 주변에서 따뜻한 '성당 오빠'로 통해, 모두가 신부님이 될 것이라 예상했으나 의외로 열성적으로 학생운동을 하는 '강경파'의 삶을 살아가고 있다.

● 박선민 / 朴善民, 1956년 1월 1일생

명희의 성당 친구.

조선대 국어국문학과에 재학 중이다. 짧게 자른 머리와 중성적인 차림 때문에 언뜻 보면 미소년 같다. 고교 시절 명희가 체포되고 자퇴하기까지의 모든 과정을 지켜봤기에, 명희의 친구인 수련을 경계하고 탐탁지 않게 생각한다. 사진 찍기가 취미로, 꾸준히 혜건의 아버지에게 사진을 배워왔다. 훗날 신문사에 사진기자로 취업하는 것이 목표.

● 최정행 / 崔正行, 1956년 10월 4일생

매사 실수투성이지만 의욕은 충만한 열혈 병아리 순경.

운동선수였던 경력을 살려 군 전역 후 순경이 되었으나, 매사가 서툴다. 어찌어찌 순경 유니폼은 입었지만, 하루하루가 사고의 연속. 교통 통제 중에 지인에게 손 인사를 하다가 삼중추돌 사고를 일으키고, 싸움 뜯어말리러 나갔다가 본인 머리채가 잡히는 경우가 허다한 허당이다. 어느 날, 공장에 전단 제작을 위해 불법 침입한 대학생 수련에게 한눈에 반한다. '그녀는 현행범, 나는 민중의 지팡이…' 어쩌다 보니 사랑엔 빠졌지만, 다시 수련을 만날 방법이 없어서 그 히스테리를 통금 직전 연인들에게 푸는 중이다. 횃불 시위나 거리 시위 때 무엇보다 '시민 경호'에 앞장서는, 경찰이기 이전에 그저 한 명의 시민인 광주 토박이.

● 이창근 / 李昌根, 1926년 2월 6일생

수련과 수찬의 아버지이자 성공한 사업가.

방직 공장과 옷 공장, 자동차 부품 공장까지 공장만 세 개를 운영하고 있고 선친에게 물려받은 노른자위 땅을 전남 곳곳에 소유한 지역 유지. 지병으로 아내가 죽고, 홀로 수련과 수찬을 정성으로 키워냈다. 천성이 아부나 뇌물, 굽신거림과는 거리가 멀었던지라 한 자리씩 차지하신 분들의 타겟이 되어 여러 차례 세무조사를 당하고 영업정지 처분을 당하는 등 억울한 일을 겪었던 창근은 그 '한 자리'가 더러워서 내가 한다는 마음으로 정계 도전도 해보려 했으나, 데모한다고 싸돌아다니는 사고뭉치 대학생 딸 수련이 걸림돌이라 '수신제가 치국평천하'란 말로 수모만 당하고 포기했다. 유학을 갔던 장남 수찬이 든든한 사업 파트너가 되어 돌아오자, '제약회사'를 세워 사업 규모를 대폭 키워보려는 결심을 세운다.

● 김명수 / 金明秀, 1969년 4월 23일생

명희의 남동생. 늦둥이로 태어나 사랑받으며 자란 천진난만 철부지.

전남 대표 1,000m 달리기 선수로 소년체전에 출전하게 됐다. 어릴 적부터 달리기를 잘해, 운동회만 열리면 늘 반 대표로 계주를 뛰었다. 몇 번 들어도 익숙해지지 않는 출발 신호 총소리에 매번 놀라서 스타트가 느리다는 지적을 꾸준히받고 있다. 똘똘한데다 특히 길눈이 밝아, 지도만 있으면 어디든 찾아간다. 관계가 좋지 않은 아버지와 누나 사이에서 중재자 역할을 하려는 속이 깊은 아이지만 운동화 끈도 아직 잘 못 묶는 앳된 열두 살 소년.

● 황정태 / 黃正太, 1969년 10월 6일생

희태의 이복동생이자 명수의 라이벌.

또래보다 머리 하나는 훌쩍 큰 키와 어린이 같지 않은 피지컬로 중등부 선수들과 함께 훈련하기도 하는 광주시 대표 달리기 유망주. 엄마가 늘 아버지의 눈치를 보며 사는 것을 보면서 자라서 그런지 또래보다 철이 일찍 들었다. 어린이주제에 굉장히 냉소적인 편. 어느 날 집으로 쳐들어온 의붓형 희태 때문에 그동안 자신을 시기하던 아이들에게 '첩년의 자식'이란 소릴 들어야 했다. 진짜 '첩년의 자식'은 본인이면서, 눈치 따윈 보지 않고 박힌 돌처럼 구는 희태가 얄미워 늘 괴롭히고 텃세를 부린다. 다르게 말하면, 집에서 편하게 막대할 수 있는유일한 존재가 희태인 셈. 여러 사건으로 희태에게 미운 정이 쌓이고, 결국 진정한 형제로 거듭나게 된다.

● 송해령 / 宋海寧, 1942년 12월 1일생

희태의 새어머니이자 정태의 친모.

고운 자태와 차분한 말씨로 앞에선 어딜 가나 사모님 대접을 받지만, 장성해서

제 발로 찾아온 기남의 혼외자식인 희태 때문에 뒤에선 어느새 '첩'으로 기정사
실화된 억울한 정실부인. 가부장적인 남편 기남과 의붓아들 희태에게 신경을 곤
두세우며 살다 보니, 정작 친아들 정태는 응석 한 번 제대로 받아주지 못하며 키
웠다. 호남지역에서 유명한 양조회사의 외동딸로, 사업 확장을 위해서 정략적으
로 중앙정보부에 근무하는 기남과 부부의 연을 맺었다. 처음에는 상대적으로 부
유했던 해령이 기남보다 관계의 우위를 점하는 듯했으나, 친정아버지가 야권 의
원에게 몰래 정치 자금을 조달하고 있다는 사실이 드러나자 세무조사 등 갖은
고초를 겪고 회사가 문을 닫게 되고, 승승장구하던 남편 기남까지 전남지부로
좌천당하는 일을 겪었다. 아버지가 돌아가시며 남겨주신 재산으로 비교적 풍족
하게 지내고 있지만 기남의 출세에 발목을 잡았다는 생각으로 위축되어 있다.

● **최순녀** / 명희의 어머니.

치매인 시어머니와 몸이 불편한 남편, 아이까지 돌보는 살림꾼. 처녀 시절 여공으
로 일하다 같은 공장의 현철을 만나 결혼했다. 명희를 서울에 있는 대학에 보내
주지 못한 것이 평생의 한이다. 남편 현철의 결정에 크게 반대하지 않고 묵묵히
따르는 편이지만, 막내 명수라도 원하는 꿈을 따라 살기를 속으로 응원하고 있다.

● **현상월** / 명희의 할머니. 이하 현철모.

치매를 앓고 있다. 피난길에 남편을 잃고 닥치는 대로 일하고 받는 품삯으로 두
아들을 키우다가, 첫째 아들이 빨치산을 하겠다고 집을 나가 화병으로 얼마간
앓아누웠다. 하나 있는 피붙이 현철을 위해 다시 자리에서 일어나 악착같이 살
아갔으나, 현철이 '빨갱이' 누명으로 끌려가는 일로 또 한 번 일상의 무너짐을
겪었다. 젊은 시절 가슴앓이가 잦았던 탓일까. 비교적 일찍 치매를 앓기 시작해
가장 힘들었던 시절의 트라우마에 시달리며 살아가고 있다.

• 이광규

상병. 경수의 선임으로, '고문관' 경수를 챙기는 유일한 사람이다. 재수에 도전했다가 입시에 실패하자 삼수 대신 홧김에 입대했다. 원체 운동신경도 좋은데다가 눈치까지 빨라, 윗사람들에게 그냥 말뚝 박으라는 제안도 종종 받는 에이스. 경상도 아버지와 전라도 어머니 사이에서 태어난 '인간 화개장터'로 두 방언 모두 능숙한데, 유독 전라도에 발작하는 선임 병장 때문에 몇 년간 경상도 출신인 척하며 복무해왔다.

• 홍상표

이하 홍병장. 경수를 쥐잡듯이 잡는 내무반의 폭군. 평소 악랄한 행실로 모두가 빠른 전역을 기도하고 있는 인물이지만, 중간중간 가혹 행위로 영창에 다녀와 전역 날짜가 점점 미뤄지고 있다. 주변 어른들에게 주입받은 사상으로 전라도 출신을 유난히 싫어하고 학력에 대한 열등감도 심해서, 고학력자를 유난히 괴롭힌다. 어리바리한 서울대생 경수는 그야말로 홍병장의 놀잇거리.

• 이진아

하숙집 주인 딸. 독서실보다는 음악다방에서 팝송 듣는 걸 좋아하는 명랑소녀. 언젠가는 서울로 상경해 즐겨듣는 라디오 PD가 되는 게 꿈이다. 우연히 음악다방에서 만난 의대생 희태를 보고 뿅 반해버려, 과외까지 받게 되는 발랄한 여고생. 열심히 하면 여름방학 때 서울 구경을 시켜주겠다는 희태의 약속에 영 체질이 아닌 공부를 꾸역꾸역하는 중이다.

• 이경필

진아의 아버지이자 하숙집 주인아저씨. 본래 진주 출신으로 광주에서 20년 넘게 처가살이를 하다가 광주 토박이 아내와 사별한 후에도 광주에 터를 잡고 사는 경상도 사나이. 하숙집 주인이라는 타이틀로 어디 가서는 '임대업'을 한다며 뻐기지만, 사실상 온갖 집안일을 담당하는 살림꾼으로, 얼룩 빨래와 국물 요리가 특기. 등록금 내가며 데모나 할 바엔 그냥 고졸로 살라는 둥 '가시나'면 그냥 명희처럼 기술을 배워 간호사나 하라는 둥 틈만 나면 가부장적인 막말을 일삼는 꼬장꼬장한 아저씨지만…

　사실 재수까지 실패한 아들놈보다는 야무진 딸 진아에게 거는 기대가 유독 커, 명희에게 월세를 깎아주며 진아의 과외를 부탁하곤 했다. 주변인과 자식들 모두 전라도 사투리를 쓰는데 혼자만 경상도 사투리를 써 '난 외지 것이라 이거지' 하며 때때로 피해 의식을 표출하기도 한다.

평화병원 사람들

• 유병철

평화병원 응급실의 레지던트. 뺀질이 선배들이 떠넘긴 업무로 과로에 시달리며, 매일 밤 전공 선택을 후회한다. 성격이 자상하지는 않아도 공과 사가 확실하고 선을 넘지 않는 성격 덕에 다른 의사들에 비해 간호사들과 가장 소통이 잘 되는 편이다.

• 오인영

평화병원 응급실의 신규 간호사. 명희의 직속 후배(프리셉티)다. 갓 간호대학을 나온 병아리 간호사라 아직은 눈치 살피기와 실수가 일상의 반. 아직 피 보는 것을 두려워하는 여린 성정으로, 명희의 도움을 받아 어찌어찌 응급실 1년 차 생활을 이어나가고 있다.

• 김민주

평화병원 응급실의 간호사. 명희의 1년 선배이자 군기반장. 과중한 응급실 업무 스트레스로 위에다 꾸준히 인원 충원을 요구하고 있다. 신규 시절 둥글둥글했던 성격도 몇 년간의 진상 환자, 돌발상황으로 까칠해져 현재는 응급실의 군기 반장으로 군림하고 있다.

• 최병걸

평화병원 부원장. 감투만 쓴 로열패밀리 병원장을 대신해서 병원의 각종 실무를 도맡고 결정하는 실권자이다. 광주 시내의 대형병원 중 가장 수익률이 떨어져 골머리를 앓고 의료진을 쪼아댄다. 젊을 적 의료 소송에 휘말린 전적이 있어, 귀찮은 환자를 제일 꺼린다.

그외

• 박철범

이하 박 코치. 육상 대표팀의 코치로 훈련받는 아이들을 인솔한다. 입에서 떨어질 생각을 않는 호루라기는 이미 제2의 언어가 되어버렸다. 명수의 가능성을 알아보고 '다크호스'라는 별명을 붙여주며 격려해준 스승님이자, 때로는 엄한 호랑이 코치로, 때로는 삼촌 같은 친근함으로 아이들을 이끈다.

● 조문철

이하 조 신부. 광주의 한 성당을 꾸려가는 주임신부. 사제이지만 사회문제를 외면하지 않고 앞장서서 목소리를 내는 인물로 시국선언으로 체포가 되기도 해, 명희 자퇴의 시발점이 되기도 했다. 명희가 아버지 현철과 관계가 틀어져 집을 나오게 됐을 때, 헌신적인 도움으로 명희를 다시 일어나게 만들어줬던 아버지 같은 존재다.

● 김부용

수련의 학내 써클 동료. 전남대 사회학과에 재학 중이다. 여느 동기들처럼 위장 취업과 야학 활동으로 학업을 미루다 보니 졸업하지 못했다. 공장에 위장 취업했던 경험으로 자본가인 공장장들에 대한 분노가 쌓인지라, 공장장의 딸이면서 학생운동의 선봉에 서는 수련을 내심 위선자라고 생각한다.

● 유진수

혜건의 학과 동기이자 학내 써클 동료. 전남대 정치외교학과 재학 중이다. 매사에 원리원칙을 중시하는 정의로운 성격으로, 그 누구보다 민주화운동에 몸을 아끼지 않고 앞장서지만 근처 기수에 수련을 비롯한 '스타성' 있는 동료들이 많아서 한 번도 우두머리가 되지 못했다는 남모를 콤플렉스가 있다.

• 송유진

희태의 전 여자친구이자, 음대생. 장성급 군인 아버지를 둔 아들 부잣집의 고명
딸이다. 군부 독재 시대에 군인 아버지를 뒀다는 이유로 '악당의 딸'이라도 된
듯 같은 대학생들 사이에서 은근한 멸시를 받았다. 유진은 그래서 희태가 좋았
다. 여느 대학생들처럼 유진을 계몽하거나 가르치려 들지도 않았고, 정치적 견
해인 척 빙 돌려 유진을 비난하는 말도 하지 않으며, 운동권 선배들이 쌍욕을
해도 꿋꿋하게 음악다방을 찾는 생각 없음이, 무엇보다도 자신을 있는 그대로
봐주는 희태의 편견 없음이 좋았다. 자신의 적극적인 대시로 1년 조금 안 되게
만나다 이별을 통보했다. 영 자기에게 마음 없어 보이는 희태와 결혼하기 위한
유진의 초강수였으나, 헤어진 사이 많은 일을 겪은 희태는 어딘지 달라져 있었
고… '전략적 후퇴'는 정말로 돌이킬 수 없는 이별로 이어지게 된다.

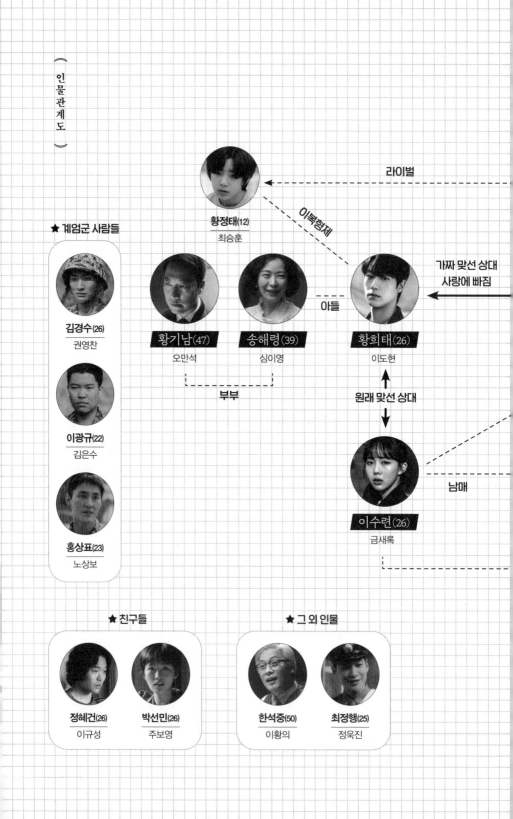

인물관계도

★ 계엄군 사람들

김경수 (26)
권영찬

이광규 (22)
김은수

홍상표 (23)
노상보

황정태 (12)
최승훈

라이벌

이복형제

황기남 (47)
오만석

송해령 (39)
심이영

아들

황희태 (26)
이도현

가짜 맞선 상대
사랑에 빠짐

부부

원래 맞선 상대

이수련 (26)
금새록

남매

★ 친구들

정혜건 (26)
이규성

박선민 (26)
주보영

★ 그 외 인물

한석중 (50)
이황의

최정행 (25)
정욱진

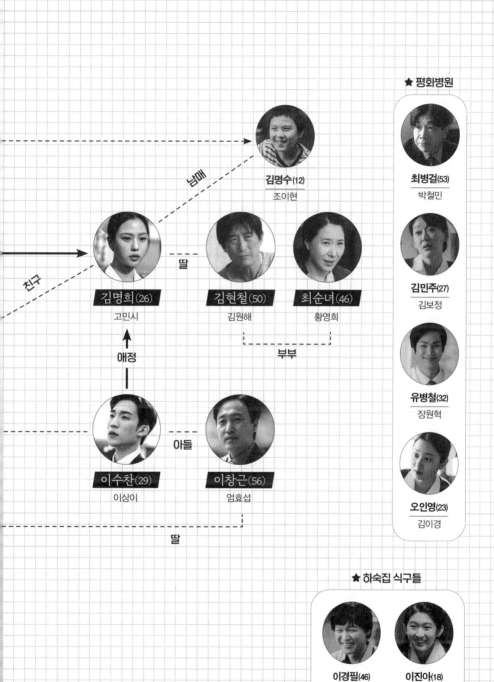

★ 평화병원

최병걸(53)
박철민

김민주(27)
김보정

유병철(32)
장원혁

오인영(23)
김이경

남매

김명수(12)
조이현

친구

딸

김명희(26)
고민시

김현철(50)
김원해

최순녀(46)
황영희

부부

애정

아들

이수찬(29)
이상이

이창근(56)
엄효섭

딸

★ 하숙집 식구들

이경필(46)
허정도

이진아(18)
박세현

광주행 진술서

황희태

지난주 일요일 11시경, 서울대학병원에서 수련 근무 중 광주 출신 26세 환자가 탈장으로 입원하였고. 진료 과정 중 간단한 대화를 통해 해당 환자가 저의 고교 동창의 지인이라는 사실을 알게 되었습니다. 대학 진학 이후로 고교 동창생들과는 연지가 소원했던지라, 근무를 마치면 오랜만에 연락해야겠다고 다짐을 했습니다. 일요일 22시경, 밤턴 근무를 마치고 고교 동창에게 전화를 걸었습니다. 간단히 안부를 주고받던 중, 친하게 지내던 동창생 중 하나가 결혼한다는 소식을 듣게 되었습니다. 친구 우리 중에 첫 결혼이니 바쁘더라도 꼭 결혼식에 참석하라는 말을 들었으나, 빡빡한 수련 일정에 광주까지 내려갈 여력이 있을 확답을 주지 못하고 전화를 끊었습니다.

근무 월요일 08시경, 과중 업무를 재분배하라는 담당 교수님의 권고로 대대적인 근무 일정 조정이 있었고, 그 결과 인턴들도 적어도 2주에 이틀은 무조건 쉬는 날을 가지게 되었습니다. 월요일 21시경, 퇴근 전에 근무일 조정 회의가 있었고 선호하는 날짜가 있냐는 물음에 저는 전날 친구에게 들었던 결혼 소식이 떠올랐습니다. 아쉽게도 결혼식 당일에는 이미 다른 사람이 휴식을 취하기로 결정되어 있었고, 적어도 결혼식 전에는 식사 축하는 전해야겠다는 생각에 의해 일자로 휴일을 결정해 광주행을 계획했습니

다. 이에 대해 기리 아버지께 알려드리지 않은 이유는, 휴일이 이튿이 해

뜨지 않는 기간이라 친구와 가족 모두와 함께 시간을 보내기에는 너무나 한

정적이었기에 어쩔 수 없이 선택을 내려야만 했고, 가족와 친구 사이에서

친구를 택한 저의 철없고 불효막심한 행동에 혹여 아버지가 서운함을 느끼

신까 봐 우려됐기 때문입니다.

그리하여 휴일 첫날이었던 어제 오전 10시경 서울역에서 광주행 기차에

탑승하였고 14시 30분경 광주역에 도착했습니다. 광주역 앞에서 택시를 탑

승해 금남로로 이동, 15시경에 그린 동창 중 하나를 만나 '전나국수'에서 산

치국수로 간단하게 늦은 점심을 해결한 후, 17시경 전남대 근처로 이동해

결혼 예정인 친구까지 저녁에 합류해 '원현호프'로 이동하여 술자리를 가졌

습니다. 19시경 '광신식당'으로 자리를 한 번 더 옮겨 저녁 식사와 함께

술을 마셨고 21시경에 자리를 파했습니다. 원래 광주역 근처 여인숙에서

자고 새벽 일찍 서울로 돌아갈 계획이었으나 함께 자리를 가졌던 친구 중

하나가 너무 취한 나머지 집으로 바래다줘야만 했고, 인사불성인 성인

남성을 옮기는 것이 여간 어려운 일이 아니라 22시가 조금 넘어서야 도착

할 수 있었습니다. 친구를 자리에 눕히고 나오며 보니 시간은 22시 30분이

조금 지나 있었고, 결국 통금으로 인해 여인숙으로 이동하지 못하고 그 집에서

잠깐 눈을 붙여야만 했습니다.

다음날 금일 05시경, 설 찾아 직접 걸음 하신 아버지 손에 이 자리에

이르렀습니다.

No._____

희태에게

희태야. 나 경수야. 걱정할까 봐 편지 쓴다. 나는 잘 지내.

왜 이제야 보내냐고 홧김에 편지를 찢어버리는 건 아니겠지? 첫 편지가 늦은 점 진심으로 사과할게. 그간 편지와 전화를 금지당해 바깥과 완전히 단절된 몇 달을 보냈어. 선임들의 감시 속에 가끔 부모님께 생존 신고한 것 말고는 누구와도 연락 못 했으니, 혹시라도 희태 너에게만 무소식이었다는 오해는 부디 말아주길.

난 요새 총검훈련으로 몸도 마음도 정신이 없어. 고된 훈련에 종종 먹은 걸 게워내곤 하지만, 그 덕에 어지러운 생각들도 함께 게워낼 수 있어 다행스럽단 생각까지 든다. 이 말을 들으면 희태 넌 분명히 군부의 하수인이 다 되었다며 나를 놀려대겠지?

희태야! 모든 생령이 사라지고 본능만 남게 되는 고된 순간에도, 너와의 마지막 순간은 마치 총탄처럼 박혀 내 머릿속을 떠나질 않는다. 미안하다는 말 외에 너게 무슨 말을 할 수 있을까.

전원(이송)확인서

등록번호		환자성명	장석철	성별		연령	24
주소		서울시 구로구 구로1동 260-54					

진단명	두부외상
	다발성 두개골절
	기타두개내 손상
	무의식

환자의식상태	coma
기구/삽관상태	O₂ mask apply
주호소	두부외상 과다출혈로 인한 신경학적 상태 악화로 인한 metal:coma로 bed ridden stat
현병력	1979년 9월 18일 두부외상으로 본원으로 이송되었으며 심한 두부외상과 다발성 두개골절로 응급수술 시행하였고 두부외상으로 인한 과다출혈과 심정지 발생하여 심폐소생술 시행하였으나 현재 활력징후는 정상범위를 유지하고 있지만 의식은 회복하지 못하여 coma 상태로 bed ridden 하고 있음.

진단병원	이송병원
병 원 명 : 서울한생병원	병 원 명 : 광주 평화 병원
주 소 : 서울시 중구 저동 9	주 소 : 광주시 동구 학동 9
전 화 : 02-863-4736	전 화 : 062-2-9631
담 당 의 사 : 최 성 현 (인)	담 당 의 사 : 김 용 훈 (인)

발 급 일 자 : 1980년 5월 17일

보호자 :   (인)

인수자 :   (인)

학내잔재세력 심판에 대해 민주 학우들에게 고함

조국의 민주주의와 민족통일에의 의지에 뜨겁게 가슴 마주하고 몸부림쳐야 할 이 시점에, 우리 대학 안에서 척결되어야 할 것이 척결되지 못하고 있습니다.

우리 총학생회는 학내 구 잔재세력인 어용교수의 명예로운 퇴진과 상담지도관실 직원의 교육원 외 추방에 대해서 학교 당국의 책임 있는 태도 표명을 수차 요구하였으나, 이에 학교 당국은 미봉적이고 회피적인 언행을 이어가며 우리의 충정을 여지없이 묵살하고야 말았습니다.

그간 수차례에 걸쳐 양심에 호소한 우리 대학인의 간곡한 충정이, 독재체제에 빌붙어 온 어용교수들의 작태로 말미암아 급기야 교수실에 어용의 팻말을 달아놓고 망치로 못을 박기에 이르렀습니다. 학생들의 등불이 되어야 할 스승의 사명을 저버리고 오로지 개인의 영달을 위해 유신독재체제에 기생해온 어용교수들의 작태에 통탄을 금할 수 없습니다.

모든 문제의 해결을 자신의 결단이 아닌 어수선한 시국과 동정론에 의지하려고만 드는 이른바 어용교수들에게서 더 무엇을 배우겠습니까. 그래도 같은 대학 식구라는 얄팍한 인정주의, 친일 반민족 세력을 옹호했던 이승만 시대의 발걸음을 뒤따라선 안 됩니다.

이 시점에서 대학이 자진해서 받아야 할 임무가 무엇입니까? 그것은 첫째로 제도적 장치를 개혁함은 물론 그에 따라 옛 시대의 독재 하수인이었던 자들을 말끔히 대학 밖으로 몰아냄으로써 사회정화의 횃불이 되고 새로운 민주질서 수립의 지침을 보여주는 것입니다.

학우여! 조국의 장래를 걱정하고 진실 때문에 괴로워 외쳐왔던 민주 학우들이여!

학내잔재세력 심판은 결코 편의주의로 흘러선 안 됩니다. 우리 대학인 모두가 역사의 단두대가 되어야 합니다. 조국의 운명은 지금 백척간두에 놓여 있습니다. 우리가 만약 슬기로운 눈과 굳센 의지로 오늘의 민주화를 기필코 이룩한다면 조국과 학원은 탄탄한 번영의 대로에 놓일 것이요, 그렇지 않으면 다시 저 암흑과 굴욕의 치하로 끌려갈지 모를 일입니다.

학우들이여. 모두가 하나가 되어 학원의 민주화를 달성합시다! 밝아오는 새 조국의 나침반이 됩시다! 민주주의여 만세!

법학 74 이수련

애청곡
리스트

희태 | John Denver - Annie's song
Led Zeppelin - Babe I'm gonna leave you
Bee Gees - More than a woman
Toto- Georgy Porgy
Wallace Collection - Daydream
Queen - Love of my life

명희 | 여진 - 그리움만 쌓이네
노고지리 - 찻잔
배인숙 - 누구라도 그러하듯이
혜은이 - 당신은 모르실 거야
김정미 - 간다고 하지마오
김추자 - 나를 버리지 말아요

수찬 | Yves Montand - Sous le ciel de Paris
Frank Sinatra - My way
Kansas - Dust in the wind
Edith Piaf - LA VIE EN ROSE
Sam Cooke - You send me
나훈아 - 머나먼 고향

수련 | 양희은 - 거치른 들판에 푸르른 솔잎처럼
Donna Summer - Bad girls
ABBA - I have a dream
산울림 - 불꽃놀이
Bee Gees - Stayin' alive
Blondie - One way or another

☒ 출국 전에 할 것

1. 서울 ~~1박2일 나들어~~ 비자 신청하러 가기

2. 이민 가방 사기 (희태 들어갈 정도로 큰 거)

3. 둘이서 사진 찍기

4. 자작곡 가사 완성하기

5. 나주 집 가기 (희태랑 같이)

6. 조조 영화 보기

7. 독일어 속성 과외 Ich Liebe Dich

8. 기타 배우기

9. 신부님한테 인사하기

10. 서로에게 편지 써주기

O **인서트 Insert** 화면의 특정 동작이나 상황을 강조하기 위해 삽입한 화면. 없어도 장면을 이해하는 데에는 별다른 지장이 없으나 삽입함으로써 상황이 명확해지는 한편, 스토리가 강조된다.

O **몽타주 Montage** 따로따로 편집된 장면들을 짧게 끊어서 붙인 화면.

O **컷 투 cut to** 장면전환 기법으로, 같은 장소에서 시간 경과를 나타내는 데 사용한다. 하나의 장면에서 다른 장면으로 아무런 효과 없이 넘어갈 때도 쓰며, 두 장소를 번갈아 보여줄 때도 쓴다.

O **내레이션 (Na)** 등장인물이 직접적으로 대사를 하지 않고, 화면 밖에서 속마음을 나타낼 때 사용한다.

O **이펙트 (E)** 대사와 음악을 제외한 효과음(Effect)을 뜻하며, 보통 등장인물은 보이지 않고 소리만 나는 경우에 사용한다.

O **필터 (F)** 전화 통화를 하는 장면에서 수화기를 통해 들려오는 상대방의 목소리를 나타낼 때 사용한다.

O **오버랩 (O.L)** 한 장면에 다음 장면이 겹치는 기법으로, 장면전환까지는 이루어지지 않는다.

O **페이드아웃 (F.O)** 장면이 천천히 암전되는 것을 뜻하며 하루가 저물 때, 사건이 마무리되었을 때 등 장면이 끝나는 것을 분명히 하기 위해 쓰인다.

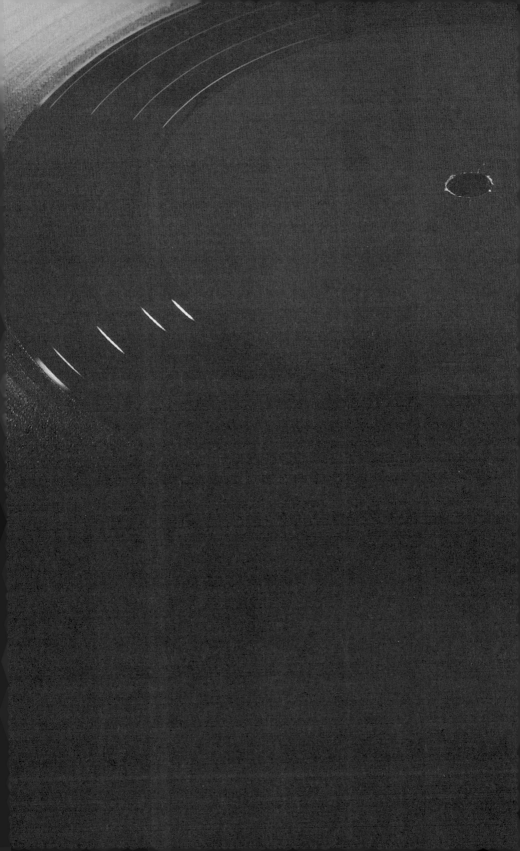

제1화

각자의 달리기

S#1   몽타주 – 2021년 광주 (낮)

광주역 표지판. KTX에서 사람들 분주히 내리고.

번화한 광주 시내 곳곳 스케치.

S#2   공사장 현장 (낮)

광주 외곽도로 근처의 공사 현장. 현장 가운데서 작업반장의 바쁜 지시와 함께 자재 나르는 인부들 바쁘게 돌아다니고, 굴착기가 한참 땅을 파고 있다.

운전석의 인부1, 굴착기 조작하다가 땅에서 뭔가를 발견한 듯 멈칫하는데.

인부1   (차창 밖으로) 아야, 창현아! 요 밑에 뭐 있나 좀 봐봐라잉.

인부2   거시기 저 선사시대 유물 같은 거 있는 거 아니냐? (들여다보고)

인부2 잘 알아보지 못하겠는 듯, 아예 구덩이 안쪽으로 들어가서
살펴보는데…
어느 순간 헉!! 인부2, 귀신이라도 본 듯 사색이 되어 놀라 자빠
진다.
인부2 구덩이 빠져나와, '반장님, 반장님!' 하며 프레임 밖으로 사
라지고 카메라 구덩이 안쪽으로 깊이 들어가면… 흙에 묻힌 백골
의 유해!

S#3   몽타주 (낮)

백골의 유해 장면 그대로 뉴스 속 자료화면으로 넘어가며…
기차역, 식당의 TV와 점포의 라디오 등에서 뉴스 흘러나온다.

기자(E)   오늘 오전 광주 외곽도로 인근의 한 공사 현장에서 신원 미상의
유골이 발굴되어 경찰이 수사에 나섰습니다. 경찰은 경위를 파악
하기에 앞서 유골의 신원 파악을 위해 국과수에 유전자분석을 의
뢰했습니다.

S#4   광주역 플랫폼 (낮)

스크린도어가 없는 역 플랫폼, 노란 선 위에 아슬아슬하게 선 중
년의 남자.

남루한 차림에 벙거지를 눌러쓰고, 곧 선로로 쓰러질 듯 아슬아슬 보이는데… 그러다 문득 고개를 들어 역내 광고 스크린에 띄워진 뉴스 화면을 본다.

기자(E) 한편 국과수는 매장 기간이 오래돼 사인 판명이 어렵고 신원을 유추할 수 있는 단서가 부족해, 정밀 감식 결과가 나오기까지 상당 기간이 소요될 것으로 예측했습니다.

남자, 뉴스에 〈유품1〉 종이 위 녹슨 회중시계를 보더니 들고 있던 행낭 툭 떨구고. 마침 그때 역에 열차가 들어온다는 신호가 요란하게 울려 퍼지기 시작한다.
벙거지 아래 남자의 얼굴이 보일 듯 말 듯 하다가… 타이틀 오른다.

[Track 01. 각자의 달리기]

S#5 **서울 도로 (낮/자막 – 1980년)**
시위하는 학생들, '비상계엄 해제하라', '어용교수 퇴진하라' 외치며 도로 걸어가는데 행진하는 발들과 반대 방향으로 미끄러지는 자동차 바퀴… 매끈한 희태의 차다.
선글라스 낀 채 운전하는 희태, 비키라는 듯 무심하게 빠아앙- 경적 울려대면 시위 학생들 '아, 뭐야' 옆으로 비켜나며 운전석의 희태 향해 욕 한마디씩 내뱉는데 그러거나 말거나…

태연자약하게 액셀 부웅! 시위 행렬을 빠져나가는 희태.

S#6　서울 중고차매장 (낮)

중고차매장 한편에 자동차 끼익 세워지고, 폼나게 내려 선글라스 벗는 희태.

딜러가 돈 봉투 내밀면 희태, 봉투 안 금액 대충 확인하고선 차 키 건네려다가 멈칫! 열쇠 건네던 손에 들고 있던 자신의 선글라스 잠깐 보는데…

(Cut to) 앞의 선글라스 끼고 있는 딜러, 만족스러운 거래에 손 흔들어 보이면 지폐 몇 장(선글라스값) 주머니에 마저 구겨 넣으며, 기타 어깨에 메고 가는 희태.

S#7　서울 악기점 (낮)

진열대 위에 올려지는 희태의 기타. 돈 건네던 주인, 희태 눈살에 만 원 더 얹는다.

희태　(금액 못마땅하지만, 가져가며) 급전 아니었음 절대 안 팔았어요.

주인　(싱글벙글 기타 귀하게 챙기며) 무슨 심경 변화로 이놈을 팔어? 음악 접게? 그러고 보니 붙어 다니던 짝꿍도 통 안 보이고.

희태　(지폐 세며 심상하게) 군대 갔어요.

주인　(혀 차고) 데모하다 끌려갔구만? 하여튼 요즘 대학생들은 세상 무

서운 줄 몰라요… 부모가 데모하라고 등골 빠져라 학비 대는 줄 아나.

희태   (빤히 보면)

주인   (어색해 괜히) 아니~ 우리 아들도 내년에 대학 가는데 걱정돼서. 우리 학생처럼 착실한 '진짜 대학생'이 돼야 하는데…

희태   하긴. 등록금 삥땅 쳐서 기타 정돈 사야 '진짜 대학생'이죠.

주인   응…? (들고 있던 기타 보는)

희태   (생글) 아드님도 꼭! '진짜 대학생' 될 거예요, 저처럼. 파이팅!

돈을 주머니에 쑤셔 넣으며 경쾌하게 나가는 희태를 보는 주인.
뭐, 저런…

인재(E)   뭐 저딴 새끼가 다 있어?

S#8   서울대 시상연구회 동아리방 (낮)

누군가 빨간 매직으로 낙서해 '사상연구회'가 된 동아리 문패.
한쪽에서 한창 화염병 만들고 현수막 제작하던 동아리 학생들 멈춰서 수군수군 보면,
씩씩대는 인재를 말리는 후배… 그리고 아랑곳하지 않고 사물함 뒤적이는 희태다.

인재   넌 쪽팔림이란 게 없냐? 경수 구명운동 하는 동안 코빼기도 안 비치던 놈이 뭔 낯짝으로 여길 기어들어 와?

희태	저도 나름 바빴다니까요. (사물함 뒤적이다 반갑게) 오, 만년필.

'김경수' 이름 적힌 전공책과 LP 따위 골라놓은 물건 위에 만년필 올려놓는 희태.

인재	너 지금 뭐 하냐?
희태	(뒤적이며) 팔만한 거 골라내는데, 뭐가 영 없네요. 청빈하다 청빈해.
인재	그러니까, 니가 뭔데 경수 물건에 손을 대냐고!
희태	같이 갚을 빚이 있어서요. 일종의 연대보증? (돌아보며) 근데, 형이 이렇게 경수를 생각하시는 줄 미처 몰랐네요. (갸웃) 친하셨던가?
인재	(욱해서 물건들 발로 툭 쳐서 와르르) 야, 꺼져. 너 같은 거랑 말 섞기 싫으니까. (조소) 의대생이 무슨 대학생이겠냐. 사람 살리는 거 배 운답시고, 밖에서 사람이 죽어 나가도 공부나 처하는 것들이.
희태	(물건 주우며 툴툴) 의대생이 대학생이지, 뭐 중학생인가…
인재	(휙 멱살 잡으며) 그러니까, 너 하던 대로 가서 공부나 하고 기타나 튕기시라고. 여긴 너 같은 회색분자들이 발 들이는 곳 아니니까.
희태	(껴안듯 다정히 손 두르며) 형은 왜 여기 계세요? 투쟁 안 하고 야무지 게 취업하신 분이. 형도 형네 신문사 가서 화염병 만들자 하세요~
인재	이 새끼가 근데! (치려는 순간)

S#9   **서울 다방 (낮)**

탁!! 비장한 표정으로 잔을 내려놓는 유진.

희태, 아이스 음료 잔으로 인재에게 맞은 곳 문대다가 그런 유진

보면…

유진　결혼하자.

희태　결혼? …누구, 나랑? (황당) 우리 헤어졌잖아.

유진　그래, 헤어지자고는 했지. 그렇다고 내가 오빠 놔버린 건 아니
　　　었어.

희태　(혼란스러운) 뭔 소리야.

유진　오빠 시험해본 거였다고. 사귀자 해야 사귀고, 만나자 해야 만나
　　　고, 손잡자 해야 손잡고… 내가 영 마음도 없는 허깨비랑 사귀나
　　　싶어서.

희태　그래서, 도출한 결과는 뭔데?

유진　오빤 내 리드 없인 아무것도 못 하는 사람이란 거? (턱 괴며) 하자,
　　　결혼. 웬만한 준비는 우리 집 쪽에서 다 할 거고 오빤 몸만 오면 돼.
　　　개원 전까진 아빠가 생활비도 주신다니까, 인턴 수련만 끝나면…

희태　나 인턴 안 하는데.

유진　(충격) 뭐?! 왜?! (희태 말하기도 전에) 설마… 아직도 경수 오빠 일
　　　때문에 이래? 갑자기 막 사회와 체제에 대한 반감이 끓어올라?

희태　그게 아니라…

유진　(말 끊고) 아님 뭔데. 졸업도 수석으로 해놓고 대체 왜…

희태　나 졸업 안 했어.

유진　(더 경악) 뭐?! 왜?

희태　대학가요제 나가려고. 졸업하면 못 나가. (음료 쪽)

유진　(한참 어이없이 보다가, 체념) 그래, 나가~ 의대생 최초로 입상하고
　　　싶다며. 추억거리 만들고 좋네. 기왕 이렇게 된 거 얼른 군의관이

나…

희태　나, 가수 하려고.

유진　(황당) 뭐?! 그럼 나는?

희태　너? 너 왜, 너도 가수 하고 싶어?

유진　아니! 결혼을 하고 싶다니까? 난 가수가 아니라 의사 남편이 필요해!

희태　(곰곰이 생각하다 사뭇 진지하게) 유진아. 그러면 이렇게 하자. 내가 의대 동기 중에 괜찮은 놈들을 몇 명 엄선해볼 테니까…

유진　아 이 미친놈이! (핸드백 풀 스윙하는 순간)

S#10　서울병원 스테이션 (밤)

탁! 주스 따위의 병 음료 선물세트를 스테이션 위에 올려놓는 희태.

희태　수납 완료요. (음료수 건네며) 이건 수납하고 잔돈이 좀 남아서.

중환간호사　뭘 이런 걸 다… 잠시만요. (확인 전화하러 가면)

희태　(두 병 꺼내 양볼 식히며) 유진이 걘 어째 인재형보다 힘이 좋아.

중환간호사　확인됐고요. (시계 보고) 그래도 수납일인데, 환자 보고 가셔야죠?

희태　(당황) 네? 면회 시간… 아니잖아요.

중환간호사　항상 면회 시간 지나서만 오시니까. (선심) 잠깐 얼굴만 보고 가요.

희태 난감히 고민하는 순간, 코드 블루 떠서 급하게 우르르 뛰어가는 의사 간호사들. 불길하게 지켜보던 희태, 놀라서 음료수병

팽개치며 '안돼, 안돼…' 따라 달린다.

S#11   서울병원 중환자실 (밤)

병상을 둘러싼 의료진들, 다급히 CPR하고. 인형처럼 들썩이는 여공(석철)의 모습. 뒤따라온 희태, 충격으로 병실로 들어가려다… 발 얼어붙듯 더는 다가가지 못하고. 결국, 무력하게 몇 걸음 뒤로 물러나 지켜보는 희태 얼굴 위로 선행되는 의사의 말.

의사(E)   당장 위기는 넘겼지만, 언제 다시 나빠질지 알 수 없는 상황입니다.

시간 경과. 안정을 찾은 심전도. 장치 주렁주렁 단 여공을 내려다보는 희태.

의사(E)   송구스럽습니다만… 슬슬 마음의 준비를 해두시는 편이 좋을 것 같습니다.

의사의 말을 떠올리는 희태, 쓸쓸하게 여공의 파리한 얼굴 보다가… 시선 떨구면 미세하게 움직이는 여공 손가락! 희태, 놀라서 고개 돌려보면 가늘게 실눈 뜬 여공.

희태   (급히 다가가) 석철 씨. 정신이 들어요?

그때, 희태 향해 뭔가를 말하려는 듯 작게 들썩이는 여공의 마른 입술. 이를 본 희태 멈칫, 여공 입가 가까이 다가가 귀 기울이며 집중하는데…

여공   (숨소리처럼, 들릴 듯 말듯) 집에… 집에 가고 싶어요.

그 말을 알아들은 희태, 쿵 가슴 내려앉아 여공 얼굴 바라보면 다시 의식이 없고. 복잡한 심경의 희태 얼굴 위로 여공의 심전도 비프음이 뚜뚜뚜, 점점 크게 겹치면…

희태   (마음먹은 듯 여공 향해) 갑시다, 집으로.

S#12   **서울역 (낮)**
광주행 기차가 출발한다는 안내음. 움직이기 시작하는 기차에 겨우 올라타는 희태.

S#13   **기차 안 (낮)**
달리는 기차 안을 걸어가는 희태, 자리에 앉아 겨우 한숨 돌리는데. 옆으로 군인 지나가자 잠시 보다가, 가방에서 편지지 패드 꺼내 끄적이는 희태.

희태(Na)   야, 군바리! 또 나다, 희태. 대체 편질 몇 번이나 보내는데 답장 한

통이 없냐. 너 혹시 군대가 아니라 남산으로 끌려간 건 아니지?

S#14 연병장 (낮)

일사불란 움직이는 군홧발… 충정훈련 중인 경수, 구호에 맞춰 곤봉을 휘두르고.

희태(Na) 그렇게 혐오하던 군부 세력의 하수인이 된 소감은 어때? 너야 뭐 어딜 가나 과잉 충성하는 성정이니, 거기서도 분명 에이스가 됐 겠지.

진압조, 시위조 나누어 훈련하는 군인들. 중대장 '뚫리는 새끼들 각오해!' 소리치고.
방패 든 경수 기진맥진 서 있으면, 그 뒤에 선 광규 '똑바로 안 드 나?' 곤봉으로 툭.
경수, 긴장 바짝 들어가 방패 고쳐 들고… 다시 달려드는 시위조 를 버텨내는데.

희태(Na) 설마 그날 일로 나한테 화나서 연락 안 하는 거냐? 만약 그런 거 면, 너 때문에 내 인생도 만만찮게 꼬였으니까 대충 퉁 치자.

S#15 기차 안 → 기찻길 (낮)

편지를 쓰던 희태, 문득 생각이 많아지는지 멈췄다가 계속 써 내려간다.

희태(Na) 꼬인 일은, 어떻게든 풀어보려고 아등바등 중이다. 방법은 모르겠지만 내가 할 수 있는 건 최대한 해보려고. 그니까 제발, 답장 좀 해라!

느낌표 연달아서 힘주어 적고는 펜을 내려놓는 희태, 기차 창밖을 바라보면 카메라 밖으로 빠져나와, 철컹철컹 소리 내면서 달리는 기차 바퀴에서…

S#16 **광주병원 응급실 (낮)**

요란한 소리로 굴러가는 이동 침대의 바퀴와 다급히 뛰는 명희의 낡은 간호화. 재빨리 이송 침대에 붙어 함께 미는 명희, 이송원에게 환자 상태 보고 받는다.

이송원 공사 현장에서 자재에 복부 찔린 환잔디, 무리하게 뽑아부느라고 출혈이 허벌나게 심각한 상태고요잉.

고통에 신음하는 환자. 명희, 슬쩍 피에 젖은 거즈 들춰보면 상처에서 피 콸콸 솟고…
졸졸 명희 따라다니던 신규 간호사 인영, 피 보고 순간 겁먹어 얼어붙어 보고 있으면

명희	(인영에게) 가서 김 과장님 불러와. 빨리.
인영	예, 예…! (허둥지둥 달려가고)
명희	환자분, 지혈 좀 할게요잉. 쪼까 아파요.

명희, 망설임 없이 상처 부위 꾸욱! 압박 지혈 시작하면 으악 비명 내지르는 환자. 발버둥 치는 환자 보며 이송원 덩달아 으… 슬쩍 보면, 흔들림 없이 차분한 명희.

시간 경과. 처치 후 개수대에서 손 씻는 명희, 간호복이 온통 피에 물들었고.

스테이션에 서서 차팅하며 겨우 한숨 돌리다가 명희, 문득 발이 불편한 듯 내려보면 발이 퉁퉁 부어, 터질 듯이 꽉 끼는 낡은 간호화.

명희, 뒤축 꺾어 고쳐 신고 종아리 아픈 듯 꾹꾹 누르는데… 레지던트 병철 다가와

병철	(바쁘게) 명희 씨, 방금 올린 환자… (하다가 기겁) 오메 오메메, 피!
명희	(대수롭지 않게, 피 묻은 간호복 보며) 아… 예, 뭐.
병철	아니, 명희 씨 피!

뭐지? 어리둥절하게 고개 들면, 명희 코에 새빨간 코피가 주룩.

S#17 간호사 휴게실 (낮)

휴게실로 들어오는 간호사 무리, 사물함에서 양치 도구 꺼내며

잡담한다. 휴게실 한구석에 있는 소파 위에는 담요가 아무렇게나 널브러져 있고.

간호사1   아따, 인자 겨우 점심이여? 오늘도 저녁때 다 넘어가꼬 퇴근하 겠네.

민주   (짜증스레 사물함 문 탁!) 이것이 다 김명희 고년 때문이여. 우리가 암만 인력 늘려달라 부르짖음 뭐더냐고. 밤번 근무자가 해가 중 천에 뜨도록 일한께 위에서도 그게 당연한 줄 알잖애. 독한 년.

간호사2   긍께, 오늘은 아예 코피까정 쏟드만. (비웃는)

소파 밑에 놓여있는 명희의 낡은 간호화, 앞코에 코피 한 방울 말 라붙어있다.

간호사1   근디 뭐 땀시 그란대? 본께 위에 눈치 보는 성격도 아닌 거 같은디.

민주   돈! 고 쥐꼬리 같은 추가 수당 받아가꼬 뭔 부귀영화를 누린다 고…

인영   (빼꼼, 울상) 저, 폴대 하나가 비어서 근디… 혹시 보신 분 계셔요?

명희(E)   나.

그 순간 소파 위에서 담요를 걷고 일어나는 명희, 코에는 휴지 꼽 은 채다. 일순간 뒷담 하던 간호사들 귀신이라도 본 듯 으악!

명희   거시기 아마 병동 딸려갔을 거여. 나가 갖고 올텐께 넌 가서 일 봐.

인영   저 땀시 퇴근도 못 하시고… 죄송혀요잉.

명희   (덤덤히 신발 신으며) 됐응께, 싸게 가 봐.

인영, 미안한 표정으로 꾸벅 나가면… 소파에서 일어나는 명희.
간호사들, 다가오는 명희 보며 애써 표정 관리하며 침 꿀꺽 삼키
는데.

명희   지가 쥐꼬리 한 푼이 아쉬운 상황이라 눈치가 없었어요. (휴지 빼
          며) 앞으론 피해 안 가게, 바로바로 퇴근할게요.

비꼬거나 불쾌한 기색 없이 산뜻하게 말하고 나가는 명희.
잠시 얼어있던 간호사 셋, 뒤늦게 저들끼리 눈 맞추며 '뭐여? 더
무섭게스리…'

S#18   몽타주 - 광주 풍경 (낮)

빵빵, 전남 번호판을 단 택시가 경적을 울리면서 지나가고
표어 '새意志로 새全南을' 적힌 아치와 '제61회 전국체전 전남
예선대회' 현수막.
활기찬 광주의 풍경들이 스케치 되다가… 옛 광주역 전경.
역전 인파 사이로 유유히 걸어 나오는 희태, 찌뿌둥한지 우드득
기지개 켜고.

희태   (주변 휘 보며 감상에 젖는) 왔네, 광주.

S#19   **광주병원 로비 (낮)**

광주병원 로비로 들어오는 희태, 휘 둘러보다가 접수대 발견하고
걸어간다. 그런 희태의 뒤로 폴대 밀고 가는 명희 지나가고…
희태, 접수대 직원에게

희태   여기 부원장실이 어디예요?

S#20   **광주병원 응급실 (낮)**

인영, 분주히 물품들 세서 채워 넣는데 근처 한 병상의 남성 환자,
인영을 부른다.

환자   거기 언니. 어이!

인영   (정신없고) 예에, 잠깐만요!

환자   (심기 불편, 노려보다가) 야!!

쩌렁쩌렁 환자 목소리에 근처 지나는 의료진들 힐끗. 당황해 병
상으로 달려가는 인영.

인영   부르셨어요?

환자   니 사람 말이 말 같지 않냐? (혈액 역류한 수액 줄 내보이며) 이거 어
         떡할 거여.

인영   아, 이거는 팔 위로 쪼까 들고 계시믄…

환자   (위압적) 빼고 다시 연결해. (쿡쿡 찌르며) 딴 데, 다시, 꽂으라고!

근처 의료진들 힐끗 보기만 하고. 인영, 잔뜩 겁먹고 위축된 상태
로 카테터 뽑는다. 죽일 듯이 보는 환자에 긴장한 인영, 탁탁 치지
도 못해 손으로 혈관 더듬더듬 찾으면

환자   니 시방 뭐더냐? 애무하냐?

명희   (당황해하는 인영 뒤에서 불쑥 나타나) 나와. 나가 할 텐께.

환자   아가씬 볼일 없응께 빠지고. (명희, 환자 손목 찰싹찰싹!) 아!!

명희   (라인 연결하며) 응급실서 볼일이, 의료행위 말고 또 있소?

환자   아니 이년이 근디… (휙 먹살 잡아 쥐며) 니 내가 누군 줄 알어?!

명희   알제. (카테터 꽂힌 손목 꾹 누르며) 환자.

환자   아악!!

S#21   광주병원 부원장실 (낮)

부원장 병걸, 못마땅한 표정으로 환자진단서 따위 읽고는 떨떠름
하게…

병걸   시방 있는 디 계속 있는 것이 환자나 보호자나 좋지 않을랑가? 코
       마 환자를 서울서 광주까정 이송한다는 것이 쉬운 일도 아니고,
       막말로 길바닥에 돈 뿌리는 일인디… (슥 훑고) 뿌릴 돈은 있고?

희태   전원 허가만 내주시면, 돈은 제가 어떻게든…

병걸   (쯧, 서류 덮으며) 거 보아한께 아직 학생 같은디, 일의 순서가 잘못
       됐네. 여는 공수표 안 받응께, 돈 구해지면 다시 오시게잉.

희태   (당황) 공수표 아닙니다! 환자 상태가 한시가 급해서…

병걸   (귀찮아) 아 시방 병원 적자도 한시가 급허네. 그믄… (큼, 나가려면)

희태   (막아서며 진중하게) 선배님! 이 환자, 광주 사람입니다. 집에 가고
       싶다는 말이 유언이 될지도 모르는데, 마지막은 고향 품에서…
       (하는데)

분위기 진지하게 흘러가려는데 쾅!! 갑작스레 열린 문에 맞아 휘
청하는 희태. 뭐야? 황당하게 보면, 명희의 먹살을 잡은 채 씩씩
대는 앞 장면의 환자다.

병걸   (놀라서) 오메, 니 상권이 아니여? 이게 뭔…

환자   형님! 이년 이거 잘라버리쇼잉! 아따, 세상천지 아픈 사람 공격하
       는 간호사가 다 있냐잉!

그사이에 희태, 놓친 진단서류 주우며 소란스러운 방해자들 못마
땅하게 보는데… 덩치 큰 남자에게 먹살 잡힌 상황에서도 눈 하
나 깜짝 않는 명희의 무표정한 얼굴.

병걸   (명희 향해) 아니, 이 양반아. 시방 내 지인이라 하는 소리가 아니라,
       어찌 의료진이 환자를 공격한당가. 당장 죄송하다고… (하는데)

명희   이럴 때만 의료진이요?

병걸   뭐, 뭐여?

명희   (냉소) 새파란 신규 간호원 희롱당할 땐 다들 넘일맹키로 구시더
       니, 거기 대응한께 갑자기 의료진의 도리를 따지시네요.

환자   이년이, 어느 안전이라고 따박따박… (먹살 더 거칠게 쥐는데)

희태	(보다가 너무하다 싶고, 저지하려) 저기… (하는 순간)

명희, 먹살 잡은 환자 손목(앞과 같은 자리) 꽉 누르면, 아악! 손목 부여잡는 환자. 부원장 경악해 '상권아!' 하고, 희태도 동그랗게 놀란 눈으로 명희 보는데

병걸	아니 이게 뭐하는 짓이여, 시방!
명희	정당방위요. 같은 의료진이 안 도와주시길래.
병걸	시, 시방 똥 뀐 놈이 성내는 거여, 뭐여!
명희	(차분) 지가 똥을 뀐 게 아닌께 성을 내죠잉.

희태, 눈 하나 깜짝 않고 대꾸하는 명희 모습 흥미롭게 지켜보고. 병걸, '밖에 아무도 없는가!' 소리치면 놀란 직원들 들어와 명희, 환자 끌고 나간다.

병걸	(체면 구겨, 괜히 문에다) 저, 쌈닭 저! 어디 간호원이 바락바락 칵씨!
희태	(같이 문가 보면서, 은근하게) 저, 그래서 전원은…
병걸	나가, 씨! (꿍얼꿍얼)

S#22 골목 (낮)

수련의 발, 필사적으로 뛰어 도망치고 '거기 서!', '잡아!' 소리치며 쫓는 형사들의 발. 갈림길 앞에서 일순간 머뭇거리다가 코너를 돌아 달려가는 수련.

S#23   골목 일각 (낮)

건물 뒤로 숨어든 수련, 가방에서 구두 꺼내고 겉옷 지퍼를 내린다.

겉옷과 운동화 가방에 쑤셔 박은 후, 모자 벗고 머리끈 푸는 수련

의 손. 형사 둘, 뒤늦게 수련이 숨은 쪽으로 달려와 두리번거리는

데 건물 뒤에서 또각또각, 긴 머리 풀고서 걸어 나오는 수련.

공주풍 블라우스와 하이힐, 품에 든 전공책까지 영락없는 여대생

의 모습이다.

형사들 잠시 수련을 바라보자, 애써 긴장 감추며 계속 걸어가는

수련.

형사1   (보다가 형사2에게) 저짝으로 가 봐. 찢어져서 찾게.

뒤에서 들려오는 소리에 안도하는 수련, 계속 또각또각 걸어 나

간다.

S#24   광주병원 응급실 앞 (낮)

퇴근하는 사복 차림의 명희, 손에는 핏방울 묻은 간호화 들고 가

면서 낡고 헤진 부분들을 이리저리 살펴본다.

명희   (작게 혼잣말) 어찌 일 년만 더 못 신을라나…

수련(E)   어이, 아가씨~ 퇴근하시는 길인가 봐잉?

명희 돌아보면 공주풍 차림의 수련, 헌팅하는 남자처럼 벽에 기

대 똥폼 잡고 있고.

명희	(위아래로 훑고) 그 수법이 여즉 통하냐?
수련	아따, 이게 백발백중이랑께~
명희	아따, 또 대낮부터 추격전 찍었냐. 체력도 좋다잉.
수련	(팔짱 끼며) 가자. 입 털 시간 없어야.
명희	가긴 어딜 가. 인자 퇴근했는디. (끌려가며) 아야, 나 코피 쏟았다고!

S#25 수련 집 앞 (낮)

대문부터 으리으리한 2층짜리 저택의 전경.
초인종 앞에 나란히 선 수련과 명희. 수련, 얼른 누르라고 눈짓하
면 명희 영 내키지 않는데.

수련	아, 싸게 눌러! 시방 아버지 나갈 시간 다 됐어야!
명희	긍께 왜 자꾸 발정난 도둑고양이맹키로 몰래 기어나와싸. 가서 빌어.
수련	아이, 안 돼! 나 새벽 탈출 한 번만 더 걸리믄 삭발이라고!
명희	이참에 밀어부러. 미는 김에 삭발시위인 척하믄… (하는데)

에잇, 명희 말 막아버리듯이 초인종을 눌러버리는 수련.
무슨 짓이냐는 듯 수련을 토끼눈으로 바라보는 명희, 그때 인터
폰 소리.

가정부(E)	누구씨요?
명희	(어쩔 수 없이) 저, 수련이 친구 명희여요.

명희, 깐족대는 수련 흘기면 철컥 대문 열리고.

S#26   수련 집 안 + 외벽 (낮)

마당 안으로 들어간 명희와 수련, 각각 현관 쪽과 외벽 쪽으로 흩어지며 서로 작전 수행이라도 하듯 입 모양과 손짓으로 바쁘게 대화하다가 벌컥! 현관문 열리며 가정부 나오자 어색하게 웃어 보이는 명희.

명희	수련이 전화 받고 왔어요. 집으로 쪼까 와달라고…
가정부	(어리둥절) 전화? 아프다고 어제 초저녁부터 내리 자는디?
명희	그, 자다 잠깐 깼는가, 꼭두새벽, 어 한 다섯 시쯤에 전화가…
가정부	(의아) 다섯 시믄 나 한창 일하고 있을 땐디?
명희	(재빨리) 아니다 아니다, 네 시. 잉, 네 시쯤에요!

그 시각, 구두 바닥에 벗어던지고 담벼락 타고 오르기 시작하는 수련. 이미 익숙한지 암벽등반 하듯 벽돌과 우수관 따위를 이용해 2층 창문 향해 오른다.

명희, 가정부 따라서 초조하게 집 안으로 들어오면 수련도 드디어 자기 방 창문에 다다라 창문 열려고 손 뻗는다.

명희, 가정부에게 살짝 눈인사하며 수련 방으로 걸어가려던 그때!

창근   (출근 차림으로 나오며) 얼레, 명희 아니냐?

그 시각 수련, 창틀에 뭔가가 걸렸는지 창문이 열리질 않는데!

명희   (당황) 아, 아버지. 잘 지내셨어요?
창근   잉. 수련이 보러 왔냐? (하다가 응?) 설마 야 아직도 자는 거여?
가정부 고것이… 하도 깨우질 말라 신신당부를 해싸서…
창근   뭐여? 오메, 이 가시내가 참말로… (수련 방으로 걸어가며) 이수련!

한편 한참 창문과 실랑이하던 수련, 집 안쪽에서 아버지 목소리
들리자 더욱 다급하게 창문을 열려고 덜컥덜컥 진땀 흘린다.

수련   (울상) 환장하겠네… 제발, 좀 열려라! 쫌!

방문 앞까지 다다른 창근, 연신 불러도 대답 없자 문고리를 돌리
는데… 덜컥, 방문이 잠겼는지 열리지 않고!
뒤에서 보는 명희 긴장한 표정. 순간 미심쩍게 문을 보는 창근,
다시 한번 문고리를 돌리려는데…
그때 벌컥! 땀으로 머리카락이 젖은 수련이 문 열고 나온다.

수련   (숨 고르며, 애써 태연하게) 아우, 몇 신가? 푹 잤네, 그냥.
창근   (의심) 뭔 땀을 그라고 흘리냐?

수련   잉~ 몸살, 몸살. (헤 웃어 보이는)

S#27   수련 집 수련 방 (낮)

아기자기 고급스러운 수입 소품들로 가득 찬 수련의 방.
명희, 공주풍 침구가 깔린 수련의 침대에 걸터앉은 채로 각종 회
보나 금서 따위를 숨긴 옷 서랍에서 연설문 찾는 수련 뒷모습 바
라본다.

수련   간밤에 수배 떨어진 형 접선이 와가꼬. 나 말곤 못 믿겠단디 어
          쩌냐.

명희   오늘은 뭔디?

수련   오늘은 더 중한 날이여. 저녁에 연단 서고, 밤엔 유인물 찍고…

명희   (쯧쯧) 니 민머리 되기까지 딱 2주 본다.

수련   이 정도는 해야, 잔 다르크 자격이 있제. (연설문 꺼내며) 찾았다.

명희   (코웃음) 자격은 무슨… 요샌 데모 할라믄 자격증이라도 따야 된
          다데?

수련   자격증이나 있음 확 따불제. 난 뭘 혀도… 우리 아버지 딸이잖애.

명희   뭐, 연좌제냐? 아버지 자본가믄, 뭘 혀도 다 위선이라대? 걱정 말
          어. 데모에 자격증 있음 닌 고시 패스여.

수련   (치… 연설문 건네며) 씻고 올 텐께, 함 읽어보고 있어라잉! (후다닥)

명희   뭘 읽어… 아, 나 밤샘 근무했다니까! (아이… 귀찮게 보고)

S#28   수련 집 앞 → 집 안 (낮)

집 앞, 택시에서 내리는 깔끔한 구둣발… 수찬, 택시 문 닫고 집을
올려다본다. 뚜벅뚜벅, 마당에 깔린 돌 위를 규칙적으로 걸어가는
수찬의 발. 집 안, 여행용 가방을 받아주는 가정부에게 장난스럽
게 쉿! 하는 수찬.

S#29   수련 집 수련 방 (낮)

몰래 수련의 방문을 여는 수찬. 끼익 문소리 나자 이크… 하고
보면, 책상 앞에 앉아서 연설문 읽느라 미동도 없는 명희의 뒷모
습. 명희인 줄은 꿈에도 모르고 살금살금 다가가는 수찬, 등 뒤에
서 놀래주려는 순간…

명희   딱히 고칠 건 없는디? (뒤돌며) 비문들은 내가…

동시에 으악! 화들짝 놀라는 수찬과 명희, 잠시 서로 어안이 벙벙
바라본다.

명희   …수찬 오빠?
수찬   (뒤늦게) 명희? 아따 이게 얼마 만이냐. 그새 숙녀 다 돼부렀네.
수련   오빠!! (달려와 젖은 수건으로 때리며) 뭐여, 다음 달에 온다매!
명희   (놀라) 한국, 아주 들어온 거예요?
수찬   (웃으며) 잉, 그라고 됐다.

S#30   수련 집 정원 (낮)

야외 테이블에 앉은 셋.

수련, 상자 열면 다양한 구성의 고급 초콜릿들. 내심 감탄하는 명희
와 달리 심상하게 초콜릿 입에 넣는 수련, 다른 선물 뜯어보곤…

수련   (실망) 원피스? 아 입지도 않는 걸 뭐더러 자꾸 사와. 옷방 터지
        겠어.

수찬   뭐더러 사오긴, 입으라 사오제. 아따, 그 인민군 같은 옷들 좀 고
        만 입고. 그나저나 명희 볼 줄 알았음 뭐라도 하나 사왔을 것인디.

명희   (곁눈으로 수찬 따라 차 거름망 꺼내다) 예? 아녀요. 뭘 제 껏까지…

수련   아! 명희 니 원서들, 오빠 출장 때 사오라 하믄 되겠네!

명희   (수련에게 말하지 말라 눈치 주며) 야.

수련   왜~ 오빠, 명희 애도 요새 유학 준비한다?

수찬   (감탄) 뭣이여, 참말로? 직장도 다닌담서 대단허네잉. 하기사, 학
        교 다닐 적엔 공부도 수련이보다 곧잘 했제?

수련   아니거든~ 엎치락뒤치락했거든?

명희   그냥 희망사항이에요. 아직 입학 허가도 못 받았고, 돈도 못 모았
        고…

수련   아 키운다고 집에 보내는 돈 반만 줄여도 유학을 열 번도 가겠다.

명희   (변명) 제 아가 아니라요. 늦둥이 동생이 있는디, 애가 아직 어려
        가꼬.

수찬   어찌 모른 척 하겠냐. 니가 집안의 대들보일 것인디… (농담) 하여
        튼 이수련이 니는, 우리 첫째들 마음을 죽어도 이해 못 할 것이다.

수련   (괜히 빈정) 웬 우리?

수찬   명희 니도 아직 애긴디… (초콜릿 주며) 욕본다, 어른 노릇 한다고.

그 말에 뭉클한 명희, 수찬이 건넨 초콜릿 보다가 한 입 베어 문다.

S#31   수찬의 차 안 (낮)

수찬의 차 얻어타는 명희, 침묵 속에서 뻘쭘해 괜히 수찬 눈치 보
다가

명희   안 데려다주셔도 되는디… 갓 귀국 하셨는디 쉬지도 못하시고.

수찬   오랜만에 시내 구경하고 싶어서. 아 그나저나 명희도 유학 생각
이 있는 줄은 미처 몰랐네. 뭔 계기라도 있어?

명희   (잠시 생각하다) 오빠 유학 가시는 거 보고요.

수찬   (푸핫) 뭣이여? 나가 괜한 환상을 심어줬네잉.

명희   왜요? 유학… 별로였어요?

수찬   아녀, 좋았어. 그냥, 마냥 별세계는 아니더라고. 아무리 날고 기어
도 나라가 힘이 없으믄 초라해지는 순간이 와. (미소) 고거이 힘들
드만 나는.

명희   (듣다가 가볍게) 글믄 전 괜찮겠네요. 여서 더 초라해질 것도 없웅께.

수찬   (웃고) 아따, 딱 유학 체질이네.

명희   아, 저 사진관 앞에 세워주시믄 돼요.

수찬   그래. 반가웠다잉. 유학 준비함서 도움 필요하믄 언제든 연락하고.

명희   예. (내리려다) 저… 진짜로 연락 드려도 돼요? 물어볼 거 생기면요.

수찬   (잠시 놀랐다가 황급히) 어! 당연하제. 나가 요번에 차린 사무실인

디, (명함 주며) 집에 없음 열로 연락해. 나으 첫명함을 명희한테 주네잉.

명희   (명함 소중히 들고) 고맙습니다. 연락 드릴게요잉.

해사하게 웃어 보이고 내리는 명희. 수찬, 그런 명희 보며 저도 모르게 따라 웃는다.

인서트   혜건네 사진관 앞 (낮)

사진관 창가에 붙어, 수찬의 차에서 내리는 명희를 바라보는 시선.

S#32   혜건네 사진관 (낮)

선민과 혜건, 창가에 달라붙어서 그 광경 지켜보다가… 명희 들어오자마자 음흉하게

혜건   뭐여, 뭐여~? 이실직고 혀라, 김명희.

선민   남자던디~? 차를 딱 본께 부르주아여.

명희   (귀찮은) 아따, 그란 거 아녀.

혜건   그란 거? 그란 게 뭔디? (선민과 눈 마주치며 같이 흐흐)

명희   아, 뭔일로 불렀어! 시방 쓰러지기 직전인께 싸게싸게 용건이나 말해!

선민   옴마, 요년 급발진 보소. 니 나중에 김빠진다 뭐라 하지나 마라잉.

혜건   (선민에게 신호 받고 끄덕, 품에서 봉투 꺼내서 내미는)

명희   뭔디. (봉투 받으며) 니 영장 나왔냐?

혜건   아, 직접 봐봐.

명희 툴툴대며 봉투 열어 내용물 보면, 외국어로 적혀 있는 문서.
뭐여 이게, 심드렁한 눈으로 읽어내려가던 명희… 어느 순간 눈
커진다!
문서 마지막 문장, 자막으로 [귀하의 입학을 허가합니다] 떠워
지고.

혜건   (기다렸다는 듯) 축하한다!

선민   니 합격이여!!

동시에 까악! 세 사람 얼싸안고 폴짝폴짝 기쁨의 환호성 지른다.

명희   진짜 맞어? 니들 시방 장난치는 거 아니여?

혜건   독일서 날라온 따끈한 진짜배기여. 나가 아침마다 우체국 출근
        도장 찍음서 받아온 거랑께.

명희   (주섬주섬 챙기며) 이럴 때가 아니네. 나 먼저 간다잉!

선민   아야, 어디 가? 축하 파티 안 허냐?

명희   (들떠서 나가는) 신부님! 소식 전해야제.

선민   (웃으며) 으이그… 자빠진다잉!

신난 명희 사진관을 휙 뛰쳐나가려면, 마침 사진관 문 열던 희태
명희 문 열어주는 꼴이 되며… 스치는 두 사람 슬로우 걸리고.

잠시 명희 돌아보다가 별생각 없이 사진관으로 들어가는 희태.

선민   (손님인 줄 알고) 사진 찍으실 거믄 다음에…

혜건   (O.L) 야! 황희태!!

희태   (씩 웃고) 잘 지냈냐?

S#33   성당 마당 (낮)

마당 쓸던 조 신부, 잠시 고개 들어서 꽃이 흐드러지게 핀 나무를
흐뭇이 보는데.
'신부님!' 하는 목소리에 보면, 단숨에 달려왔는지 가쁜 숨으로
미소 짓고 있는 명희.

S#34   성당 안 (낮)

미사가 없어서 빈 성당 안, 나란히 앉아 있는 명희와 조 신부.
입학 허가서 읽던 조 신부, 쓰고 있던 돋보기를 벗으며 명희 손을
꽉 잡아준다.

조신부   고생했다. 수고했다. (토닥이며) 장하다, 내 새끼.

명희   (뭉클한) 신부님 아녔음 용기도 못 냈어요.

조신부   그래서, 언제쯤 입학할진 정했고?

명희   한참 멀었죠. 나라서 여권심사도 받아야 허고, 돈도 다 못 모았
고…

조신부	(잠시 망설이다가) 거시기… 주교회서 연락받은 건이 하나 있는디, 올해 천주장학회에 빈자리가 딱 하나 났다더라고.
명희	천주장학회요?
조신부	잉 안 그려도 명희 너 추천할까 하다가 시기상조 같아갖고 고민혔는디, 딱 마침 입학허가를 받았당께… 주님의 뜻 아니겠냐. 장학금이 뭐 넉넉진 않더라도 타국생활하는 데 숨통은 트일 것이다. 흔치 않은 기회여.
명희	(믿기지 않는) 아, 저야 겁나 감사하죠!
조신부	그란디 조건이… 바로 한 달 후에 출국하는 사람 대상이란다.
명희	한 달 후요?!
조신부	쪼까 빡빡허제? 당장 지닐 딘 알음알음 알아본다 혀도, 비행기 표가 한두 푼이 아닌께… 성급하다 싶으믄 내년 장학회를 노려봐도 되고.
명희	(결의로 절레절레) 추천해주세요. 지가 어떻게든 비용 마련해볼게요.
조신부	그려! 그르자. (하다가) 가만있어봐. 집에도 전해야제. 기쁜 일인디. (떨떠름한 명희 보더니 쓱!) 바로 연락드려라잉. 추천서 값이여.
명희	(한숨, 비행기 표 얘기보다 더 막막한데)

S#35　나주 길 (낮)

낡은 슬립온 운동화를 신은 명수, 논길과 고즈넉한 나주의 풍경 속을 달리고…
빛바랜 '시계 수리' 간판 실은 손수레 끌고 절뚝이며 가는 현철을 따라잡는 명수.

명수   (신나 뛰어오며) 아버지! 아버지!!

현철   어허, 자빠진다. 천천히 와야.

명수   (들떠) 아버지! 지 나주 대표 됐어라! 인자 도 대회 나간당께요!

현철   아따, 장허네, 허구한 날 뛰댕기드만 도 대회를 다 나가불고.

명수   히히. 주씨요. (수레 끌고 뛰어 들어가며) 엄니! 할무니!

현철   (미소로 보며 따라가는)

S#36   나주집 + 공중전화 (낮)

마당의 평상에 앉아 얌전한 아이처럼 딸기 먹는 현철모.

순녀, 그 옆에 앉아 나물 다듬으며 흥분해 떠드는 명수 얘기 듣는다.

명수   예선 대회는 학교서 뛰는 거랑 차원이 다르당께요! 전남서 쫌 뛰는 아들 무등경기장에 싹다 모아가꼬! 1등은 전국체전도 나간대요!

순녀   (웃으며) 엄니, 이러다 우리 명수 올림픽 선수 돼부는 거 아녀라?

현철모 담박질은 우리 현철이 따라갈 놈이 없제.

명수   예에? 아부지가요? 할무니 또 요상한 소리~

마당 구석에서 간판 덧칠하던 현철, 잠시 순녀와 어색한 눈빛 교환하는데 때마침 마루에서 전화 울리자 현철, 절뚝이며 전화 받으러 걸어간다.

현철   여보세요?

공중전화 부스의 명희, 아버지 목소리 들리자마자 무표정하게 철
컥 전화 끊어버린다.
다시 나주의 현철, 잠시 수화기를 보다가 내려놓고… 몇 초 후 다
시 전화벨 울리면

현철   (다시 마당으로 걸어가며) 명수야. 느그 누나 전화 받아라.

명수   어! 누나다! (달려가 전화 받고) 여보세요?!

명희   (웃음 번지는) 아따, 고막 찢어지겄다. 우리 똥개 웰케 또 신났냐.

명수   누나! 나 담주에 달리기 대회 하러 광주 가! 응원 올 거제?!

명희   근무 없으믄 갈게. 명수야, 누나 엄니 좀 바꿔줄래?

명수   응원 온다고 해야 바꿔줄 거여! (하는데 수화기 뺏기고) 아, 엄니!

순녀   어, 명희냐? 뭔 일이여?

명수 '에이, 진짜…' 툴툴거리며 다시 마당으로 가고.
현철모, 멍하니 딸기 오물거리며 순녀가 전화 받는 모습을 바라
본다.

순녀   (놀라) 참말이여…? (근심으로 어두워지는) 잉, 잘됐네… 그란디 니가
뭔 돈이 있어서? 나가 아부지한테… (작게) 아, 말하지 말어…?

현철모, 순녀 안절부절 전홧줄 배배 꼬는 손을 보곤… 먹던 딸기를 툭 떨어트린다.

공중전화 부스 안 명희, 괜히 골머리가 아픈지 머리를 쓸어올리며…

명희   뭐 도와달라고 전화한 게 아니라… (하는데)

현철모(F) 우리 아는 아무 죄도 없어라!! 또 누굴 잡을라 허요!! 날 잡아가씨요!

명희   …할무니 또 경 치시겠네. 나 끊어요잉. (끊고, 찝찝한 마음)

발작하듯 고래고래 소리 지르는 현철모로 순식간에 아비규환이 된 나주 집.

전화 끊긴 수화기 들고 악에 받쳐 울부짖는 현철모를 겁먹어 보는 명수.

현철모   가는 죄 없당께!! 죄가 없어!

현철   (끌어안아 진정시키는) 엄니, 나 여기 있소. 지발 진정하씨요.

현철모   황기남이 너 이 찢어 죽일 놈아! 우리 현철이 돌려내라!

S#37   보안대 조사실 (낮)

슬리퍼를 신은 채 까딱이는 기남의 발, 쥐색 양말 곳곳에 피가 튀어 얼룩져 있고 테이블 위 보면, 멀끔한 양복 위에 작업 잠바 입은 기남, 진술서 읽고 있다.

맞은편에 온 얼굴이 상처로 얼룩진 청년, 모든 걸 체념한 채 넋이 나가 앉아 있으면

기남	진작 좀 잘 기억하지… (진술서 내려놓고) 괜히 서로 고생했다, 그치?
청년	(움찔, 겁에 질려 기계처럼) 죄송합니다. 죄송합니다…

조사관, 광이 반질한 정장 구두 들고 대기했다가 기남 발밑에 착 가지런히 놓으면

기남   (슬리퍼에서 구두로 갈아신고) 마무리 지어. (나가는)

S#38   이발소 (저녁)

석중이 면도를 받는 사이, 기남 소파에 반듯이 앉아 기다리는데 라디오 뉴스 소리.

라디오(E)   야당이 유신세력 퇴진 및 국회의원 소선거구제를 촉구하는 당론을 밝힌 가운데, 이에 전 보안사령관은 선진정치로 향하기 위해 여야가…

석중   참나, 이러다 유신 때 키우던 개도 잔당이라 쫓아낼 기세니 원.

기남   (슬쩍 일어나 라디오 볼륨 줄이며) 겁많은 개 먼저 짖는다고… 제대로 물지를 못하니 시끄럽게 짖기라도 하는 거 아니겠습니까.

석중   (면도 마치고 일어나는) 겁많은 개라고 방심했는데 미친개면 답 없어. 시절이 하 수상하니, 자네도 든든한 뒷배 하나 정돈 마련해두

라고.

기남   (온화한 미소로 재킷 입혀주며) 저한텐 의원님이 계시지 않습니까.

석중   아니, 정말 여차할 때 뛰어들 구명보트 말이야.

기남, 의미심장한 석중의 말에 잠시 보다가 재빨리 지갑 꺼내 대신 면도비 내고. 그 모습 내심 흐뭇해서 보던 석중, 거울 보며 옷매무새 매만지며 입 연다.

석중   좋은 카드 손에 쥐고선 뭘 헤매고 있어. 동맹 맺는 데 가장 확실한 방법이 있는데. (보고) 자네 아들, 혼기 찼잖아.

기남   !

석중   물가까진 내 데려갈 테니, 물고긴 자네가 직접 잡아보라고. 응?

기남   (기쁘게) 물론입니다. 감사합니다, 의원님.

S#39   이발소 앞 (저녁)

자동차 길가로 다가와 서면, 재빨리 석중에게 뒷문을 열어주는 기남. 그러다 무심코 길 건너편에 눈길 가면 희태의 실루엣…
잠시 눈여겨보다가, '뭐해, 안 타고' 하는 석중 재촉에 '아, 예.' 바로 시선 거두고 차에 오르는 기남.

S#40   길거리 (저녁)

함께 길거리를 걸으며 대화하는 혜건과 희태.

혜건	명절에도 잘 안 뵈던 놈이, 뭔 바람이 불어가꼬 연락도 없이 내려
	왔대? (훑으며) 캬, 고새 범생티 쫙 빠졌부렀구만. 서울 물이 좋긴
	좋아잉?
희태	니는… (요리조리 훑다가 옆구리 잡고) 전대는 밥이 겁나 맛있는갑다?
혜건	팍씨, 디질래? (웃다가 건물 입구에서) 이, 다 왔네. 여기여.
희태	(영혼 없이) 오~ 좋아 보이네. 들어갔다 체포되기 딱 좋아 보여.
혜건	아따, 안 잡아묵는다. 아, 소개받기 싫음 말고~ (들어가면)
희태	(찜찜하게 입구를 보다가 따라 들어가는)

S#41 술집 (밤)

마이크 하나 덜렁 있는 엉성한 무대가 마련된 작고 허름한 술집.
들어오는 혜건 알아보는 입구의 대학생들, 인사하며 혜건과 희태
에게 유인물 주고.
됐다는 듯 유인물 자연스럽게 슥 밀어내는 희태 보면, 무대 위에
서 수련 연설 중이다.

수련	민주 학우들이여! 학내잔재세력 심판은 결코 편의주의에 머물러
	선 안 됩니다. 우리 모두 역사의 단두대가 되어, 개인의 영달을 위
	해 유신독재체제에 기생해온 어용교수들을 신성한 교정에서 몰
	아내야 합니다!

혜건, 희태가 열정적으로 웅변하는 수련을 보고 있자…

혜건	(놀리듯) 아야, 레이저로 얼굴 뚫어불겄다잉. 관심 있냐?
희태	좀 있음 몸에 불붙일 기세라 주시 중인데.

혜건, 말조심하란 듯 쉿! 눈치 주며 걸어가면 뒤따라 걸어가는 희태.
시간 경과. 연설 끝나 학생들 삼삼오오 테이블에 앉아 토론하며 맥주 먹는데. 한구석의 테이블에 앉아 혜건, 후배와 대화하는 희태.

후배	(수첩에 끄적이며 또박또박) 장석철…? 여자 이름이 석철이에요?
희태	네. 스물네 살이고요. (눈치) 가능할까요?
혜건	아, 야가 우리 학생회 최고 정보통이여~ 웬만한 흥신소보다 낫당께.
후배	(흠, 우쭐해서) 뭐 쪼까 정보가 적긴 한디~ 함 알아는 볼게요.
수련	(똑똑) 정혜건. 등사원지° 준비했제? (열쇠 흔들며) 오늘 밤이다잉.
혜건	(서류 봉투 건네며) 원지는 준비했는디, 찍으러는 같이 못 가겄다. 서울서 몇 년 만에 친구가 와가꼬…
수련	친구? (당돌하게) 여 아무나 들어오는 데 아닌디. 신분 확실해요?
희태	불확실하면 뭐, 고문이라도 하나요?
수련	(생긋 웃으며) 신분만 확실하믄, 일손 늘고 좋을 거 같아서요.
희태	(보다가) 차라리 고문이 낫겠네요.
수련	(살짝 불쾌) 여까지 오신 거믄, 이 주제 관심 있어서 온 거 아니요?

° 등사판에 박아 낼 원고를 쓰는 얇은 기름종이

희태	아뇨? 술 마시러 왔는데요? (남은 맥주 쭉 원샷하고, 일어나는) 가자!
혜건	야야야! (뒤따라 일어나며) 오늘 못 도와서 미안. 집회 때 보자잉.
수련	(나가는 희태 눈으로 따라가며) 뭐여… 저 느자구 없는 새끼는?

S#42　명희 하숙집 거실 (밤)

명희, 막 씻고 나온 듯 수건으로 물기 닦다가 집 안 쪽 소란스러워서 보면 '아빠가 말해!', '가스나 니가 한다매!' 실랑이하던 진아 부녀, 눈 마주치자 화들짝.

진아부	(진아에게 떠밀려, 괜히 크흠) 명희야. 니 오늘 며칠인지 아나?
명희	(뭐지? 생각하다 헉) 아, 하숙비! 깜박했어요. 바로 드릴게요.
진아부	어 그카고, 말이 나와 하는 소린데… (괜히 진아 보면)
진아	(멀찍이 숨어 얼굴만 빼꼼, 얼른 말하라 눈치)
진아부	진아 과외, 인자 고마해도 된다. 가스나가 영 성적이 안 오르네.
명희	아… 글믄 하숙비는…
진아부	어. 내달부턴 원래 금액대로 주면 된다. (헛기침, 들어가는)

S#43　명희 하숙집 명희 방 (밤)

앉은뱅이책상 앞에 스탠드만 켜고 앉은 명희, 근심 가득한 얼굴로 통장과 가계부 들여다보며 주판을 튕기는데…
한참 모자라는지 한숨만 푹. 그때 삐죽, 수첩에 끼워놓았던 수찬의 명함이 튀어나와 꺼내 보는 명희.

수찬(E) 유학 준비함서 도움 필요하믄 언제든 연락하고.

잠시 생각에 잠기던 명희, 내가 무슨 생각을 하는 건가 싶어 도리도리. 생각을 쫓아버리려는 듯 서둘러 스탠드 스위치를 꺼버린다.

인서트   혜건네 사진관 창고 (밤)

딸깍! 스위치 줄 당겨 백열등 켜는 혜건, 뭔가를 눈으로 찾다가 저긋다! 손 뻗고.

S#44   혜건네 사진관 방 (밤)

사진관 안쪽의 골방. 희태, 하드케이스를 열어 오래된 통기타 꺼내 줄 디리링 쳐본다.

희태   (미소) 관리 잘했네. 땡큐.

혜건   집도 좁은디 아주 주기적으로 귀찮아 죽겠응께 인자 가져가.

희태   이런 건 팔면 얼마나 할라나?

혜건   (이불 펴다 우뚝) 니… 도박하냐? 사채 썼어? 엄니 유품을 팔겠다고?

희태   벽장에서 묵히는 것보단 그편을 더 좋아하시지 않을까?

혜건   니 참말로 뭔 일 있제? 이상해. 생전 안 하던 돈타령을 하질 않나, 부대껴 자는 거 질색하는 놈이 먼저 신세를 진다가질 않나…

희태   아버지 몰래 와서 그렇다니까.

혜건   그게 젤로 이상해. 니 아버지가 부르는 거 아님 광주 절대 안 오잖애.

희태　(기타 다시 케이스에 넣으며) 말했잖아, 볼일 있어서 왔다고.

혜건　아 긍께, 그 볼일이 뭔디.

희태　(누우며 건성) 병원 일.

혜건　아니 긍께! 서울에 병원이 천지빼까리일 것인디 왜 하필 광주병원이냐고. (예리한 눈빛) 황희태, 니 내 눈은 못 속인다잉. 니 광주에 여자 숨겨놨지?

희태　(성가신 끄덕임) 비슷해. 됐지? (돌아누우며) 불 꺼.

혜건　비슷해?! 진짜 누구 있구마! (이불 실랑이) 누군디? 아따 누구난께!

S#45　몽타주 - 창근 공장 (밤)

불 꺼진 공장문 열쇠로 문 따고 들어가는 수련. 학생들에게 들어오라 손짓하고. 손전등으로 공장 사무실을 뒤지던 수련, '찾았다!' 수동윤전 등사기 발견하고.

준비했던 등사원지를 꺼내, 등사기로 유인물 찍어내는 수련과 학생. 가내수공업처럼 유인물들 한창 찍어내고 있는데, 망보던 진수 뛰쳐 들어와 '짭새 떴다!' 하면 놀란 수련과 학생들 유인물들 챙기는 등 일사불란 움직이고.

창문을 통해 빠져나오는 학생들. 수련이 가장 마지막으로 나오는 순간 멀리서 '저 새끼들 잡아!' 하는 형사 목소리! 학생들 먼저들 흩어져 도망가고.

뒤늦게 인쇄물 끌어안고서 공장을 벗어나 도망치기 시작하는 수련. 쫓는 형사들을 피해 미친 듯이 달리던 수련, 어느 어두운 골목으로 들어가고.

쓰레기 더미에 웅크려 몸을 숨기고, 인쇄물을 안은 채 바들바들 떠는 수련. 골목 밖에서 형사들 뛰는 소리 들리다 잠잠해지자, 수련 웅크렸던 고개 슬쩍 들면… 시야에 최 순경의 발이 보이고… 겁에 질린 수련, 천천히 시선을 올려 보면 수련의 얼굴을 비추는 눈부신 손전등 불빛!

S#46 **혜건네 사진관 방 (새벽)**

아직 해 뜨지 않아 어슴푸레한 새벽, 누군가가 기척을 죽이고 집 안에 들어온다.

자기 얼굴 옆으로 구둣발이 지나는 것도 모르고 곤히 자는 혜건.

그 옆쪽에 떨어져 자는 희태를 흔드는 그 누군가의 손길.

기남   희태야, 일어나라. (흔드는) 어이, 황희태.

희태   (잠 덜 깨, 뒤척이는) 아, 왜…

그 순간, 철썩! 희태의 뺨을 매섭게 후려치는 손길.

'아씨, 뭐야' 비몽사몽 일어나는 희태, 눈 떠서 앞을 보고는 헉!!

희태   (벌떡 일어나는) 아, 아버지…!

S#47   희태 본가 전경 (아침)

담벼락이 드높은 단독주택인 희태네 본가 전경.

S#48   희태 본가 거실 (아침)

로브 차림의 해령, 무심코 방에서 나왔다가 귀신 본 듯이 놀라 외마디 비명! 보면, 거실 바닥에 무릎 꿇고 앉아 여러 장의 진술서 쓰고 있는 희태.

희태	(어색히 웃으며) 안녕히 주무셨어요?
해령	희태? 아니, 광주엔 웬일로…
정태	(해령 소리에 놀라 나왔다가 우뚝) 뭐야? 너 왜 왔어?
희태	응 그래, 정태야. 나도 반갑다~
해령	(작게) 씁, 황정태! 너, 형님한테…
정태	(꼴 보기 싫은 듯 노려보다가 흥… 발 쿵쿵 구르며 계단 올라가고)
기남(E)	(서재 안에서) 다 썼으면 가지고 와.
희태	옙! (서재로 가며) 아침 콩나물국 어떠세요? 제가 숙취가 있어서.
해령	으응, 그래. 준비시킬게. (떨떠름하게 보는)

S#49   희태 본가 기남 서재 (낮)

곳곳에 분재와 수석, 책상 위엔 필사하던 성경이 펼쳐져 있는 기남의 서재.

희태가 읽는 '진술서' 듣는 기남, 정성껏 풍란에 분무기로 물 뿌려

주고 있다.

희태   그리고 대망의 05시경, 절 찾아 직접 걸음 하신 아버지 손에 이
       자리에 이르렀다… (진술서 책상에 제출하며) 이상입니다.

기남   그러니까, 고향 친구들이 보고 싶어서 충동적으로 내려왔다?

희태   넵. (기남 말 없자 괜히) 오. 드디어 꽃폈네요, 그거?

기남   인턴 수련은 왜 안 하고 있어.

희태   (소오름) 그걸 어떻게… 사람 붙이셨어요? (헉!) 집주인 아줌마!
       맞죠?

기남   까불지 말고. 왜 병원 안 들어갔느냐 묻잖아.

희태   졸업 안 했어요. 제적보다는 졸업 유예가 나을 거 같아서요.

기남   (보고) 제적? 사유는?

희태   아시잖아요. 직접 꺼내주셨으면서.

기남   (위압적으로) 까불지 말고, 제적 사유.

희태   …무면허의료행위요.

기남   그 건은 이미 학교와 얘기가 끝났을 텐데.

희태   자숙의 의미로요. 병원에 소문 퍼지면, 재수 없음 제적도 가능하
       대서.

       기남, 잠시 희태를 무표정하게 바라보다가 난초를 섬세한 손길로
       매만지며 말한다.

기남   이놈 꽃 한 번 보려고, 자그마치 6년을 공들였다. 이끼로 뿌리를
       감싸고, 겨울엔 이놈 하날 위해 빈방에 보일러를 땠지. 그리 애지

중지 키운 놈인데, 벌레가 생겼어. 독해서 해가 될까 희석까지 해 가며 살살 약을 쳤더니… 알을 까더라고? 아무리 귀한 놈이라도 뿌리까지 잠식당하면, (으득 난초 뜯어내며) 그저 버러지 숙주일 뿐 이야.

희태 !!

기남 널 아들로 받아준 건, 쓰임 있는 귀한 놈 같아서였다. 숙주가 아니 라. (휴지통에 난초 처박고) 그래서… 넌 어디까지 먹힌 거냐?

말없이 보던 희태, 정면돌파를 마음먹은 듯 기남 앞에 각 잡고 무 릎 꿇는다.

희태 아버지. 저… (눈 맞추며) 돈 좀 주세요.

기남 (황당) 뭐?

희태 제가 벌인 일 정리하는 데 드는 돈이에요. 더 묻지 않고 주시면, 저도 앞으로 아버지 시키는 일 뭐든지 묻지 않고 하겠습니다.

기남 (보다가) 뭐든지 한다?

의지에 찬 눈빛으로 바라보는 희태.
두 사람, 부딪치는 시선에서…

S#50 유치장 (낮)

유치장에 초췌한 모습으로 쭈그리고 앉아있는 수련.

경찰1   (철창 열며) 이수련, 나와.

철창 밖으로 나오는 수련, 경찰 따라가다가 남성 유치장에 갇힌 다른 동료들 보고

수련   나머지는요?

S#51   파출소 (낮)
흥분한 최 순경, 변사라도 된 듯 실감 나게 동료들에게 지난밤 영웅담 이야기한다.

최순경   나가 막다른 골목에 딱 서는디! 뒷골이 그냥 팍~ 잉? 후각, 청각, 나의 모든 감각이 자꾸 뭐라해. (탁!) 저짝이다. 저짝에! 용의자가 있다!

그때 수련과 경찰1 실랑이하는 소리에 최 순경 집중 깨지고… 에 헤이, 무심코 보는데

수련   아따, 이거 놔요! 왜 나만 풀어주냐니까?
최순경   어어? 잠깐 스돕스돕! 시방 뭔 상황이래요? 겨우 잡은 거를 왜 풀어줘요?
수련   그니까! (최 순경에게 팔 내밀며) 아저씨, 뭐해요? 도로 집어넣어요.
소장   (나오며) 뭣들 하고 있어. 소란스럽게.

85
제1화

최순경	(수련 놓칠까 팔 꼭 붙잡고) 아이 소장님 마침 잘 오셨습니다! 시방 경장님이 나가 체포한 불법침입 현행범을 임의로…!
소장	쓥, 말조심해. 부친이 소유한 공장에 방문한 게 어찌 불법 침입이야?
최순경	예…?! 부친… 소유 공장이요? (스르륵 팔 풀고)
수련	(조소) 글믄 다른 애들도 풀어주라고요. 나 따라 '방문'한 건께!
창근(E)	그쯤하고 나와.

수련과 경찰들 멈춰 보면, 파출소 입구에 근엄한 표정으로 서 있는 아버지 창근.

S#52   수련 집 거실 (낮)
분노에 찬 창근, 수련 향해 압수됐던 유인물들을 휙 던진다.

창근	(기가 찬) 하다 하다 그 떨거지들을 데리고 공장을 겨 들어와? 에미 없다고 오냐오냐 길렀어도 그렇지, 어찌 이리 정도를 몰라!
수련	(울컥) 누가 꺼내 달랬소? 나 일은 인자 나가 책임질 텐께… (하는데)
창근	책임? 니가 뭣을 책임질 수 있는디. 뭐 깜빵 드가믄 책임인 줄 알어? 니 빨간줄 생기믄 우리 공장 삐라제작소로 찍혀부러. 폐업이라고!
수련	!!
창근	당분간 학교고 뭐고 외출 금지니께 그리 알어. (나가는)
수련	(뒤에 대고) 아부지!

S#53   광주병원 일각 (낮)

병걸, 부하 직원에게 심각하게 '뭣보다 미납금 회수가 최우선…' 말하며 걸어가는데

희태   부원장님!!

쩌렁쩌렁 목소리에 놀라 병걸 돌아보면, 위풍당당 서 있는 희태… 희태, 성가신 반응의 병걸 향해 보란 듯 품에서 통장 꺼내 보인다.

희태   돈, 구해왔습니다. (씨익 웃으면)
혜건(E)   아니 대체 어찌 된 거여?!

S#54   혜건네 사진관 (낮)

구석에서 현수막 제작하던 학생들 놀라 힐끗 보면. 혜건, 희태 문가로 데려가 속닥.

혜건   아버지 몰래 왔담서, 여서 자는 건 어찌 알고… (헉) 미행이여 설마?
희태   뭐라도 하셨겠지. 울 아버지가 보통 분이냐. (들으라고) 무려 보안…
혜건   (입 틀어막고, 동료 학생들 의식해 눈치 주는) 야잇.
희태   (입 닦으며) 암튼 어머니 기타, 니가 좀 더 맡아줘야겠다.
혜건   왜, 어제는 돈 땜시 판다고 난리드만… 고새 장기라도 팔았냐?

희태   (체념) 뭐… 비슷해.

S#55   연회장 (낮)

넓은 연회장, 광주 주요 인사들이 삼삼오오 담소 나누는 지역발
전 기념사업회.

창근, 수찬을 지인들에게 인사시키다가 한 무리 가리키며 인사드
리라 눈짓하고. 수찬이 자리 뜨고 혼자 남으면, 창근 남몰래 근심
으로 어두워지며 한숨짓는데.

김사장   (다가오며) 잘난 아들 자랑하러 댕김서 뭔 한숨?
창근   아따, 김 사장님. 오랜만이요잉! 요번에 큰 수주 하나 따셨담서.
김사장   따믄 뭐허나. 버는 족족 저 양반들 뒷구녁으로 다 꼬라박는디.

김 사장 턱짓으로 가리키는 곳 보면, 검사와 웃고 떠드는 기남의
모습.

김사장   (작게) 호랑이 없을 땐 여우가 왕노릇 한다드마… 황기남 저놈은
         어째 각하 죽고 더 설치고 다니는 거 같어잉.

창근, 영 탐탁지 않은 표정으로 기남 보는데… 마침 기남과 눈이
딱 마주치고. 기남, 창근 쪽으로 웃으면서 걸어오자 어이쿠, 재빨
리 그 자리를 뜨는 김 사장.

기남 (손 내밀며) 어떻게, 따님은 댁에 잘 들어갔나요?

창근 (악수하며) 황 과장님이 애써준 덕분에… 이거 매번 송구스럽습니다.

기남 서로 주고받는 건데 송구는요. (수찬 보고) 아드님 경영수업 중인가요?

창근 아… 뭐라도 보고 배우라고 여기저기 데리고 댕기고 있습니다.

기남 사업체 무사히 물려주려면 신경 쓸 게 한둘이 아니겠습니다. 특히 저나 사장님 같은 독고다이는, 한번 삐끗하면 바로 나락 가는 시기니…

창근 (무슨 의도지? 억지 미소로) 그치라잉. 아무래도 시기가 뒤숭숭혀서…

기남 해서 드리는 말씀인데… 혹시 따님 신부수업 시킬 때 되진 않았나요?

창근 ?!

S#56 음악 다방 (낮)

명희, 선민이 내민 독일어 원서(도서관 스티커 붙은) 받아들다가 놀라서 묻는다.

명희 뭐, 체포?

선민 (끄덕) 삐라 찍는다고 모인 애들 싹 잡혀갔어. 혜건이 가는, 때마침 서울서 친구 내려와가꼬 망정이지, 안 그랬음… (으, 끔찍)

명희 (듣다가 급히) 수련이는? 거기 수련이도 있었을 것인디?

선민	세상 쓸모없는 게 수련 아씨 걱정이라고 몇 번을 말했냐. 혼자 아버지 빽으로 풀려나셨단다, 됐냐? (안도하는 명희를 흘기다 무심히) 신부님한테 얘기 들었다. 독일, 담 달에 간담서?
명희	아직 몰라. 비행기 삯을 모아야 가제…
선민	느그 아씨헌테 달라 해. 그깟 비행깃값, 가한텐 시외버스비쯤 아녀?
명희	나가 거지여? 버스비든 달구지비든, 왜 가한티 돈을 달라 해.
선민	달라기 뭐다믄 빌리믄 되잖애. 장학회 그거 흔한 기회도 아니람서.
명희	(애써 덤덤하게) 내년에 다시 신청하믄 돼.
선민	내년에 안 되면, 또 1년 미룰라고? 아야, 니 자존심 세우자고 복권 날릴래?
명희	(선민의 말에 심경이 복잡한데)

S#57   수련 집 거실 (낮)

수련, 현관 근처에서 불안한 듯 서성이다가 창근 오는 소리에 본다. 심란한 표정으로 들어온 창근, 수련 못 본 척하며 방으로 향하는데…

수련	아버지. (따라가며) 아버지! 대화 좀 해요, 예?
창근	방에 들어가. 니랑 할 말 없응께.
수련	(뒤에서 껴안으며) 참말로 딸 죽는 꼴 보고자퍼 이라요? 아들 풀어주씨요. (우는) 가들 잘못되믄 저, 얼굴 들고 못 살아요. 예? 아버지.

서럽게 우는 수련의 모습에 심경이 복잡한 창근, 결국 마음을 먹은 듯 뒤돈다.

창근   느그 친구들 풀어주는 대신, 조건이 있어.

수련   (홀린 듯 끄덕이며) 뭐든 할게요. 뭐든.

창근   (씁쓸) 수련이 니 인자… 어리광 그만 부리고 어른 해야 쓰겄다.

수련   (무슨 소리지? 의아하게 보는데)

수련(E)   맞선이라니.

S#58   수련 집 수련 방 (저녁)

수련, 발 동동 구르며 베개에 대고 소리 지르면 옆에 앉아 구경하는 명희.

수련   소름 끼쳐. 그딴 집안이랑 맞선이라니, 말이 되냐고!

명희   새삼스럽게. 유치장 한 번에 맞선 한 번, 나름 정해진 규칙 아녔냐?

수련   아, 황기남이라고 황기남! 보안대 대공과장 아들은 얘기가 다르제!

명희   다를 게 뭣이 있어. 그냥 평소처럼 앉아 있다가 퇴짜 놓고 오믄 되제.

수련   무조건 세 번은 만나라잖애. 요즘 같은 시기에 보안대 실세 아들이랑 같이 있는 거 누가 보기라도 하믄, 그날로 잔 다르크 화형이여.

명희   그믄 어째. 잡힌 아들 빼낼라믄 그 수밖에 없다매…

수련	(분 못 이겨 둥둥, 하다) 아참, 명희 니도 뭐 할 말 있다지 않았어?
명희	아… (봉투 꺼내며) 꼭 초상집서 청첩 돌리는 거 같아 껄쩍지근헌디.
수련	뭔디? (보면 놀라) 입학허가서?! 아야 니 합격한 거여?! (꺄! 얼싸안다가 멈칫) 니 원서는 언제 넣었냐, 나한테 말도 없이?
명희	그냥 시험 삼아 내본 거라… 운이 좋았어야.
수련	(치, 흘기다 다시 기쁘게) 축하한다. 역시, 김명희가 맘 독하게 먹으믄 못 해낼 일이 없당께. (오구오구) 일하랴 공부하랴 욕봤다, 우리 명희.
명희	(미소로) 고맙다.
수련	(입학허가서 보며 힝) 아따, 애인 영장 나온 기분이네. 맞선이고 뭐고 니 따라 독일이나 간다 그럴까. 언제 가는 거여?
명희	일단 목표는 다음 달인디…
수련	뭐, 다음 달?! 니 돈 모을라믄 내년은 돼야 한다지 않았냐?

잠시 망설이는 명희, 선민의 이야기를 떠올리는데…

선민(E)	달라기 뭐다믄 빌리믄 되자네. 니 자존심 세우자고 복권 날릴래?
명희	고것이, 나가 천주장학회 혜택을 받게 됐는디…
수련	진짜로? 잘됐다! 한시름 놓았네.
명희	(한마디 한마디가 어려운) 근디 이게, 거시기 저, 다음 달에 출국하는 유학생 대상이라. 일단은, 거, 비행기 삯을 먼저 구해야…
수련	한두 푼도 아니고 그걸 당장 어찌 모으냐. (눈치) 나가 아부지한테…
명희	(마음 바꾸고, 단호) 아녀, 아녀. 나가 괜한 소릴 혔다. 나 혼자 충분

히 가능한께, 닌 신경 쓰지 말어. (화제 전환) 그래서, 맞선은 언제
보러 간다고?

수련   (보다가, 뭔가 떠올랐는지 눈매 점점 예리해지는) 잠깐만… 명희야, 나한
티 시방… 겁나 기깔나는 아이디어가 떠올랐거든? (씩 웃고)

S#59   **명희 하숙집 명희 방 (밤 → 새벽)**

이부자리에 누워 심란하게 천장을 보는 명희, 수련의 말들을 떠
올린다.

수련(E)   니가 나 대신 맞선을 나가고, 나가 니 대신에 비행기 표를 끊는
거여.

인서트   **수련 집 수련 방 (저녁/회상 – 씬58과 연결)**

수련   딱 세 번만 만나믄 돼. 심지어 그짝서 먼저 퇴짜놓잖애? 글믄 한
번으로 끝날 수도 있당께! 서로 일면식도 없는 사인께 들킬 일도
없고.

명희   야. 말이 되는 소리를… (하는데)

수련   서로가 힘든 일 대신 해주자고. 나는 맞선이 끔찍하고, 너는 푯값
이 막막하고. 세 번 만남에 독일행 비행기 표, 서로 수지맞는 장사
아니냐?

다시 명희의 방, 잠들지 못하고 뒤척이는데… 어느새 그대로 날

이 밝아오고. 뜬눈으로 밤 지새운 명희 결국 이불 박차고 벌떡 일어나면, 초인종(E) 소리 선행되고.

S#60   몽타주 (낮)

1. 수련 집 앞

수련, 머리에 헤어롤 만 채 죽상으로 대문 열었다가… 명희 보고 서 급 화색!

체념한 표정의 명희, 하겠다는 듯 고개 끄덕이면 까악! 명희 와락 껴안는 수련.

2. 수련 집 수련 방

수련, 화장대에 명희를 앉히더니 헤어롤을 말아주고, 팡팡 화장해 주기 시작한다. 수련이 시퍼런 아이섀도를 손가락 잔뜩 묻혀 다가오면, 명희 슥 밀어내며 절레절레.

3. 수련 집 드레스룸

수련, 옷장 문 열면… 보물창고처럼 선물 받고 입지 않던 고급 의류들이 한가득. 걸려있던 옷 한 벌씩 명희 얼굴 밑에 대보며 옷 고르는 수련, 괜찮다 싶으면 상표 툭 떼서 명희에게 던진다. 명희 팔에 점점 쌓여가는 옷들.

4. 수련 집 수련 방

원피스며 투피스 정장, 심지어 한복까지… 다양한 스타일 한 벌씩 입어보는 명희. 수련, 명희 입고 나올 때마다 '이쁜디?', '이쁘다!', '야 환장하겠다!' 호들갑만 떨면, '아따 뭐 다 이쁘대?' 성질 내던 명희… 마지막으로 옷 갈아입고 나온다. 이번엔 명희도 꽤 마음에 드는지, 어떻냐는 듯이 바라보면… 정색하는 수련. 이상한가? 주춤하는 순간, 수련 정색한 채로 감탄하듯 박수 짝, 짝, 짝…

S#61 수련 집 수련 방 (낮)

명희 굽 높은 구두를 신은 발 내려다보는데, 신발이 커서 덜거거린다. 구급상자를 가지고 오는 수련, 안에서 소독용 솜을 한 움큼 꺼내면서

수련   줘 봐. (구두에 솜 채우며) 다른 건 다 어떻게 거시기 되겠는디, 발이 쪼까 거시기 하네.

명희   그냥 신발은 내 거 신음 안 될랑가?

수련   뭔 신데렐라 고무신 신는 소리여. 자, 한번 신어 봐. (신은 거 보고) 벗겨지진 않겠네. 자 마지막으로… (스카프 꺼내) 내 부적. 이거 매고 나가서 한 번도 퇴짜 실패한 적 없었당께. (둘러주고) 됐다. 디진다.

명희   (깊은 한숨) 이것이 뭔 염병인지 모르겠다.

수련   뭔 염병은, 일석이조 염병이제. 왜… 막상 맞선 볼라니까 싫어?

명희   아이, 뭐 맞선이 대수데. (시무룩) 비행기 푯값이 한두 푼도 아닌디. 니 괜히 나가 신경 쓰이는 소릴 해가꼬… (하는데)

수련   또 그 소리. 나가 뭐 꽁으로 준다데? 기브 앤 테이크! 주거니 받거

니! 피차 빚지는 거 없응께, 니는 맘 편히… 차이고 와잉. 오케이?

(아자)

명희   (마지못해 손만 아자)

S#62   희태 본가 희태 방 (낮)

막 씻고 들어오던 희태, 침대에 뭔가가 놓여있자 의아하게 다가
간다. 보면, 슈트케이스 위에 올려져 있는 메모지(○○호텔 커피숍
16시)… 올 게 왔군…

희태, 메모지 대충 툭 던지고 슈트케이스 열면 고급스러운 새 양복.

S#63   호텔 근처 거리 (낮)

정체된 자동차들 사이로 길 건너는 희태의 구둣발.

양복으로 쫙 차려입은 희태, 고개 들어 여긴가? 메모지 보며 호텔
확인하는데…

근처 가게에서 손에 풍선 든 꼬마 아이 까르르 뛰어나와 희태 발
밟고 지나간다.

앗… 내려다보면, 희태의 새 구두에 그대로 아이의 흙 발자국이
나 있고. 에이… 희태, 구두의 흙을 터는데 타이어 마찰음(E) 들리
더니 발 옆으로 둥실 풍선 굴러온다.

아이엄마   (가게에서 뛰쳐나오며) 진우야!!

아이 엄마의 울음소리와 모여든 구경꾼들로 순식간에 아수라장
이 된 도로. 놀란 희태도 뒤늦게 다가가서 보면… 차에 치여 의식
잃고 쓰러져 있는 아이.
아이 엄마와 운전자 모두 공황 상태로 우왕좌왕. 희태, 다가가려
다 발 멈칫…

인서트   희태의 트라우마 (과거 회상)

피 흘리는 여공을 업어온 경수의 모습, 혈색을 잃는 여공의 모습
조각조각 스치고.

다시 거리의 희태, 과거의 기억으로 몸이 굳어 발걸음이 떨어지
지 않는데… 그런 희태 옆을 획 스쳐 지나가며 아이에게 달려가
는 명희.

명희   그대로 내려놓으씨요. (재빨리 아이 살피며) 혹시 머리로 떨어졌소?
운전자   아, 아녀라! 그냥 살짝 통 부딪혀서 넘어졌는디…
아이엄마   (울부짖으며) 선생님, 우리 아 좀 지발 살려주씨요!
명희   잠깐 놀라 기절한 거 같응께 진정하쇼. 얼른 구급차 불러오시
          고요.

명희, 아이 볼 톡톡 '아야, 정신 차려봐라' 하면 정신 든 아이, 놀
란 울음 터지고.

명희	아야. 이름이 뭐야. 요 손 한번 잡아볼래?

명희, 환자사정하는데 아이, 다친 손에서 피 많이 나자 겁먹어 계속 울기만.
잠시 고민하던 명희, 스카프를 풀어 찌익- 아이 손 부위 단단하게 묶어 지혈한다.
능숙한 명희의 대처 인상 깊게 지켜보던 희태, 어? 어딘지 낯이 익은데…
갸웃하다가 문득 손목시계 보면 4시 5분 전이고. 희태 결국 아쉽게 발걸음을 돌린다.

S#64   호텔 커피숍 (낮)

혼자 호텔 커피숍에 앉아있는 희태, 미간 찌푸린 채 기억 더듬는다. 분명 어디서 봤는데… 머리를 쥐어짜다가, 부원장실에서 마주친 명희 떠올리고는

희태	(손가락 딱!) 쌈닭!

생각할수록 재밌는 캐릭터네… 미소 짓는 순간, 때마침 맞은 편에 앉는 맞선 상대.

명희	(숨찬) 늦어서 죄송합니다. 이수련이에요.

멍하니 명희 보는 희태, 이 상황이 황당하지만… 흥미롭다는 듯하 웃음 터지고. 그런 희태 반응이 어리둥절한 명희, 마주치는 두 사람의 시선에서…

1화 END

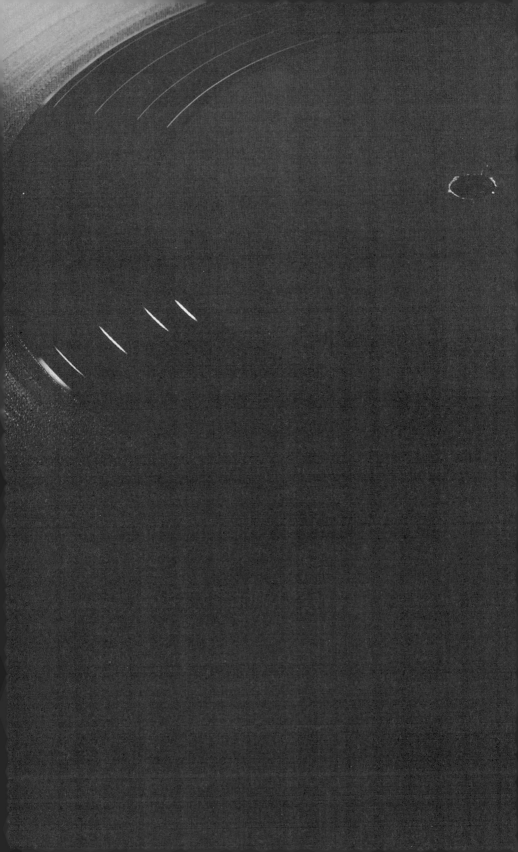

제2화

나에게 맞는 신발

S#1 **호텔 로비 (낮)**

늦었다… 높은 구두를 신은 채 로비를 종종걸음으로 뛰어가는 명희. 그러다 무심결에 수련의 옷 소매에 피 묻은 거 보고 '헉!'

명희 (소매 끝 만지작) 아 씨… 이게 언제… (하다가) 엄마야!

사이즈 맞지 않아 헐렁한 탓에 휙! 신데렐라처럼 한쪽 구두가 벗겨지고. 허둥지둥, 구두 다시 주워 신고 달려가는 명희.

S#2 **호텔 커피숍 (낮)**

급히 매무새 매만지며 점원 따라 걸어가는 명희, 잔뜩 긴장해서 심호흡한다.

멀리 앉아있는 희태의 모습, 혼자 찌푸리고 있다가 손가락 딱 튕기며 미소 짓고.

명희   (뭐지?) 늦어서 죄송합니다. 이수련이에요.

아, 예… 희태 관심 없는 듯, 으레 형식적인 인사하려다가 명희 얼굴 보더니 우뚝! 놀란 눈으로 바라보다가 하! 실소 터트리고. 뭐여?
명희, 그런 희태 경계하며 바라보면서… 타이틀 오른다.

[Track 02. 나에게 맞는 신발]

S#3   **수련 집 수련 방 (낮/회상)**
메모할 준비 하고 듣고 있는 명희에게 근엄하게 '맞선 코치'를 하는 수련.

수련   잘 받아적어라잉. 퇴짜 성공률 99.9 프로! 다년간의 맞선으로 축적한 나만의 데이터랑께. 내 코치대로만 하믄 퇴짜는 시간문제여.

S#4   **호텔 커피숍 (낮)**
점원, 주문받으려고 서있으면… 희태, 메뉴판 명희 향해 놓으며

희태	저는 커피로 할게요. 블랙으로. (그쪽은?)
명희	저는…
수련(Na)	첫 번째, 메뉴 선정으로 초장에 기선을 제압한다!
명희	(하… 메뉴판 덮으며) 맥주 주씨요.
점원	(당황) 아… 블랙커피 한 잔, 맥주 한 잔이요. 알겠습니다. (가면)
희태	술을 좋아하시나 봐요?
명희	예… 없음 못 살아요. 술기운 떨어지믄 손이 달달달달 떨려가꼬.
희태	(떠보는) 법학과라 들었는데. 술 잘 먹는 건 전국 법대 공통인가 봐요?
명희	글쎄요. 저는 대학 들어가기 전부터 마셔서.

마침 맥주와 커피 나오면, 명희 바로 벌컥벌컥 들이키고는 '캬~'
희태, 그런 명희 빤히 보고 있자… 효과가 있군! 명희 더 뻔뻔한
표정 짓는데.

희태	한 입만 마셔도 돼요?
명희	(꾹) 네?
희태	너무 맛깔나게 드셔서. (맥주잔 가져오며) 혈액형이 뭐예요?
명희	(뭐지?) A형…인디요.
희태	난 B형이니까 입 떼고 마실게요. (벌컥, 크) 여기 맥주 잘하네.

뭐 저딴 놈이 다 있지… 싫게 보는 명희 얼굴 위로 다시 수련의
코치.

수련(Na)	참고로 술에 환장하는 놈한텐 역효과니께, 재빨리 '신여성' 단계로 넘어가. 자고로 이, 사내놈들이란 가부장제 앞에 장사 없는 법이거든?
명희	이 자리엔… 결혼 상대 찾으러 나오셨죠잉?
희태	보통은 그렇죠, 맞선이라는 게. 혹시 뭐, 다른 목적으로 나오셨나요?
명희	아뇨? 저도 신랑감 찾으러 나왔죠. 근디 저으 조건이 쪼까 까다로워서.
희태	(말씀해 보시란 손짓)
명희	일단 저는 현모양처는 못 돼라. 집안일 같은 거는 해본 적도 없고. 결혼 후에도 일할 예정이라서 내조 같은 거, 모대요. 저으 커리어가 먼저라서.
희태	좋네요. 야망 있는 여자가 이상형이라.
명희	(이 반응이 아닌데) 출산 생각도 없어요. 원체 타고난 몸이 약해가꼬. 뭐, 사별하고 홀애비로 애 키우는 것도 상관없으시면 시도는 해보고요.
희태	애는 낳는 사람 맘이죠. 강요할 생각 없습니다.
명희	…시부모님 모실 생각도 없는디! 제가 워낙 어른들한테 낯을 가려가꼬.
희태	그 걱정은 진짜 안 하셔도 됩니다. 제가 또 집에서 내놓은 자식이라.
명희	…….
희태	생각보단 까다롭지 않은데요 조건이? 잘 맞나 봐요, 우리.
수련(Na)	무슨 말에도 술술 받아치는 약장수 같은 놈한테 걸렸다믄… 철학

자 단계로 간다. 일단 눈에 초점을 흐리고, 다 부질없단 한숨을 쉬

므서!

명희   (턱 괴며 한숨) 결혼이란… 대체 무엇일까요?

희태   거 참… 심오한 질문이네요. (같이 턱 괴고) 근데… 아직 제 이름도

안 물어보신 거 아세요?

명희   (아차…) 성함이?

희태   황희태입니다.

명희   아, 황희태… (하다가 어?) 혹시 그, '서울의대 수석합격' 황희태요?

희태   (조금 민망) 아… 현수막 보셨나 봐요.

명희   광주 바닥서 그 현수막 못 본 사람도 있소? 가는 길목마다 대문짝

만하게 3년은 걸어놨는디. (놀리듯) 축! 서울의대 수석합격 황희태

딱!

희태   아버지가 현수막 걸길 잘하셨네. 이렇게 관심도 다 보여주시고.

명희   관심 아닌디요? (민망해서 맥주 벌컥)

희태   (웃고) 빈속에 그만 마시고 나가시죠. 밥이나 먹게.

명희   (놀라) 밥…이요?

희태   ? 네, 밥.

인서트   **수련 집 수련 방 (수련의 코치)**

쯧쯧쯧… 틀렸다는 듯, 고개 절레절레 젓는 수련.

수련   밥 먹잔 소리가 나왔다는 것은, 뭐시 잘못돼도 한~참 잘못되고 있

는 거여. 그때부터는 비호감을 위해 원초적인 감각을 건드려야 해.

S#5   **시장 골목 (저녁)**

참방, 정체를 알 수 없는 구정물을 밟는 희태의 구둣발.

명희를 따라 식당을 찾아 걸어가는 희태, 주변을 둘러보면 인적
도 드문 후미진 시장 골목, 팔다 남은 식재료들이 여기저기 쌓여
썩어가고. 중간에 가게에서 상인 튀어나와 휙, 길바닥에 오물까지
버리고 들어간다.

수련(Na)   시각, 후각, 청각! 모든 감각을 총동원 해가꼬, 불쾌감을 일으켜.

명희   인자 거의 다 왔어요. (앞장서서 걸어가고)

S#6   **식당 (저녁)**

희태, 명희 앞에 수저 놔주려는데… 숟가락에 고춧가루 말라붙어
있고. 다른 수저 꺼내려는데 마침 수저통 옆으로 사사삭 벌레 한
마리 지나간다. '오메 깜짝이야' 놀라는 희태의 모습 여유로운 표
정으로 지켜보는 명희.

수련(Na)   딴 거는 다 가식으로 숨겨도, 기침이랑 비위 약한 건 못 숨기제.
맞선 나오는 놈들이 거진 거기서 거기여. 하나같이 곱게 자란 놈
들인께.

그때 엄지 하나 담그며 불친절하게 음식 내려놓는 주인… 미지근
한 내장탕이다. 명희, 기다렸다는 듯이 숟가락 들고선 최대한 게
걸스럽게 첩첩 먹기 시작하고. 그런 명희의 모습 가만히 지켜보

는 희태.

명희   왜요? (눈 마주치며 후루룩 짭짭) 싸게싸게 드셔요.

희태   (보다 웃고) 내가 싫어할 거라 생각해서 여기 데려온 거죠? (밥 풍덩)

명희   …예?

희태   (찐득한 양념통 뚜껑 열고) 여기가 최대치였나 봐요? 난 더한 데 많이 아는데. (다대기 휘휘) 역시 창화실업 따님이라 곱게 자라셨네.

희태, 국에 만 밥 한술 크게 떠 후루룩 맛있게 먹는다.
잠시 씹는 것도 잊은 채, 희태 먹는 모습을 멍하니 보는 명희.

희태   나는요, 그쪽 생각하는 그런 곱상한 도련님 아니에요. 나는 남은 안주 주워 먹으면서 자란 사람이거든.

명희   (할 말 잃고 보면)

희태   왜요? (눈 마주치며 후루룩) 싸게싸게 드셔요.

수련(Na)   암시롱 않게 잘 처먹자네? 그러믄, 그놈은 강적이여.

인서트   수련 집 수련 방 (수련의 코치)
끙… 골치 아픈지 머리를 감싸 쥐는 수련.

수련   그 말인즉슨, 우리가 완전히 방향을 잘못 잡아부렀단 거여. 왜냐! 그놈은 소위 '털털한 여자'를 좋아하는 놈인께. 그놈한티 국밥 처먹는 꼴을 보였다는 것은… (끔찍, 절레절레) 하지만! 방법이 있어.

'털털한 여자'에 환장하는 놈들이 쩔로 질색하는 스타일이 딱 하나 있거든.

길거리 (저녁)
밥 먹고 나와 길을 걷는 두 사람. 명희, 선전포고하듯 우뚝 멈춰선다.

명희   쇼핑하러 가시죠.

희태   (살짝 당황) 쇼핑요? 지금요?

수련(Na) 털털에 집착하는 것들이 꼭 사치의 '사'자만 나와도 발작을 해요.

명희   무조건 하루에 한 번은 쇼핑해야 하는 철칙이 있어가꼬.

희태   (슬쩍 명희 발 보고 흠) 그러시죠. 어디 가고 싶은 데라도?

명희   제 단골집이 있응께, 글로 가시죠.

명희, 헐렁한 구두를 이끌고 삐거덕 앞장서면 영 꺼림칙한 표정으로 따라가는 희태.

S#8   **고급의상실 (밤)**
편집숍처럼 각종 수입 의류와 가방 등을 고급스럽게 진열해 파는 의상실. 명희 최대한 태연한 척 둘러보고. 희태도 물건들 건성으로 보고 있으면…

수련(Na)　놈이 암시롱도 안 한 척을 한다? 바로 떡밥을 던져.

명희　아! 지갑을 두고 왔네. (희태에게) 사주실래요? 우리 만난 기념으로.

희태　그래요. 편하게 골라보세요.

수련(Na)　아직도 별일 아닌 척 군다? 추가 떡밥 투척!

명희　(들으란 듯, 점원에게) 여그, 여서 쩰로 비싼 것들로 좀 보여주씨요.

명희, 곁눈질로 힐끗 희태 살피면… 아무렇지 않게 다른 진열장 구경하는 희태. 웬 떡? 신난 점원, 값비싼 가방과 시계 등 이것저것 가져다 펼쳐 보이면…

명희　(못 들었나? 더 크게) 이게 여서 쩰로다가 비싼 것들이지요잉? 역시 비싼 거라 그런가… 하나같이 다 맘에 쏙 들어부네잉.

희태　저… 수련 씨.

명희　(떡밥 물었나? 반갑게 돌아보며) 예?

희태　다 고르세요. (생긋) 돈 생각은 마시고.

희태, 다시 콧노래 부르며 물건 구경하면 어, 이게 아닌데… 초조한 명희. 무심코 작은 가방 하나 골라 가격표 뒤집어 보면 히익! 눈 튀어나오는 가격이다.

명희　(작게 혼잣말) 뭔 놈의 가방이 석 달 치 봉급…

의상실점원　(못 듣고) 들어보셔요. 시방 입으신 옷이랑 같은 브랜드라 세트처럼…

명희　(양심상 내려놓고) 아~ 어쩐지 익숙하다 했드만, 집에 있는 거네요.

딴 것도 좀 둘러볼게요잉. (또 가격표 뒤집어 보고 히익)

희태, 그런 명희 모습 지켜보다가… 명희 발을 보는지 시선 잠시 아래로 내려가고. 마침 지나가는 다른 점원 '저기요' 하고 불러세우는 희태.

S#9   길거리 (밤)

결국, 손바닥만 한 쪼그만 쇼핑백 하나 들고 있는 떨떠름한 명희. 옆엔 오히려 더 큰 쇼핑백 들고 있는 희태, 택시 잡으려 길가에 서서…

희태   여권도 없으시다면서 여권 지갑을 다 사시고… 취향 특이하시네요.

명희   (기 다 빨렸다) 예, 뭐… 원체 쓸데없는 거 사 모으는 걸 좋아해가꼬.

픽 웃는 희태, 마침 택시 잡혀서 길가에 서면 뒷좌석 문 열어준다. 서 있느라 발이 많이 불편했는지 기다렸다는 듯 택시에 올라타는 명희.
'오늘 만나서…' 하고 작별 인사하려는데, 희태 문 탁 닫아버리고.

S#10   택시 안 (밤)

뭐여? 명희 당황스러운데… 그때 반대쪽 문 열어 옆자리에 타는 희태!

명희   아니, 그쪽은 왜, 왜 타시는데요?

희태   네? 바래다 드리려구요.

명희   아휴, 무슨… 됐어요. 그냥 저 혼자…

희태   아버지가 꼭 집 앞까지 바래다 드리라고 당부를 하셔서. (기사에
       게) 이분 먼저 모셔다드리고 저희 집으로 갈게요.

기사   옙~ 어디로 모실까요?

명희   (하아) 양림동… 아니, 아니, 거시기 동명동으로 가주씨요. (한숨)

시간 경과. 희태, 어색함에 괜히 창밖 보는 명희를 장난기 어린 눈
으로 보다 입 연다.

희태   학기 중이라 바쁘시겠어요. 법대에선 어떤 수업 들으세요?

명희   (당황했다가) 요, 요즘 시국에 어떤 대학생이 수업을 듣는대요? 어
       용교수 보이콧 땜시 싹다 그냥 자체휴강이여요.

희태   (속아준다, 웃는) 아아. 네. 자체휴강. 다행히 바쁘진 않으시겠어요.

명희   그라는 그짝은 인턴 하느라 눈 붙일 시간도 없으실 분이… 어찌
       광주까정 와서 맞선을 볼 여유가 있소?

희태   여유 많아요, 인턴 안 해서. 제가 지금 졸업유예 상태라.

명희   졸업유예요? (풋) 아… 국시 떨어지셨구마이. 가끔 떨어지는 양반
       들 하나둘 나온다 카드만, 실물론 첨 보네요.

희태   너무 좋아하셔서 말하기 죄송한데, 붙었어요 국시.

명희   글믄 국시 말고 졸업 못 할 이유가 뭐가 있대요?

| 희태 | (보다가 미소) 좀 더 가까운 사이 되면, 그때 말씀드릴게요. |
| 명희 | (뭐래, 창밖 보며) 저짝에 세워주씨요. |

S#11   수련 집 앞 (밤)

근처에 택시 정차해서 기다리고 있고, 대문 앞으로 다가가는 명희와 희태.

명희	(대문 앞에 우뚝) 됐죠잉? 집 앞. 가보셔요.
희태	최근 들어 제일 재밌는 날이었어요, 오늘. 아 그리고 이거. (건네는)
명희	(쇼핑백 받고) 이게 뭔데요?
희태	다음 만남 때 필요할 거 같아서요.
명희	다음… 만남이요?
희태	우리 최소 세 번은 만나야 한다면서요. 언제 또 볼까요?
명희	(실패다) 글쎄요… 언제 시간이 날랑가…
희태	자체휴강이라면서요. (하다가) 어 혹시, 퇴짜?

명희 '아니 고것이…' 하는데, 골목으로 또 다른 택시 하나가 들어와 멀찍이 서더니 내리는 수찬! 놀라는 명희, 이미 희태 얘기는 귀에 들어오지도 않고.

희태	퇴짜는 아님 좋겠네요. 전 그쪽 계속 만나보고 싶거든요.
명희	(듣는 둥 마는 둥, 잡아끌며) 예, 저도요. 그럼 싸게싸게 들어가 보셔요.
희태	(뭐지? 끌려가며) 어… 그럼, 또 보는 거죠?

명희	예, 예. 연락주세요. (택시 태우며, 탕탕) 아저씨, 오라이! 출발출발!
희태	아니 잠깐만, 연락을 어떻게… (하는데 문 탁 닫히고)

희태 태운 택시 아슬하게 출발시키면, 마침 뒤쪽에서 걸어오는 수찬.

수찬	(평소와 다른 차림에 긴가민가) 명희?
명희	(숨찬, 태연한 척) 어, 수찬 오빠. 인자 들어가세요?

인서트　택시 안 (밤)

차창 너머로 수찬과 명희 모습 보는 희태, 뭐지? 어리둥절, 다시 앞 보고 앉는다.

S#12　수련 집 거실 (밤)

명희 기다린 듯 호다닥 마중 나오던 수련, 수찬 함께 들어오자 멈칫한다.

수련	뭐여, 오빠가 왜 명희랑 같이 들어오냐?
수찬	그럼 대문서 만났는디 따로 들어올까? (보며) 수련이 니는 오늘 맞선봤담서 꼴이 왜 그러냐? 맞선은 명희가 대신 보고 왔는갑서.
수련	(동시에, 뜨끔) 뭐…?!
명희	(동시에, 철렁) 예…?!

수찬	(괜히 당황) 어? 그냥 해본 소리여. 명희 차림이 평소랑 달라 보여서.
명희	아아, 안 어울리지라? 싹다 수련이 거라⋯
수찬	(미소) 어울려. 옷이 인자 주인 만났네. 어디 다녀왔나 봐?
수련	데이트~ (명희 손 끌고) 우린 들어간다잉.

명희, 변명할 틈도 없이 끌려가면, 홀로 남아 '데이트?' 괜히 신경 쓰이는 수찬.

S#13   수련 집 수련 방 (밤)

수련 철컥 문까지 잠그고, '어떻게 됐어?' 흥분의 눈빛으로 보는 데⋯ 명희, 절레절레.

수련	뭐?! 내 코치대로 했는디도?
명희	고놈 고거 보통 놈 아녀. 나가 뭔 짓을 해도 한술 더 떠불더만.
수련	독한 놈! 그 전리품들은 뭐여. 니 설마, 의상실 단계까지 밀린 거여?
명희	(끄덕) 나가 양심상 젤 싼 거 하나 골랐고. 이거는⋯ 몰라, 주던디.
수련	그 바가지 소굴에서 두 개나 샀다고? 독사 같은 놈⋯ 봐 봐.

명희, 쇼핑백에서 상자 꺼내 열어보면⋯ 굽이 낮은 가죽구두다.

인서트   명희 발 지켜보는 희태 (플래시백)

씬7 길거리에서 앞장서 불편하게 걷는 명희 보는 희태

씬8 의상실에서 명희 발 크기 가늠하며 구두 고르던 희태

씬11 수련 집 앞에서 쇼핑백을 건네던 희태의 모습.

희태   다음 만남 때 필요할 거 같아서요.

다시 수련의 방. 상자에서 구두를 꺼내 이리저리 살피는 수련.

수련   웬 구두래? (신어보려면 작고, 명희 발밑에 놓으며) 신어 봐.

명희 발 넣어보면, 신데렐라 유리구두처럼 맞춘 듯이 딱 들어맞는 구두.

수련   (히익) 딱 맞네? 아따, 넘의 발 크기를 어찌 알았대?

명희   (내심 놀라) …그라게.

수련   그 새끼 거 변태 아니냐? 뭐 발에만 집착하는 거시기 있자네.

명희   쪼까 이상하긴 혀도 변태로 뵈진 않던디.

수련   (찝찝하게, 상자 내밀며) 일단 이거는 다시 봉인.

명희   왜?

수련   왜~? (구두 뺏고) 발로 오케이 사인 보낼 일 있냐, 그놈한테? (한숨) 이러다 세 번 꽉 채워서 보는 거 아니냐? 담번 만날 땐 작전을 더…

명희   됐어. 통하는 놈도 아닌디, 나가 더 고역이여. 그리고 나는 세 번

이든 열 번이든 상관없어. 비행기 표만 구할 수 있으믄…

수련   (손 꼭) 야, 당연하지! 세 번 보기 전까지는 무조건 구해놓을 텐께, 니는 걱정 말고 유학 준비나 해. (문득 휑한 목 보고) 부적은 어쨌냐?

명희   (헉! 목 짚고) 오메, 스카프. 고것이 오늘 길에서… 미안, 물어줄게!

수련   (대수롭지 않게) 됐어. 그거 매믄 안색 후져져서 부적이었어. 그나저나 담번엔 뭐 입냐? 미리 몇 벌 골라놔야 쓰겄는디…

수련, 구두 툭 던지며 옷장으로 가면… 구두 보다가 주워 상자에 고이 넣는 명희.

S#14   희태 본가 거실 (밤)

희태 신발 벗고 있는데, 기다린 듯 방에서 나오는 기남.

기남   이제 들어오냐.

희태   (웃으며) 저 기다리신 거예요?

기남   저쪽 집에 책잡힐 짓거리한 건 없겠지?

희태   (음, 복기하듯 허공 보다) 네! 딱히 없는 거 같아요. (들어가는)

기남   우리 집안 흥망이 달린 혼사다.

희태   (보면)

기남   빨갱이질하고 돌아다니는 기집애라 당장은 고분고분하지 않겠지만… 뭐, 여자야 길들이기 마련 아니냐. 잘 성사시켜봐.

희태   (보다가 미소) 주무세요, 아버지.

S#15   **희태 본가 희태 방 (밤)**

피곤한 듯 침대에 눕는 희태, 잠시 명희의 모습을 떠올린다.
침착하게 다친 아이를 체크 하던 모습부터, 첫인사, 국밥 먹다 놀
란 모습까지…
무표정했던 얼굴에 웃음 번지더니, 기타 코드 잡듯 손가락 허공
에 누르는 희태. 일어나 앉아 머리맡에서 수첩 꺼내 악상 끄적이
기 시작한다.

S#16   **명희 하숙집 명희 방 (밤)**

수련이 새로 빌려준 옷, 코디대로 곱게 옷걸이에 걸어 벽에 걸
리고. 쇼핑백에서 빌린 구두 꺼내다 문득, 그 아래 희태가 준 구두
상자를 꺼내 보는 명희. 아쉬움에 괜히 손끝으로 가죽을 문질러
보곤, 다시 뚜껑을 닫고 구석에 밀어 넣는다.

S#17   **희태 본가 전경 (아침)**

S#18   **희태 본가 주방 (아침)**

어색한 공기만 맴도는 와중에 달그락 수저 소리만 들리는 희태네
식사 자리.

해령   (눈치 보다가) 여보. 출근길에 무등경기장 좀 들렀다 갈 수 있어요?

기남	경기장은 왜?
해령	우리 정태 오늘 광주 대표로 전남예선 나가요.
기남	또 그놈의 달리기 타령이야? 관둘 때도 됐잖아 이제. 뛰는 데 힘 다 쏟으면 공부할 힘이 남아나겠어?
정태	(칭찬 기대했다가 시무룩… 체할 것 같고)
해령	(안쓰러워 변명) 정태, 육사 가고 싶대요. 소년체전 나가서 메달 따면 가산점이 있을지도 모르고…
희태	(얄밉게 거드는) 맞아요. 또 알아요? 이러다 88올림픽이라도 나갈지.

정태, 이글이글 노려보며 입 모양으로 '닥쳐' 하면 희태, 약 올리듯 '싫은데?' 냠냠.

기남	그나저나 희태 넌, 다음 만남은 잡은 거냐?
희태	(음… 말 고르는) 조율 중이에요. 곧 만날 거니까 염려 마세요.
기남	(만족스레 끄덕) 오늘 식사 기억하지? 중요한 손님들이니 늦지 말고.
희태	네, 아버지. (수저 놓으며) 잘 먹었습니다.
기남	(정태에게) 넌 밥을 뭐, 한세월 먹냐? 지금 안 갈 거면 택시 타고 가.
해령	(당황) 다 먹었어요. (슬쩍 눈치) 정태야.
정태	(괜히 희태 노려보다가, 수저 내려놓는다)

S#19   희태 본가 거실 (낮)

희태	(나가는 뒤에 대고) 그럼 다녀들 오세요. 내 동생 황정태 파이팅!!

문 닫히면 그제야 소파에 편히 드러눕는 희태. 손만 쭉 뻗어 어디론가 전화 건다.

S#20   광주병원 응급실 (아침)

명희, 빠른 손놀림으로 의료물품들 개수 세는데 멀리 스테이션 쪽에서 전화벨 소리.

병철   명희 씨, 전화 왔어.

명희   (어리둥절 다가가며) 저요? 전화 올 데 없는디.

병철   (장난기) 어떤 남정네가 급히 찾던디?

명희   예? (경계하며 받는) …여보세요?

명수(F)   누나!!

인서트   광주 버스터미널 (낮)

공중전화로 통화하는 명수, 멀리서 인솔교사 빨리 오라 손짓하고.

명수   누나, 나 시방 광주여! 오늘 시합 까묵은 거 아니제?! 응원 와야 돼!

다시 응급실의 명희, 주변 한 번 의식하고 작게 꾸짖는다.

명희   김명수, 니 누나가 일로 전화하는 거 아니라 했냐 안 했냐.

명수(F)   아, 올거제?! 안 오기만 혀 봐. 누나 올 때까정 전화할랑께잉!

명희   (시계 보고 고민하다) …아, 알았어. 몇 시부터라고?

S#21   희태 본가 거실 + 수련 집 거실 (아침)
소파에 드러누워 전화 걸던 희태, 전화 받자 몸 일으켜 앉는다.

희태   안녕하세요. 또 전데요. 수련 씨는 또 안 계시나요?

같은 시각 수련네 집, 수련네 가정부가 수련 눈치 보며 대신 전화
받고 있고.

가정부   어짜까… 시방 아가씨 안 계신데라.

수련   (손짓 몸짓 스피드게임)

가정부   (알아맞히는) 거시기 그… 나가서… 아니. 밖에서! 누워…? 이잉,
         자고 온다고! 응, 오늘은 밖에서 자고 오신다카던디. 뭐라 전해드
         릴까요?

수련   (잘했어, 잘했어! 수화기 옆에 귀 대면)

희태(F)   수련 씨. 일부러 연락을 피하시는 게 아니라면, 이제는 만남을 다
         시 가져야 할 거 같아서요. 아시다시피, 집안끼리의 일이잖아요?

수련   !!

희태   그니까, 편한 시간이랑 장소 정해서 알려주세요. …라고 전해 주
         십쇼.

희태, 막막하게 전화 끊는데… 바로 울리는 전화벨! 희태, 반사적

으로 전화를 받는다.

희태   (혹시나 하는 마음에) 여보세요?

S#22   혜건네 사진관 (낮)

딸랑… 희태 문 열고 빼꼼 보면. 동료들과 둘러앉아 회의 따위 하 던 혜건과 선민.

희태   너네 아버지 돌아오면 기절하겠다. 아주 여기다 작전본부를 차리 셨어.

혜건   (동료들 경계하자, 능청) 저 새끼 농담을 참… 얘기들 하고 있어라잉. (다가와 쪽지로 희태 탁 때리며 속삭이는) 디질래? 받기 싫지?

희태   (쪽지 뺏고) 어떻게 알아냈어? 힘들 거라더니.

혜건   예상치 못한 곳에서 귀인이 나타나셨다.

선민   (다가와) 중학교 동문이에요. 여자 이름으로 장석철이 흔하진 않 응께.

희태   저번에 잠깐 봤었죠? 성함이…

선민   박선민이요. 근디 고거 졸업앨범에 있던 주소라, 시방은 거기 안 살 수도 있는디. 나가 알기로는 가 졸업하고 바로 서울로 돈 벌러 가서.

희태   그럼 맞네요, 제가 찾는 주소. 고마워요, 선민 씨.

혜건   (속닥, 쪽지 가리키며) 그 사람이구나? 광주에 숨겨둔 그, 제수씨.

희태   (무시) 그럼 다음에 혜건이랑 식사나 같이 해요. 제수씨! (나가면)

선민, 혜건   (동시에) 뭔 개똥 같은…/ 제수씨는 미친! (으! 서로 징그럽게 보고)

S#23   길거리 + 버스정류장 (낮)

쪽지 보며 마음이 무거운 희태, 깊게 한숨지으며 무심코 고개 들
었다가… '어?'
같은 시각 퇴근한 명희, 정류장 향해 바삐 걸어가면서 (멀리서 작게
'수련 씨!' 소리) 어디 갔지? 가방 뒤적이며 건널목 건너려는데… 뒤
에서 불쑥! 어깨 잡아당기는 손길. 그 순간 부아앙 오토바이 눈앞
지나가고! 명희 놀라 고개 올려 보면, 희태다.

희태   (달려왔는지 숨찬) 앞을 보셔야죠, 수련 씨.

잠시 얼떨떨 희태 보던 명희, 희태 품에 기댄 자기 모습에 뒤늦게
화들짝 떨어지면

희태   아. 죄송해요. (숨 고르며) 뒤에서 불러도 못 들으시길래.

명희   황희태 씨… (어디서 튀어나왔나 두리번) 설마 저 따라오신…?

희태   예?! (푸핫) 저도 버스 타러 가는 길이니까 안심하세요.

명희   (걸으며 작게 꿍얼) 돈도 많으신 분이 왜 택시를 안 타시고…

희태   (웃으며 따라가는) 돈은 수련 씨네가 더 많지 않나… 뒤에서 긴가민
       가했어요. 저번에 봤을 때랑 옷차림이 많이 달라서.

명희   (아차, 자기 옷 내려다보며) 거시기, 그… 데모하다 와가꼬.

희태   (또 푸핫 웃는) 아, 데모. 좋은데요, 저번보다 더.

명희	(끙, 계속 가방 뒤적이며) 비꼬지는 마시고요.
희태	진심인데. (보고) 근데, 아까부터 뭐 찾으세요?
명희	버스 토큰이 안 보여가꼬… (어색) 먼저 가시요. 전 토큰 좀 사러…
희태	어 저 토큰 있어요! (뒤적이곤 명희 손에 한 줌 와르르) 이거면 돼요?
명희	(황당하게 보다가) 토큰 장사하신당가?
희태	(웃으며) 토큰 장사는 어떻게 하는데요. 이자 쳐서 돌려받으면 되나?
명희	(음… 토큰 하나 빼고 나머지 내밀며) 글믄 딱 하나만…
희태	에이~ 누군 땅 파서 장사하나. 다 가져가시고, 이자 쳐서 돌려주세요!
명희	(끙, 다시 토큰들 쥐며) 예…
희태	(즐거운 미소로 명희 보다가) 우리 슬슬 또 만나야죠, 꽃도 한창인데.
명희	예, 뭐… (버스 오면) 어! 제가 급히 갈 데가 있어가꼬. 그럼. (후다닥)
희태	(가는 명희 향해) 어, 수련 씨…!

S#24 버스 안 (낮)

급히 버스에 올라타 창가 자리에 앉는 명희.

어떻게 위기는 넘겼다, 안심하며 창밖 보는데… 희태 보이지 않고.

희태	(올라타 승차문 막고 서서) 수련 씨! 혹시 내일은 시간 어떠세요?
명희	(아, 저 미친… 슬쩍 얼굴 가리는데)
버스안내양	뭐여, 안 탈거믄 내려요.
희태	잠시만요. 저, 거기 얼굴 가리고 고개 숙인 수련 씨! 내일 어때요?

버스안내양   (짜증, 명희 향해) 거 아가씨! 널 보냐고 묻자네.

명희   (어쩔 수 없이 고개 들고) …예에. 봐요, 봐.

버스안내양   인자 됐소? (희태 끌어내리려면)

희태   (버티며) 몇 시에, 어디서요?

버스안내양   (기다리다 답답, 앙칼) 아따, 대충 우다방서 네 시쯤 보믄 되겠고만!

명희   (하는 수 없이 끄덕이면)

희태   오케이. 우다방, 네 시! (떠밀리며) 기다려주셔서 감사합니다, 여
        러분!

버스안내양   (탕탕) 오라이!

창밖에서 두 손 흔드는 희태가 창피해 시선 피하는 명희, 몇몇 승
객 귀여운 듯 킥킥.

S#25   무등경기장 전경 (낮)

〈제61회 전국체전 전남예선대회〉 현수막 걸린 무등경기장 위로
탕! 신호 총소리(E)

S#26   무등경기장 안 (낮)

우르르, 날쌘 초식동물 무리처럼 뛰기 시작하는 단거리 선수들.
명수, 계속 초조하게 관중석 쪽만 바라보고 있는데… 인솔교사,
다가오라고 손 까딱. 먹잇감 노리듯 자세 낮추는 인솔교사 가리
키는 손가락 끝으로 시선 따라가 보면, 운동장 한편에서 몸 풀고

있는 정태의 모습, 명수보다 머리 하나는 훌쩍 큰 키.

인솔교사 저기 보이냐? 자가 광주 대표 황정태란 놈인디, 발육도 기록도 결
    코 국민학생의 것이 아니여. 자 뒤만 뽀짝 붙어도 2등은 한다잉.

명수   (삐죽) 이왕 뗄꺼믄 이겨불라 해야지 2등이 뭐래요.

인솔교사 쓰읍, 쌤이 몇 번 말허냐. 장거리는 2등만 허자~ 하고 뛰어야 한
    당께? 첫판부터 1등 한다고 나대믄 바람막이밖에 안 돼야.

방송(E) 잠시 후 천 미터 달리기경기가 있을 예정입니다. 출전하는 선수
    들은 모두 본부 앞 출발지점에서 대기해주시길 바랍니다.

안내방송 듣고 화들짝 놀라서 다시 관중석 바라보는 명수, 명희
는 보이지 않고…

명수   (울상) 온다 했는디…

선수들 하나둘 모여들기 시작하자, 명수도 결국 아쉽게 발걸음
돌리는데 그때 경기장 입구로 들어와 헉헉, 관중석 난간으로 달
려가는 명희.

명희   김명수!

명수   (돌아보며 화색) 누나! (두 팔 흔들며) 명희 누나아!

명희, 언제 뛰었냐는 듯 애써 차분하게 명수 향해 손 흔들다가…
명수가 교사에게 귀 잡혀 끌려가는 모습 보고서야, 객석에 앉아

가쁜 숨을 고른다.

S#27 **무등경기장 트랙 (낮)**

다른 선수들과 함께 트랙에 서는 명수, 나란히 옆에 선 정태를 힐 끗 살핀다. 명수 눈에 들어오는 정태의 신발…

명수의 헌 운동화와 비교되는 브랜드 운동화. '준비' 소리에 자세 잡는 명수와 선수들. 명수 심장 소리 쿵쿵 울리다가… 탕!!

움찔 놀라서 스타트 늦은 명수 옆에서 선두로 출발하는 정태, 1등 으로 치고 나가고. 가장 후발주자인 명수, 오기에 차서 이 악물고 속도를 높이기 시작하는데 한 선수 제끼려 자리싸움하던 순간, 명수의 슬립온 한쪽이 훌렁 벗겨져 버리고!

인서트 **무등경기장 관중석 (낮)**

두 손 꼭 잡고 지켜보던 명희, '오메, 어떡해!' 놀라서 입을 틀어막 는다.

다시 트랙, 잠시 고민하던 명수 에잇…! 그냥 신발 한쪽만 신은 채로 달려버린다. 꼴등에서 무섭게 속도를 내기 시작하는 명수, 앞 선수들 차례로 제쳐 어느새 1등으로 달리고 있는 정태까지 따 라붙기 시작한다.

슬쩍 자신 옆으로 따라붙는 명수를 보는 정태, 더욱 속도를 내기 시작하고. 그때 어느 코치의 '마지막 바퀴다!' 외침에 명수, 눈까지 질끈! 남은 힘 쥐어짜고. 결국, 아슬아슬하게 한 걸음 차이로 정태가 1등, 명수는 2등으로 골인한다. 숨이 턱까지 찬 명수, 트랙에 드러누워 분한 듯 애꿎은 바닥을 치면… 정태는 크게 힘든 기색 없이 드러누운 명수를 힐끗 보고 지나간다.

인솔교사 (기쁘게 달려와) 명수야! 아따, 장허다! 니가 우리 나주의 자랑이다!

명수 (울상) 아 2등이 뭔 자랑이데요. 그래 봤자 탈락인디…

인솔교사 니 몰랐냐? 2등까정 소년체전 진출이잖애! 니 인자 전남 대표여!

명수 (벌떡) 예?! 진짜로요?! (울상) 아따, 미리 말해주시지… 허파 터져불겄네.

인솔교사 (장내방송 듣고) 쪼까 쉬고 있어라잉! 쌤은 본부 갔다올텐께잉!

명수 다시 드러누워 벅찬 숨을 가다듬는데… 벗겨진 신발 한쪽이 시야에 불쑥! 선글라스 낀 박 코치가 신발을 든 채 씨익 웃어 보인다.

박코치 신발이 벗겨졌는데도 황정태랑 맞먹어부러야. 사실상 일등이나 진배 없제. 이름이 뭐냐?

명수 김…명수요.

박코치 명수? 명수명수, 활명수! 이름값 허느라 속 씨원허게 잘 달렸고마이. 스빠르따 훈련 때 보자. (신발 안겨주고 가는)

명수 (명… 가는 모습 보며) 스빠르따 훈련…?

S#28   무등경기장 관중석 (낮)

관중석 계단을 두세 개씩 뛰어오르며 명희를 향해 달려가는 명수.

명수   누나!!

명희   (부러 시시한 척) 전남예선도 별거 없네. 자빠진 아가 2등을 해불
        고잉.

명수   나 됐어! 나 대표 됐당께! 2등까지 전남 대표래!

명희   뭐?! (꺄! 끌어안고) 아따, 우리 똥개 뭐 먹구 싶냐이. 말만 해. 다 사
        줄랑께.

명수   어, 나는 거시기… (주춤대며 누군가를 눈으로 찾는)

명희   왜. 친구들 있어? 델꼬 와. 누나가…

명수   (손 번쩍) 아부지!

보면, 멀찍이서 절뚝이며 다가오는 현철. 싸늘하게 식는 명희, 자
리 떠나려는데…

명수   (와락! 온몸으로 붙잡으며 작게) 누나 유학 간다매. 엄니한테 들었어.

명희   (놀라) 너…!

명수   아부진 몰라. 인자 셋이 밥 먹을 날도 없자네. 한 번만 같이 묵자,
        잉?

명수의 간절한 눈빛에 명희, 복잡한 마음으로 현철 돌아보는데…

S#29　중국집 (낮)

어색하게 테이블에 앉은 명희, 명수, 현철… 점원, 명희에게 주문
받으려면

현철　요리는 됐고, 짜장 셋 주씨요.

명희　(노려보다가) 탕수육도 주씨요. 대짜로다가.

점원　(눈치) 탕수육 대짜에 짜장 셋이요. (가는)

부녀 서로 투명인간 취급하며 찬바람 쌩쌩… 명수 눈 또르르 굴
리며 눈치.

명수　(분위기 띄우려) 아따, 일케 셋이서 외식하는 게 얼마 만이대. 엄니
랑 할머니도 왔음 좋았을걸. 누나! 나 전국체전 때도 와줄 거제?

명희　(괜히 메뉴판 정독) 체전은 언젠디?

명수　강원도에서 5월 말에… (아차) 옴메, 그땐 누나 거시기 헐라나.

현철　뭐가 거시기 헌디?

명희　(여전히 메뉴판만) 명수 니 사이다도 먹을래? (명수, 발로 툭) 뭐.

그때 마침 짜장면 나오자, 다시 분위기 띄우는 명수.

명수　오메오메! 짜장면 맛있겠다! 잘 먹겠습니다. (침묵 속에서 후루룩)

명희　(젓가락만 깨작, 들으란 듯이) 뜀박질하는 아가 신발 꼬라지가 저게
뭐데? 신발만 멀쩡했어도 1등은 하고도 남았을 것을.

현철　넘의 신발 오지랖 말고 즈그 신발이나 사제. 다 큰 처녀 신발이

뭔…

명희   (젓가락 탁) 거 생각할수록 요상허네잉. 은행원이 뺑땅을 치나, 지갑에 빵꾸가 났나? 나가 부친 피같은 돈들이 죄다 얼루 샜나 모르겄네.

명수   (켁… 체하겠고, 화제 돌리려) 맞다, 누나! 나 누나 하숙집에서 며칠만 자두 될랑가? 전남 대표로 뽑힌 아들끼리 광주서 훈련한단디.

현철   훈련?

명수   잉. 체전 때까정 육상 전문 코치님이 정식으로 갈쳐준대요.

현철   뭐 글면, 주말마다 광주 오가야 되는 거여?

명수   고것이… 주말마다가 아니고, (기어들어 가는) 5월 한 달간 합숙…

현철   뭣이여? 5월 내내야? 글믄 학교는?

명수   쌤이 그라시는디, 그 훈련 땀시 빠지는 건 학교서두 봐준다고…

현철   (O.L) 안 돼. 쓸데없는 소리 말고, 학교나 잘 댕겨.

명수   아부지…!

명희   (듣다가) 아부지는 자식들 날개 꺾는 것이 취미요?

현철   …뭐여?

명희   명수, 훈련 마칠 때까정 나가 돌볼 텐께 상관하지 마씨요잉.

현철   (보다가) 넌 니 앞가림이나 잘 혀. (일어나며) 김명수, 인나라.

명수   아부지…!

명희   (명수에게) 앉어. 탕수육 아직 안 나왔자네.

현철   (버럭) 아니 뭐더냐! 안 따라오고!

명수, 눈치 보다가 현철을 따라 나가면… 뒤늦게 나오는 탕수육.
명희, 테이블에 혼자 덩그러니 앉아 김 모락모락 나는 탕수육을 바라본다.

S#30　**여공네 집 (낮)**

녹슨 슬레이트 지붕의 낡고 허름한 집. 희태, 마당 들어가면 대문 가에 쌓인 소주병들.

희태　(주소 쪽지 들고) 계세요?

중학생쯤 된 여자아이가 마당에서 쭈그려 빨래하다가 지친 얼굴로 나온다.

희태　저, 여기가 혹시 장석철 씨 댁 맞나요?
여공여동생　(경계) 저희 언닌디, 무슨 일로…
여공어머니　누구 왔냐?

보면, 병색이 짙은 여공의 어머니가 기침을 쿨럭이며 밖을 내다본다.
시간 경과. 툇마루에 걸터앉아 여공 어머니와 이야기를 나누는 희태.

여공어머니　부치던 돈도 찔끔찔끔 줄이더니 아예 끊어불고… 남자문제지라?
희태　아닙니다, 그런 거. 돈은… 공장파업 때문일 거예요. 몇 달 됐거든요.

여공어머니 파업? 그믄, 뭐 파업하다 체포된 거요?

희태 (어렵게 운을 떼는) 체포는 아니고… 사실 석철 씨가 많이 다쳤어요. 지금은 서울 병원에 있지만, 곧 광주로 이송할 예정이니까…

여공어머니 (O.L) 아니 광주로 오믄, 공장일은 어짠대요?

예상치 못한 반응에 당황하는 희태, 재빨리 안주머니에서 봉투를 꺼내 내민다.

희태 지금은… 석철 씨가 일할 수 있는 상태가 아니라서요. 얼마 되진 않지만 급한 대로 이걸로 생활비랑 약값 하시고…

여공어머니 시방 약값이 문제요?! 우리 장남이 등록금 없어 복학도 못 하는 디. (눈물 훔치며) 석철이 고년은 왜 쓸데없이 파업 같은 걸 해부러 가꼬…

희태 할 말을 잃는다. 잠자코 옆에서 듣고 있던 여공 여동생, 그런 희태를 보다가…

여공여동생(E) 잠시만요!

S#31 여공네 집 앞길 (낮)

걸어가던 희태, 다급히 부르는 소리에 돌아보면 여공의 여동생 이다.

여공여동생   저희 언니… 많이 다친 거예요?

희태   (보다가 끄덕) 아직 의식이 없어요.

여공여동생   그, 혹시라도 언니 정신 차리면… 집에 오지 말라고 좀 전해주
            세요.

희태   …예?

여공여동생   나는 괜찮응께, 인자 여는 신경 쓰지 말고, 언니 하고픈 거 함서
            살라고… (울먹) 그렇게 좀 전해주씨요.

희태   (아프게 보다가) 깨어나면, 직접 얘기해줘요.

S#32   수련 집 거실 (낮)

수련, 뚱한 표정으로 책 읽고 있으면 맞은편에 앉아 신문 읽던 창
근, 힐끗 보다가.

창근   …저짝 집서 듣자 헌께, 뭔일로 맞선은 잘 혔다더라잉?

수련   어쩌겄소? 공양미 얻을라믄 인당수 입수 세 번은 하라는디.

창근   (으이그) 심봉사 눈 떴당께 구경이나 가보등가.

수련   뭔 소리래?

창근   아따, 느그 떨거지들 풀려났다고. 황 과장 연락 왔어.

수련   (화색) 진짜요?! 아부지, 아부지. 저 나갔다 올게요! (뛰어나가는)

S#33   대학교 학생회실 (낮)

큼직한 두부 담긴 비닐봉지 두어 개를 신나서 들고 오는 수련.

수련	(문 벌컥 열며) 아야, 두부 먹어라!

보면, 유치장 갇혔던 진수 등을 중심으로 둘러앉은 학생들… 선민과 혜건도 있고. 들뜬 수련과 달리 싸늘하게 가라앉은 학생회실 분위기. 혜건, 사이에서 눈치.

수련	분위기들 왜 이래? 뭔 일 있었는가? (봉지 내밀며) 일단 이거…

탁, 거부하듯 쳐내는 손길에 봉지에 담긴 두부 바닥에 툭 떨어져 뭉개진다. 당혹스럽게 두부 보던 수련, 고개 들어보면… 차가운 진수의 표정.

진수	니 우리 어찌 빼냈냐?
수련	(시치미 떼려는) 빼내다니 그게 뭔…
진수	아니, 먼저 넌 어찌 나왔는질 묻는 것이 순서겠구먼. 말해봐야. 삐라 잔뜩 들고 잡힌 것은 넌디, 어찌 젤 먼저 빠져나왔냐?
수련	그럼 어짜냐. 형들 다 수배 떨어져 숨어다니는디, 니들까지 들어가믄…
선민	(비웃는) 왜, 느그 아버지한테 수배도 다 풀어달라 그러제.
혜건	(중간에서 눈치) 쓥! 아따, 왜들 그려. 투쟁 할라고 모인 사람들끼리…
선민	어, 우리 투쟁할라고 모인 사람들이여. 자 같은 술래잡기가 아니라.
수련	(하… 말문이 막혀 보는)

진수	내 생각에 수련이 니는, 애초에 여기에 맞는 사람이 아닌 듯싶다.
수련	(쓴웃음) 삐라 찍을 땐 울 아부지 공장 잘만 이용해놓고, 몰랐던 사실 안 것처럼 갑자기 신분 따지고들 앉았네. 나 싫단 소릴 길게도 한다.

수련, 자리를 박차고 나가면 '야, 수련아!' 부르는 혜건, 차마 따라나서진 못하고…

S#34   길거리 (낮)

최 순경, 건널목 앞에 서서 신호봉 휘두르며 표어 외치고 있다.

최순경	(열정적) 5초 먼저 건너려다, 50년을 먼저 간다. 무단횡단 하지 말고, 횡단보도 이용하자! 아따 어르신, 자동차요? 인도로 걸으셔 인도로.

계속해서 표어 외치는 최순경 옆을 누군가 빠른 걸음으로 지나가더니 차도로 무단횡단하려 하자… '어어?' 어깨 덥석 잡아 돌리는 최 순경. 보면, 잔뜩 흥분한 표정의 수련이다.

최순경	어디 순경이 두 눈 시퍼렇게 뜨고 보는디 무단횡단을… (하다가 웅?) 잉? 니 그때 그 현행범 아니여?
수련	(무시하고 가려면)
최순경	(다시 옷자락 잡으며) 어허 이 양반 이거 범법이 취미여? 무단횡단

은 대통령 딸이 해도 무단횡단이여. 이번엔 아부지 와도 못 봐줘
요잉.

수련   …….

최순경   거, 사회적 체면이 있제. 있을수록 더 모범을 지키면서 살아야…

잠자고 듣고 있다가, 최 순경 손 뿌리치면서 돌아보는 수련… 울
고 있다. 꼬장꼬장한 최 순경 훈계로 울고 싶은데 뺨 맞은 격, 꾹
참았던 수련의 분한 눈물. 최 순경의 시선으로 슬로우 걸린 수련
의 모습… 처연하고 아름답다. 순간적으로 숨이 멎은 듯 헉… 수
련과 눈을 맞추는 최 순경. 슬로우 풀리면, 수련 길 안 건너고 쭉
걸어가 버리고. 최 순경 그 모습 바라보면서,

최순경   (얼어서) 아니 나는… 왜, 울고… (심장 부여잡고) 이건 뭐 왜 이래.

S#35   신발가게 (낮)

무표정한 현철 뒤를 졸졸 따라 신발가게로 들어오는 명수, '여긴
왜?' 어리둥절한데. 명수 부자 기척에 신발가게 사장, 안쪽에서
라디오 듣다가 끙 일어나서 보고는

신사장   형님! 장날도 아닌디 어찌 오셨소? 에, 니 명수냐? 왐마 다 커부
           렀네!

현철   인사 안 허냐.

명수   (쭈뼛쭈뼛) 안녕하세요.

현철	뜀박질할 때 신는 운동화 하나 줘 봐. 전국체전 나갈 때 신고 뜀 건께 좋은 걸루다가.
명수	(놀라서 보는)
신사장	전국체전? 아따~ 명수 니 체전 나가부냐? 보자, 보자… (진열대에서 몇 켤레 골라) 자, 이왕 사는 거 겁나게 비싼 걸로 골라부러라.

명수, 당황해서 아버지 눈치 보다가 신발들로 눈동자 옮기는데… 그중에 하나, 정태가 신었던 것과 똑같은 운동화(인서트 씬27)에 시선이 고정된다.

신사장	(바로 알아채고 신발 골라내며) 아따, 형님 안 닮아서 안목이 있네잉. 찔로 좋은 걸 골라분다잉. 요거 서울 아들도 읎어서 못 신는 거여.
명수	(머뭇거리며) 아부지… 지는 참말로 괜찮은디…
현철	사기 싫은갑다. 관둡세. (돌아서려면)
명수	(잡으며) 아, 아니어라!!

순식간에 신발 벗어 던지는 명수, 잔뜩 들뜬 표정으로 새 신발 신어 본다. 미소로 보던 현철, 문득 시야에 단정한 여자 단화가 들어오지만… 애써 고개 돌리고.

S#36 **명희 하숙집 앞 골목 (저녁)**

어느새 해가 뉘엿뉘엿 지는 골목을 나란히 걷는 명수와 현철. 들뜬 명수 신발 상자 안고 있고, 현철은 편지봉투의 주소 보며 길

찾는다.

현철	여 어디 근천디…

명수 고거이 뭐래요, 아부지? (봉투 슬쩍 보며) 받는 사람에… 김명희?

현철 (감추고) 뭐. 느이 누나 주소 볼라고 가져온 거여.

명수 편지?! 아부지 누나한테 편지 쓴 거예요? (간지럽히듯 뒤지며) 줘 봐
봐요. 어차피 부칠 편지, 나가 전해 주믄 우표값 아끼고 좋자네요.

현철 쓰읍, 어허! (간지러운) 어어? 요놈이 아부지한테…

명수 어?! 누나다! (손 흔들며) 누나!

현철, 골목 끝에 무표정하게 선 명희를 복잡한 마음으로 잠시 바
라보다가…

현철 (짐짓 태연한 척) 아부지 간다잉. 옷은 나중에 합숙소로 갖다 줄게.

명수 누나랑 인사 안 하시고요?

현철 아까 주인댁엔 야그는 해놨응께, 합숙 들어갈 때까정 얌전히 지
내고. (등 떠밀며) 누나 기달린께 언능 가 봐야.

명수, '누나아' 하고 명희에게 달려가는 모습 보다가 돌아서는 현
철. 명희, 절뚝이며 멀어지는 아버지 모습 마음이 쓰여 바라본다.

S#37 희태 본가 주방 (밤)

석중 내외를 초대한 가족 식사 자리. 세상 선한 표정으로 기도하

는 기남.

기남   주님. 이웃 중에 약한 이들을 저희가 돌아보매 선한 사업에 힘쓰
        게 하시고 우리에게 허락하신 힘과 능력으로 맡기신 사명을 감당
        하게 하소서. 은혜로이 내려주신 이 음식과 이 자리에 강복하시
        길 비나이다.

다같이   아멘.

희태   (급히 들어와 앉으며, 한 박자 늦게) 아멘! 늦어서 죄송합니다.

기남   (인자한 미소로) 늦었구나. 제대로 인사드려야지.

희태   저희 아버지 자랑으로 이미 익숙하시겠지만… 실제론 처음 뵙겠
        습니다. 첫째 아들, 황희태입니다!

석중   하하! 아드님이 황 과장 호탕함을 쏙 빼닮았네. 자랑, 많이 들었지~

        석중 부부 유쾌하게 웃으면 나머지도 가짜웃음. 정태 혼자 '첫째
        아들?' 희태 흘기고.
        시간 경과. 한창 식사하고 있는 석중 내외와 희태 가족.

석중처   이리 식탁만 둘러봐도 우리 황 과장님 댁 참 복된 가정이네요. 광
        주서 제일 어여쁜 아내에, 우리나라에서 제일가는 대학 다니는
        아드님, 또… (잠깐 생각) 귀여운 막둥이까지. 보기만 해도 배부르
        겠어요.

석중   그러고 보니 둘째 아드님은 꿈이 뭘까? 형님 따라 의사가 되려나?

정태   (기남 시선에 긴장하고) 저는…

해령   (안쓰러워 거드는) 안 그래도 오늘 정태가 소년체전 전남 대표로…

기남	(O.L) 군인이 꿈이랍니다. 육사 들어간다고 벌써부터 체력을 길러요.
석중처	어머나… 아버질 본받아서? 어쩜, 정말 은혜로운 가정이지 뭐예요.

진심 감탄하는 석중처 향해, 제각기 다르게 억지웃음 지어 보이는 희태네 가족들.

S#38   명희 하숙집 거실 (밤)

냄비 뚜껑 열면, 김 모락모락 라면… 명수, 황홀하게 젓가락 들고 달려들려면

명희	(강아지 훈련하듯) 기다려. (후우, 불어서 그릇에 뜨며) 또 허겁지겁 먹다 홀라당 데어 먹을라고. (그릇 앞에 두고서 뜸 들이다) 묵어.
명수	(후루룩, 감탄) 있냐. 누가 죽기 전에 먹을 거 딱 하나 고르라 하믄, 난 누나가 끓여주는 라면 고를 거여.

치… 명희, 밉지 않게 흘기며 마저 라면 뜨는데, 밥상에 탁 김치 내려놓는 진아부.

진아부	라면을 우째 김치도 없이 먹노. (툴툴) 밥 차려준다니까는…
명수	고맙습니다!
명희	(미안) 합숙소 들어가기 전에 며칠만 신세 좀 질게요.
진아부	거, 누가 보면 눈칫밥 주는 줄 알겠네. 쭉 눌러살아도 된다.

진아   (들어오며) 다녀왔습니다~ (킁킁) 음~ 라면 냄새!

진아, 신발도 다 안 벗고 무릎으로 기어와 명희 향해 '아~' 하며
한입 받아먹고는

진아   (그제야 명수 보고) 누구? 명희 언니 숨겨둔 애기여?
진아부   (등짝!) 가씨나가, 아주 못하는 말이 없지 그냥.
명희   막둥이 동생. 육상 훈련한다고 올라왔어야.
명수   (라면 먹다가 꾸벅) 안녕하세요. 김명수여라.
진아   (흐응~ 장난스레 보며) 언니랑은 달리 아가 나긋한 맛이 있네잉.
진아부   (등짝!) 나긋 같은 소리 하네. 마, 가서 신발 벗고! 손도 쫌 씻고!

'아 아프다고~' 진아 부녀 실랑이하는 모습에 명희, 편안하게 웃
어 보이면. 마치 가족들 사이에 있는 것처럼 편해 보이는 명희 모
습을 힐끗, 낯설게 보는 명수.

S#39   명희 하숙집 명희 방 (밤)
누운 명수, 앉은뱅이책상에 앉아 독일 원서로 공부하고 있는 명
희 지켜보다가…

명수   누나, 외국 가믄 언제 와?
명희   (계속 필기하며, 건성으로) 우리 명수 손주 결혼할 때~
명수   (주둥이 나와서 보다가) …우리 가족 싫어서 가는 거지?

명희	(돌아보고) 갑자기 뭔 봉창 뚜들기는 소리냐.
명수	안 가믄 안 되나… 가믄 나 메달 따는 것도 못 보는디. 누나 간당께 엄니도 맨날 한숨만 쉬고… 아부지는 아예 가는 것도 모르잖어.
명희	니는 어른들 일에 뭘 그렇게 간섭을 해.
명수	(졸린 눈) 있냐잉… 난 아부지랑 누나랑 화해하믄 좋겄어, 옛날맹키로. 그때는 집에서도 여기서처럼 누나 잘 웃었는디…
명희	(말문 막혀 보다가) …쬐깐한 게, 잠이나 자.
명수	(하품) 꼭 할 말 없음 쬐깐하다 그라드라. (눈 감고)

명희, 다시 하던 공부하려 펜 쥐는데, 명수 말에 마음 복잡해 아무것도 적지 못하고.

S#40   희태 본가 앞 (밤)

석중 내외를 배웅하는 희태와 기남. 차에 타려는 석중에게 기남, 인자한 미소로

기남	누추한 곳까지 걸음 해주셔서 감사합니다. 조심히 들어가십시오.
석중	즐거웠네. 담엔 남자들끼리 한번 보지. (희태 툭) 의사 선생까지 해서.
기남	(유쾌하게 웃으며) 여부가 있겠습니까. 언제든 불러만 주십쇼.

희태 부자 가식 미소에 만족스레 웃는 석중, 괜히 희태 어깨 다독이곤 차에 오른다. 차가 골목을 떠날 때까지 미소 지어 보이던 기

남… 곧 평소 무표정으로 돌변한다. 답답한 듯 셔츠 단추 하나 휙 풀더니 주머니에서 담배와 라이터 꺼내는 기남.

희태   식사 몇 번 더 하면, 아버지 금연도 하시겠는데요.

기남   (한 개비 꺼내며) 오늘 늦지 말라고 했을 텐데. 뭐 하다 왔어?

희태   (핑계 찾다) …수련 씨요. 얼른 또 만나라면서요. 내일 보기로 했어요.

기남   (무표정으로 한참 보다 씩 웃고) 잘했어. 끝까지 잘 좀 해봐. 응?

희태   (잠시 긴장했다가, 애매한 미소 지어 보이며 끄덕)

S#41   명희 하숙집 명희 방 (아침)

진아 '언니, 나 딱분 좀…' 하고 문 벌컥 여는데… 아무도 없는 방 안. 없네? 심드렁하게 다시 나가려던 진아, 뭔가를 보고 멈칫! 다시 돌아본다. 벽에 곱게 걸려있는 수련의 옷… 진아, 매료된 듯 파스텔톤 블라우스 장식 만지작.

S#42   명희 하숙집 마당 (아침)

명희, 명수 앞에 쭈그려 앉아 새 운동화의 끈을 꽉꽉 묶어주고 있다.

명희   곧 중학교 들어갈 놈이 안즉 신발 끈 매는 것도 안 배우고 뭐 했냐.

명수   끈 있는 신발 첨 신어서 그라제. 아, 아! 고만 쩸매. 발 터지겄어.

명희   이래야 뛰댕겨도 안 풀리제. 됐다. (일어나) 진짜 같이 안 가도 되냐?

명수   애기도 아니고, 약도 보믄서 가면 돼. 나가 길 하난 기똥차게 찾잖

         애. (새 신발로 제자리 뛰어보더니 들떠서) 누나, 갔다 올게잉!

명희   (가는 뒤에 대고) 차 조심하고. 끝나면 곧장 오고잉!

그사이 살금살금 몰래 신발 신던 진아, 명희 마주치면 화들짝! 빵

빵한 패딩 차림이다.

명희   날도 더운디, 으째 그라고 껴입었대?

진아   잉~ 수족냉증, 수족냉증… (집 안에 대고) 다녀오겠습니다! (후다닥)

명희   (뭐여? 수상하게 보다가)

S#43   광주병원 앞 (아침)

끙… 결국 수련의 옷 안에 자신의 낡은 셔츠 받쳐입고 출근하는

명희. 조합이 영 아닌 코디 찝찝하게 내려보며 '이진아 고걸 그

냥…' 하는데, 휘파람 휙!

의사1   (담배 피우다, 훑으며) 히야~ 명희 씨 오늘 어디 가? 병원 오믄서 뭘

         그리 꽃단장을 했대. 누구한티 잘 보일라고?

명희   (한심) 선생님은 아닌께, 피시던 거나 마저 피셔요.

까딱 인사하고 들어가는 명희. 옆에서 담배 피우던 병철, 민망한

의사1 놀리듯 크큭.

S#44　　**운동장 (낮)**

삼삼오오 모여 떠드는 육상 선수들. 막 도착한 명수, 선뜻 끼지 못해 쭈뼛거리면

진규　　(보고) 대표 훈련 왔제? 여기 서믄 돼.

수줍게 진규 쪽으로 다가가는 명수, 어색하게 다른 학생들에게 '안녕' 인사하는데. 그때 운동장으로 들어오는 승용차… 기사 잽싸게 내려 문 열면, 정태와 해령 내린다.
명수 '어 쟤는…?' 하는데 멀리 박 코치에게 인사하는 해령 미모에 수군대는 아이들.

명수　　(중얼) 쟈는 엄니도 허벌나게 이쁘네. 정윤희 뺨쳐분다잉.
진규　　이쁘니께 첩 됐겄제. 울 엄니가 그라는디, 황정태 자네 엄니 첩이랴.
명수　　첩?

마침 무리로 걸어오던 정태, 명수의 '첩' 소리에 휙 쳐다보고. 진규는 잽싸게 딴청. 싸늘하게 보던 정태 그냥 지나치면… 진규, 휴! 어리둥절한 명수에게 '입조심!' 눈치. 삐익! 호루라기 소리에 아이들 줄 서고… 앞으로 걸어 나와 확성기 켜는 박 코치.

박코치　　반갑다. 체력단련과 합숙 전반을 감독하는 코치 박철범이다. 이 오월 한 달이 훗날 너희 인생에서 젤로 뜨거웠던 시간으로 기억

될 수 있게 스빠르따 식으로 느그를 제련하겄다! 이상, 종목별로 헤쳐모여! (삑!)

시간 경과. 달리기 선수들 모여있고, 천 미터 명수와 정태도 나란히 서있는데. 바로 옆 타 종목 줄에 서있던 진규, 명수와 정태의 똑같은 신발 보더니 엇!

진규 느그들 똑같은 신발 신었냐?

정태 (슬쩍 명수 신발 보더니) 안 똑같은데? 딱 봐도 싸구려네.

명수 뭐?

정태 가짜라고. 너 이거 시장통에서 샀지?

명수 (화끈 달아오르는) 나가 어디서 뭘 사 신든, 니가 뭔 상관이여?

정태 (피식, 진규에게) 야, 어디서 거지 냄새 안 나냐?

명수 뭐여?! 이 썩을 놈이…!! (멱살 움켜쥐는데)

박코치 (삐익!) 거기 황명수, 황정태! 열외!! (삑삑!) 둘 다 튀어나왓!

부글부글 명수, 어쩔 수 없이 멱살 놓고. 서로 죽일 듯 노려보는 명수와 정태.

S#45 광주병원 부원장실 (낮)

수찬, 품에서 만년필 꺼내 기부 후원 관련 서류에 서명하고.

병걸 아이고, 올해도 이렇게나… 이거, 어찌 감사를 드려야 할지.

수찬	저희 창화실업이 병원에 지는 신세에 비하믄 한참 부족하지라.
병걸	꾸준한 후원이 가장 어려운 법인디… 꼭 좋은 일에 쓰겠습니다잉.
수찬	예. 잘 부탁드립니다. (웃으며 악수하고)

S#46 광주병원 로비 (낮)

병원을 나서려던 수찬, 멈칫! 도로 뒷걸음질해 몸 기우뚱해서 보면, 응급실 입구다.

S#47 광주병원 응급실 (낮)

조심스레 응급실 안으로 들어온 수찬. 의사1, 수찬과 구면인 듯 '어?' 다가오는데 작게 눈인사만 하고 계속 응급실 안쪽으로 들어가는 수찬, 멀리 병상 쪽 보면 쉴새 없이 바쁘게 돌아다니며 일하는 명희 모습… 잠시 안쓰럽게 보는 수찬. 병상 커튼 치고 카트 끌고 나오던 명희… 몇 시나 됐나 잠시 손목시계 보는데

수찬	간호원님, 고생 많으십니다.
명희	(보고 놀라) 수찬 오빠! 여긴 어떻게… 어디 다치셨어요?
수찬	(웃고) 나 안 아파도 이 병원 자주 온당게. 인자 슬슬 퇴근하제?
명희	아, 시간은 됐는디 아직 잔업이 남아 가꼬…
수찬	뭐시여? 요거, 나가 올라가가꼬 병원장님한테 한소리 해야 쓰겄는디.
명희	(작게 웃곤 주변 눈치, 쉿!)

수찬	마칠 때까정 밖에서 기다릴랑께 같이 밥이나 쪼까 먹자.
명희	어짜쓰까… 지가 오늘은 선약이 있는디.
수찬	선약? (장난스레) 아 혹시 저번에 그… 데이트?
명희	데이트가 아니고…! (의사1 힐끗 보면) 오빠, 저 시방 근무 중이라.
수찬	어, 그래그래. 나가 바쁜디 방해를 해부렀네. 미안. (어깨 툭툭) 고생해라잉.
명희	들어가세요. (떠나는 모습 아쉽게 보는)

S#48　경양식집 (낮)

고급스러운 경양식집에 마주 앉은 명희와 희태.
아무리 봐도 수련의 옷에 받쳐입은 자신의 셔츠가 어울리지 않아
어쩐지 거슬리는데

희태	오늘은 데모 안 하고 오셨나 봐요? (겉옷 가리키며) 덥지 않아요?
명희	아뇨, 저는… (셔츠 안 보이게 꽁꽁 여미며) 그, 수족냉증이 있어서…

마침 음식 서빙돼서 나오고, 명희 수많은 식기 보면서 잠시 머뭇
거리고 있으면 이를 본 희태, 자연스럽게 식기 집으려던 손 그대
로 점원 향해 번쩍 들면서

희태	저, 이 중에 뭘로 먹어요? 뭐가 너무 많아서.
점원	이쪽이 샐러드 포크고요. 메인은 이걸로 드시면 됩니다.
명희	(점원 가면) 뭐 이런 거 익숙한 거 아녀요? 잘 사신다믄서.

| 희태 | 뭣도 모르는데, 그냥 비싸고 인기 많대서 와봤어요. 수련 씨한테 점수 한번 따보려고. (하다가) 아, 맞다. (장난스레 손 내밀며) 토큰. |

명희, 희태 잠깐 흘기더니 가방에서 토큰 한 묶음 꺼내 건넨다.
의료용 반창고 따위로 동그랗게 꿰어낸 토큰 묶음 받고서 귀여워
웃음 터지는 희태.

희태	이건 뭐, 엽전이에요? 하여튼 수련 씨 만나면… 몇 년 치 못 웃던 거 다 몰아서 웃게 되는 거 같아요.
명희	(치, 깨작이며) 만나는 여자마다 그 소리 하시죠잉?
희태	아뇨. 처음인데. 매사 개싸움 하듯이 아등바등 살다가… 숨통이 트여요, 수련 씨 만나면. (진심 담아) 특별한 사람이세요, 확실히.
명희	(조금 쿵해서 보다가, 철벽) …창화실업 딸이, 특별하긴 하죠.
희태	(흠… 보다가 미소로) 저번에 제가 드린 신발은, 잘 맞으셨어요?

그 말에 명희, 적당한 답변 고민하며 희태 보는데… 헉! 순간 커
지는 명희의 눈. 점원 안내받으며 일행과 함께 식당 안으로 들어
오는 의사1의 모습이다! 재빨리 몸을 낮추는 명희, 더듬더듬 구
석의 메뉴판 획 가져와 펼쳐 얼굴을 가린다.

| 희태 | (어리둥절) 뭐 더 시킬까요, 수련 씨? |
| 명희 | 갑자기 목이 타서, 그, 마실 건 뭐가 있나… (힐끗 보면) |

설상가상, 바로 근처 자리로 안내받아 앉는 의사1…

명희, 미치겠고.

희태	혹시 손 떨리세요? 맥주 시킬까요?
명희	(손 내저으며) 물 마실게요, 물. 드셔요. (부러 더 열심히 먹는데)
의사1	뭐냐, 시키려면 남자끼리. 이런 덴 여자랑 와야 하는디…
일행	겨우 예약했구만… 담에는 그 여자랑 오든가~
의사1	여자? 누구?
일행	왜, 그~ 니 침 발라놓은 응급실 간호원 있잖애. 목석.

자리 너머로 들리는 의사1 대화 내용에 응? 자기도 모르게 귀 쫑긋하는 명희. 열심히 음식 씹어 삼키고 있지만, 온 신경이 옆자리로 가고…

의사1	아~ 걔? 목석은 무슨… 불여시여, 불여시. 온갖 치장을 해불고 출근하길래 뭔가 했드만, 대감집에 시집 한번 가볼라고 아주 꼬랑지를 그냥~ 아 왜, 그 우리 병원에 수입 약 납품하는 회사 (쩌렁쩌렁 떠들고)

명희, 들을수록 자기 이야기 같아 표정 굳고. 부러 태연히 먹던 희태, 명희 표정 보며

희태	(테이블 톡톡) 수련 씨. 억지로 먹진 마세요. 체하시겠네.
명희	(포크 내려놓으며) 저 속이 별로 안 좋은데, 우리 고만…
의사1	(O.L) 짚신이 치장한다고 꽃신이랑 짝 되겠냐고. 주제를 알아

야제.

명희 그 말에 더욱 굳는데. 희태, 냅킨으로 입 닦곤 심상하게 물잔
(물 차있는) 집으며

희태   저, 잠깐 물 좀 떠올게요. (일어나고)

일행   애초에 쥐뿔도 없는 간호원 만나서 뭐해. 집에다 소개는 하겠어?

의사1   나가 미쳤냐? 그런 앤 그냥 딱 연애까지… (하는데)

희태, 의사1 머리 위로 물잔의 물 부어버리고! 외마디 비명에 놀
라 돌아본 명희, 눈앞에 벌어진 상황에 입이 떡 벌어지고. 의사1,
분노로 일어나며

의사1   뭐여! 당신 미쳤어?!

희태   (무표정 바로 가식으로 돌변) 괜찮으세요?! 제가 손이 미끄러져서…

의사1   (황당) 아니, 손이 어떻게 미끄러지면…

희태   죄송해서 어쩌죠. (지갑 꺼내며) 어떻게, 제가 뭐 세탁비라도…

의사1, 희태 연기에 넘어가 제대로 화 못 내고 어버버 냅킨으로
물 닦던 와중에 멀리 자리에 앉아 있는 명희와 눈이 딱 마주치자,
허억… 굳어버리고. '아니, 그…' 하는 의사1 보던 명희, 곧바로
자리에서 일어나 식당을 나가는데. 명희 자리 뜨면 희태, 다시 싸
늘하게 무표정으로 변하며 의사1에게 지폐 툭.

| 희태 | 이걸로 세탁하세요. 입 간수도 좀 하시고. (나가는) |

S#49 건물 계단 (낮)

계단을 빠르게 내려가는 명희, 따라 나온 희태 '수련 씨!' 부르며 내려오는데. 명희, 계단 한 칸 남겨놓고 구두 삐끗! 그대로 꽈당 넘어져 버린다. 앞코에 솜 넣은 구두, 벗겨져 멀찍이 날아가고. 놀란 희태, 넘어진 명희에게 다가가

희태	괜찮아요?! (부축하려) 일어날 수 있겠어요?
명희	(발목 눌러보더니) 됐어요. 그냥 삔 거예요.
희태	저한테 업혀요.
명희	됐다구요. 걸을 수 있어요. (벗겨진 구두에 손 뻗으면)
희태	(구두 휙 잡아채는) 어떻게 걷겠단 거예요! 애초에 이런 걸 신고…
명희	(O.L) 걸을 수 있다고요!

두 사람, 잠시 눈 맞추다가… 명희, 희태 손에서 탁 구두를 가로채 기어이 다친 발에 구두 신는 모습에, 희태 결심한 듯 완강한 표정으로 명희를 안아 들어 올린다.

명희	뭐 하시는 거예요?!
희태	처치해야죠. 일단 가까운 응급실로 가요.
명희	(화들짝) 안 돼요!!
희태	(놀라 보면)

명희   (간청하듯 희태 앞섶 꼭 쥐며) 안 돼요, 병원은…!

S#50   하천길 (저녁)

길가에 꽃나무가 핀 하천길… 뉘엿뉘엿 지는 해가 하천을 물들이기 시작하고. 명희 둑 계단 혹은 벤치에 앉아 있으면, 그 아래에 무릎 꿇고 앉는 희태. 비닐봉지에서 붕대 등 이것저것 꺼내고는 명희의 다친 발목을 잡는다.

명희   (괜히 긴장돼서) 줘요. 나가 알아서 한당께…
희태   뭘 자꾸 알아서 해요. 법대에서 드레싱도 가르쳐요?

하는 수 없이 발목 맡기는 명희, 어쩐지 즐거워 보이는 희태 얄미워 흘긴다. 희태, 멘소래담류의 약을 발목에 바르고, 단단하게 붕대를 감기 시작한다. 명희 민망한지 허공 보면, 꽃나무 꽃잎들 봄바람에 날려 간간이 흩날리고…

희태   와, 꽃잎 떨어지는 거 봐. 식물학개론 수강생으로서 딱 보니까, 다음 주 주말쯤엔 다 지겠는데요. 그 말인즉슨, 다음 주말 전에는 또 한 번 만나야 한다, 뭐 그런?
명희   아버지가 자꾸 만나라고 시켜요? 창화실업 딸이니까 놓치지 말라고?

그 말에 행동 멈추고 명희를 빤히 보던 희태, 붕대에 반창고 붙이

기 시작하며

희태　저 사실, 수련 씨 맞선 자리에서 처음 본 거 아니에요. 호텔 앞 교
　　　통사고 현장에 저도 있었거든요.

명희　!!

희태　커피숍 들어가서, '이수련' 씨를 기다리는 내내 생각했어요. 아,
　　　맞선이고 뭐고 아까 그 여자한테 말이라도 걸어볼걸, 차라도 한
　　　잔하자고 얘기해 볼걸… 그런데, 나타나신 거예요. 맞선 상대로.

　　　비닐에서 뭔가를 부스럭 꺼내는 희태, 붕대 다 감은 명희 발밑에
　　　슬리퍼 놓는다.

희태　창화실업 이수련이 아니라, 송말자 김복순이어도 달라지는 건 없
　　　어요

　　　명희, 조금 뭉클해져 슬리퍼 보다가 괜히 발에 감긴 붕대 이리저
　　　리 살펴보며

명희　아따, 실습 열심히 받으셨는갑네. 국시만 안 떨어졌어도 좋은 의
　　　사 됐을 거인디.

희태　(털고, 옆에 앉으며) 아이, 국시 붙었다니까 사람 말을 못 믿으시네.
　　　졸업 못 한 게 아니라 안 한 거예요.

명희　졸업을 안 할 이유가 뭐가 있대요.

희태　이유 말해줘요? 근데 이거 들음 이제 우리 가까운 사인데, 괜찮

아요?

명희   (보다가 작게 끄덕이면)

희태   (귓속말하듯) 저 대학가요제 나가요.

명희   예?!

희태   졸업생은 대학가요제 못 나가잖아요. 어쨌든 아직 재학생 신분이
니까.

명희   (어이없는 웃음 터지면)

희태   담에 한 곡 들려드릴 테니까… 꽃 지기 전에 또 볼래요?

명희   (한참 뜸 들이다) …자작곡이대요?

희태   네!

명희   좋아요, 그럼.

미소로 함께 노을 보는 두 사람 뒷모습 위로…
'아까 물은 왜…?', '아, 손이 미끄러져서…'

S#51   희태 본가 앞 (낮)

다른 날 낮. 기사, 식모에게 물건 건네받고 차 트렁크에 싣는다.
트렁크 안을 보면, 보자기에 싸인 선물들 테트리스처럼 차곡차곡
쌓이고.

S#52   희태 본가 마당 (낮)

기남, '어, 그건 뒷좌석에' 지시하고 있으면, 부스스한 희태 의아

하게 나와 보며…

희태	아버지. 뇌물을 저런 식으로 전달하면 바로 걸릴 텐데요.
기남	(어이없는 웃음) 뇌물은 뇌물이네. 오늘이 네 예비 장인 생신이야.
희태	예? 아직 맞선 단곈데 너무… 아직 세 번도 다 안 봤잖아요.
기남	다 된 혼사에 뭘 삼세 번을 따지고 앉았어. 마침 너 인턴도 안 하겠다 그냥 빨리 진행해. (기사에게) 어이, 그건 깨지니까 조심히 다뤄.
희태	(머리가 복잡하고, 망설이다 기남에게 말 걸려는 찰나)

S#53 수련 집 수련 방 (낮)

이불 뒤집어쓴 채 악! 온몸으로 들썩들썩 이불 차고 있는 수련.
명희, 그 옆에서 그 모습 애잔하게 구경하고 있으면… 이불 걷으며 벌떡!

수련	아따 생각할수록 열 받아죽겠네. 아죠 껀수 하나 잡았다고 독립투사맹키로 무게 잡고 나한테 그 지랄을 떠는디… (이불 뻥) 아악!
명희	니가 뭘 해도 싫어할 놈들 말은 그냥 신경 쓰지 말어.
수련	(히잉, 명희에게 기대며) 그건 뭐여?
명희	(종이가방에서 빌린 옷 꺼내며) 어, 입은 거 돌려줄라고.
수련	그놈 만났냐?! 언제? 어떻게? 나가 쭉 연락 피했는디?
명희	우연히 마주쳐가꼬… 니 연락도 안 된께 그냥 만나고 왔제.
수련	(미안) 하… 나가 땅 파느라 연락 못 받았네. 별일 없었냐?

명희	조만간 또 보기로 약속을 잡았는디… (어렵게 얘기 꺼내는) 그, 아무래도 그 사람한테 계속 거짓말하는 것이 좀 거시기… (하는데)
수련	(내내 딴생각) 근디 그 썩을 놈들은 왜 두부는 쳐버리고 지랄이여? 안 처먹을 거면 곱게 주지! (겨우 진정) 아 미안, 뭣이 거시기하다고?
명희	(끙, 다시) 그 사람, 조만간 또 보기로 했는디…
수련	(O.L, 가볍게) 인자 안 봐도 돼.
명희	(철렁) 어…?
수련	그쯤 하믄 됐어. 어차피 맞선도 그 새끼들 풀어주는 조건이었고. 비행기 표는 약속대로 줄텐께 걱정말어잉! (앵기며) 괜히 나 땜시 명희 니가 고생 많았다.
창근(E)	수련아! 쪼까 내려와 봐라!

1층에서 들려오는 소리에 수련 '뭐지?' 폴랑 일어나고, 수련 말에 마음 복잡한 명희.

S#54 수련 집 거실 (낮)

계단을 내려가는 수련, 집에 가려 가방 든 명희도 따라 내려가는데.

창근	아, 싸게 와 봐. 황 과장님 댁에서 귀한 선물이 왔어.
수련	(내려가며) 선물? 뭔 놈의 선물?

따라 내려오던 명희, 계단 끝에 우뚝 멈춰 있는 수련 보고 의아

하고.

멍하니 거실 쪽 바라보는 수련의 시선을 따라 고개 돌려보는데…

수련네 거실 소파에 앉아 있는 한 남자… 희태다!

명희와 수련, 둘 다 얼어붙어 어찌할 바를 모르고 서 있으면.

창근   아, 뭐더냐? 언능 와 앉어.

긴장하는 수련과 명희, 모든 것이 들통날까 쭈뼛거리며 서 있는
데…

희태   제가 연락 없이 와서 많이 놀랐나 봐요. (수련 쪽 보며) 수련 씨.

그런 희태의 행동에 놀라는 수련과 명희!

희태, 다시금 시선을 옮겨 미소로 명희와 눈을 마주치면서…

2화 END

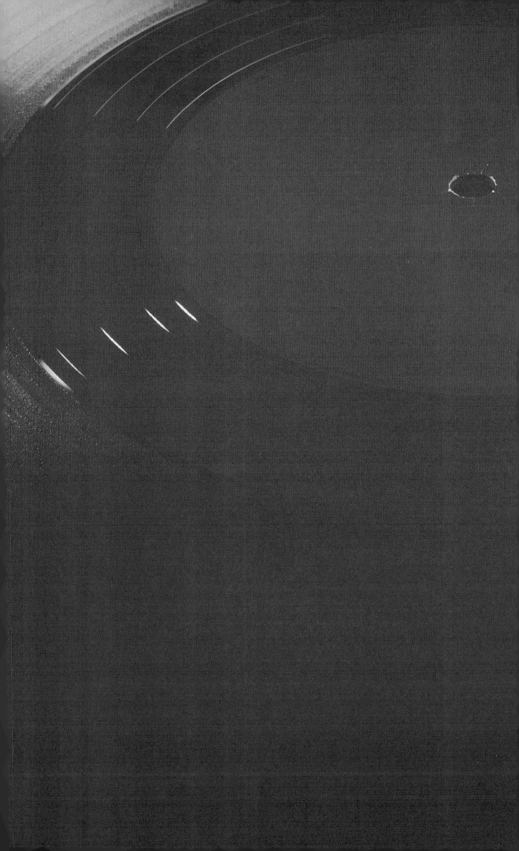

제3화

당신의 한 달

S#1　　**수련 집 거실 (낮)**

2화 엔딩 직전의 상황, 창근 앞에 바른 청년 미소로 앉은 희태의
시점에서.

창근　　노인네 생일이라고 인사 와준 것만도 고마운디 뭘 이리 잔뜩…
　　　　(2층 향해) 수련아! 아, 싸게 와 봐. 황 과장님 댁에서 귀한 선물이
　　　　왔어.

수련(E)　선물? 뭔 놈의 선물?

왔구나… 희태, 각오 다지듯 한번 호흡하고 돌아보면, 계단 끝에
수련이 서 있다.

어? 1화에서 무대에서 연설하던 수련의 모습을 짧게 떠올리는
희태.

그러다 뒤따라 계단을 내려오는 명희를 보고는 커지는 희태의 눈.

창근   아드님이 요거를 다 직접 갖고 왔어야. (보고는) 아, 뭐더냐? 언능 와 앉어.

희태 잠시 어떻게 할지 고민하다 보면, 명희 겁먹은 작은 짐승처럼 얼어있고. 그 모습에 희태, 재빨리 놀란 기색 감추며 태연한 척 미소 지어 보인다.

희태   제가 연락 없이 와서 많이 놀랐나 봐요. (수련 쪽 보며) 수련 씨.

희태, 다시금 시선을 옮겨 미소로 명희와 눈을 마주치면… 철렁하는 명희.
'아따, 앉어~' 하는 창근의 재촉에 얼떨떨한 수련, 주춤주춤 소파로 가 앉으면

명희   (눈치, 재빨리) 저어, 글믄 저는 이만…
창근   음마? 왜, 같이 식사나 하고 가제.
명희   아녜요. 손님도 오셨는디…
창근   (그제야 희태 보며) 아… 쪼까 거시기 헌가?
희태   전 상관없습니다. 친구분 편하신 대로 하세요.

명희, 태연한 희태와 눈 마주치는데 꼭 낯선 사람 같고… 획 시선 피하며

명희	가볼게요. (수련 향해 작게) 글믄 나중에… (하는데)
수찬(E)	명희야.

명희 놀라서 돌아보면, 막 케이크 상자 들고 집에 들어오는 수찬이다.

수찬	어디 가. 밥 먹구 가야제.
명희	아네요. 전…
수찬	(명희 안으로 떠밀며) 아따, 그라지 말고 먹구 가. 케익도 사 왔어야.
희태	(명희 등을 친근하게 터치하는 수찬의 손 빤히 보면)
수찬	(희태 보며) 누구…
창근	아야, 수찬아. 인사혀라. 접때 말한 황 과장님 아드님.
수찬	아! 수련이랑 만난다는…!
희태	(일부러 왼쪽 손 내밀며 생긋) 황희태입니다.
수찬	(어… 명희 터치하던 손으로 케이크 상자 바꿔 들며 악수) 반갑소잉. 수련이 오래비 되는 이수찬입니다.

수찬과 희태, 미소로 악수하면… 이를 긴장으로 보는 명희 시선에서 타이틀 오른다.

[Track 03. 당신의 한 달]

S#2   **수련 집 주방 (낮)**

창근, 후우! 예스러운 버터크림 케이크 위 촛불 끄면, 팡! 폭죽 터
트리는 수찬.

식탁에 둘러앉아 억지웃음으로 '와아' 손뼉 치지만 영 가시방석
인 세 사람.

가운데 있던 케이크 치워지고, 진수성찬으로 한창 식사하는데 창
근, 먹는 희태 보며

창근   아따, 식구들 밥상에 수저만 얹어가꼬 염치가 없네잉. 미리 언질
        을 줬으믄 씨암탉이라도 잡아두는 것인디.

수련   (당황) 아부지! 씨암탉은 뭔…

희태   (능청스럽게) 여기 씨암탉까지 올리면 식탁 내려앉겠는데요, 아버님.

창근   허허! 차린 건 없지만은 많이 드쇼, 많이.

수찬   (희태 호기심으로 보며) 수련이 저 왈패가 어디가 좋아 만나요? 뭐,
        거시기 저, 전부 다 좋다 그런 뻔한 소릴랑 말고.

갑작스러운 질문에 희태, 대답 생각하듯 수련의 얼굴을 빤히 보
면… 긴장하는 수련.

인서트   **희태 수련의 첫 만남 (1화 씬41/회상)**

수련   (생긋 웃으며) 신분만 확실하믄, 일손 늘고 좋을 거 같아서요.

희태   (빤히 보다가) 차라리 고문이 낫겠네요.

다시 현재의 희태, 그때의 수련 떠올리며 천천히 입 뗀다.

희태   수련씬, 첫인상이 강렬했습니다. 보자마자 같이 삐라를 찍자더라
       고요.

       희태의 말에 경악해 켁 사레 걸리는 수련과 놀란 눈의 나머지.
       짧게 식탁에 침묵 감돌다가, 약속한 듯이 같은 타이밍에 빵 터지
       는 창근과 수찬.

창근   (웃으며, 수련 등 찰싹!) 오메, 요 징한 걸 어짜쓰까.

수찬   (웃으며) 아따, 그 소릴 듣고도 도망 안 간 이짝도 보통은 아니시네.

희태   그때 보고… (겨우 생각) 선비처럼 올곧은 분이구나… 싶었습니다.

창근   그라제. 야가 조선시대였음 사약 댓 사발 들이켰제.

수찬   글믄, 수련이 니는? 희태 씨 어디가 맘에 들었냐?

수련   (당황) 미, 미쳤는가? 뭐 그딴 걸 물어싸.

희태   저도 궁금한데요? 수련 씨가 그동안 어떤 마음이셨는지.

       낯빛 하나 안 변하고 묻는 희태의 도발에 수련 순간 울컥 노려보
       다가 모든 걸 고백하려 마음을 먹는 수련, 들고 있던 수저를 탁 내
       려놓는다.

수련   거… 실은…!

       일순간 수련을 향하는 해맑은 창근과 수찬의 관심 어린 시선.

여느 때보다 들뜬 아버지의 얼굴을 보자 수련, 말문이 막혀버리고 결국 깊은 한숨만.

수련   (애꿎은 밥만 푹푹 찌르며) 몰라. 밥이나 묵어.

수찬   음마? 참말 시집갈 때 다 됐는갑다. 천하의 이수련이가 부끄럼을 다 타고.

수련   (숟가락 탁!) 아, 그란 거 아니랑께 진짜로!

창근   아따, 저 성깔머리. 알았응께 묵어. (숟가락 쥐여 주며) 아 언능.

상황을 아슬아슬 지켜보느라 한술도 제대로 못 뜬 명희, 그제야 젓가락 깨작대면. 이를 본 옆자리 수찬, 명희 쪽으로 몸 기울여 작게 속삭인다.

수찬   (작게) 명희야 왜, 입맛이 읎나?

명희   아, 아녜요. (억지 미소, 밥 한술 뜨면)

수찬   (자연스레 생선 살 발라 올리며) 팍팍 좀 먹어. 니 너무 여위었다.

맞은편 희태, 그런 수찬의 행동에 미간 잠시 꿈틀하지만⋯ 이내 바른 청년 미소.

S#3   수련 집 거실 (낮)

다과 준비하는 수찬을 옆에서 거드는 명희, 온통 신경이 밖에 쏠려 힐끗대는데⋯

수찬	명희 니랑은 잘 아는 사이제?
명희	(퍼뜩 정신 돌아와) 예?
수찬	아까 그 단골이라던 떡집 말여. 인자 슬슬 개업 떡 맞춰야 하는디, 나 혼자 가도 잘 해줄랑가?
명희	아, 글믄 제가 대신 가드릴게요. 어차피 집 근처니께.
수찬	같이 가자, 그러믄. 내일 니 출근 전에 그짝에서 보까?

명희 그러잔 듯 흔쾌히 끄덕이면 수찬, 미소로 다과 챙겨나가며

수찬	(창근 향해) 아버지. 인자 들어들 오라 하까요?
창근	아녀. 내비둬, 내비둬. 분위기 망칠라. (다시 흐뭇하게 보고)

명희, 창근 시선 따라가면 거실 창밖으로 나란히 앉아 앨범 보는
수련과 희태.
그런 두 사람을 잠시 바라보는 명희 모습에서…

S#4   수련 집 정원 (낮)
다정해 보였던 뒷모습과 달리 찬바람 쌩쌩, 무표정하게 앨범 넘
기는 희태와 수련.

수련	동갑인게 말 놓는다잉. 니 뭔 꿍꿍이로 왔냐?
희태	나? 니 꿍꿍이 물어보러 왔는데? (앨범 넘기며) 대체 무슨 목적으로 일을 벌였는지, 앞으로의 계획은 어떻게 되는지.

수련	(앨범 탁! 덮으며) 나의 목적과 계획은 심플해. 니랑 결혼 안 하는 거. 니가 먼저 퇴짜 놔. 그럼 다 끝나.
희태	손 안 대고 코 푸시겠다? 하기 싫은 일 떠넘기는 게 습관인가 봐?
수련	어차피 니도 나랑 결혼하기 싫잖애. 니나 나나 비슷한…
희태	(O.L) 뭔가 좀 착각하는 거 같은데, 지금 약점 잡힌 건 너야. 퇴짜? 그딴 걸 귀찮게 내가 왜? 난 그냥 네가 한 짓만 폭로하면 그만인데.
수련	(움찔했다가) 해야, 그럼! 왜 같이 장단 맞추고 앉았어?
희태	(왜겠냐, 한심하게 보며) 명희 씨까지 곤란해지잖아.
수련	(황당) 여서 명희가 갑자기 왜 나와? 니랑 명희랑 뭔 상관인디.
희태	좋아하니까.
수련	(잠시 멍, 귀를 의심) 뭐? 거, 누구… 명희를? 니가?
희태	어. 내가, 명희 씨를. 왜?
수련	(어이없) 아야… 명희는 그냥 나 대신에, 퇴짜 맞으러 나간 거거든?
희태	그러게, 퇴짜가 목표였음 직접 나오지. 왜 명희 씨 같은 사람을 대타로 내보내서 일을 귀찮게 만들어.
수련	(애써 조소) 시방 뭔가 착각하는 거 같은디. 집적대지 마야. 명희는 니한테 감정 일절 없어. 아니, 싫어해~
희태	글쎄, 네 말은 영 신뢰가 안 가네. 딱히 타인한테 관심 두는 성격은 아니신 거 같아서.
수련	(욱해서) 돈 땜시 만난 거여!
희태	뭐?
수련	명희, 그동안 돈 벌라고 억지로 니 만난 거라고. (희태 잠자코 있자) 뭐, 설마 명희가 니 좋아가꼬 만나기라도 하는 줄 알았냐?

희태　　　(흔들림 없이) 어.

허… 기가 찬 수련. 상극인 두 사람, 서로 밀리지 않고 눈싸움 불
꽃 튀는데!

S#5　수련 집 거실 (낮)

수련, 열 받은 듯 쿵쿵 발 구르며 계단 올라가 버리면
희태 배웅하려 현관 근처에 모여 서던 나머지, 왜 저래? 당황해서
보는데…

창근　　　저건 또 왜 저런대. 고새 사랑싸움이라도 했는가?

희태　　　(태연히 웃고) 오늘, 정말 감사했습니다. 다시 한번 생신 축하드려요.

창근　　　잉… 오메! 내 정신 좀 봐라. 하마터면 빈손으로 보내불 뻔했네.

수찬　　　아! 맞다, 음식도 싸났는디. 쪼까 기다려요잉.

'아, 괜찮…' 희태 말 끝나기도 전에, 수찬과 창근 서둘러 부엌과
안방으로 흩어지고. 일순간 거실에 단둘만 남게 되자, 어색하고
난감한 명희 시선을 슬쩍 떨군다.
가식으로 바르게 서 있던 희태, 슬쩍 손 주머니에 넣더니 명희에
게 몸 기울이며

희태　　　(은밀히 속삭이는) 다리 뻰 건, 좀 괜찮아요?

명희　　　!

희태	보고 싶다고 생각은 했는데, 오늘 여기서 보게 될 줄은 몰랐네요.
명희	(어렵게 입 여는) 희태 씨…

그때 멀리 주방 쪽에서 수찬 나오는 기척 들려오면, 손 뻗어 명희의 손을 잡는 희태. 놀란 명희, 혹여 들킬까 손 빼내려면… 싫은데? 장난스러운 미소로 놓지 않는 희태.

당황한 명희, 왜 이러냐는 듯 희태에게 급히 눈짓하는 긴장되는 순간! 보자기 들고나오던 수찬, 두 사람 함께 있는 모습에 의아하게 다가와 보면, 어느새 잡았던 손 악수하듯 바꿔 잡은 희태.

희태	그럼 다음에 또 뵙겠습니다. (악수하는 손 꼭 쥐며) 명희 씨.

장단 맞추듯 애써 미소로 끄덕이는 명희…
두 사람, 악수하던 손 자연스레 떼고. 희태, 수찬에게 보자기 받으며 '안 챙겨주셔도 되는데…' 인사치레하는 사이 뒷짐 지듯 두 손을 뒤로 숨기는 명희, 한 손에는 희태가 준 쪽지 쥐여있다.

S#6   수련 집 수련 방 (낮)

명희 방으로 들어오면, 잔뜩 경계하며 서둘러 문 잠그는 수련.

수련	(소리 죽여) 와따, 니 그동안 그 미친놈 어찌 견뎠냐?
명희	미친놈?
수련	황희태! (다시 목소리 낮춰서) 사람들 앞에선 역시 같이 굴더만, 단

둘이 있응께 얼굴 싸악 바뀌는디… 와, 니가 직접 봤어야 돼!

명희   그려서, 둘이 해결은 봤고?

수련   일단은 협상 결렬. 아 다짜고짜 나더러 독박 쓰라잖애. 지는 어서 쏙 빠질라고.

명희   그짝은 빠지는 게 맞제. 우리한테 속은 죄밖에 없는디…

수련   오메메, 요 헛똑똑아. 아까 그놈, 나 보자마자 낯빛 하나 안 변하고 '수련 씨' 요라던 거 못 봤냐? 첨부터 알고 있었당께. 피차 속고 속인 거랑께?!

명희   첨부터 다… 알고 있었다고? (희태와의 기억 짧게 떠올리면)

인서트   택시 안 (2화 씬10)

명희   요, 요즘 시국에 어느 대학생이 수업을 듣는대요? 어용교수 보이콧 땀시 죄다 자체휴강이에요.

희태   (속아준다, 웃는) 아아. 네. 자체휴강.

인서트   길거리 (2화 씬23)

명희   (아차, 자기 옷 내려다보며) 그… 데모하다 와 가꼬요.

희태   (푸핫 웃는) 아아, 데모.

그럼 그게 다 알고서… 명희, 몰려오는 창피함에 '아, 쪽팔리…' 한숨처럼 중얼거리면

수련	(슬쩍) 어쨌든, 당분간은 결렬 상태로 현상 유지 할라고.
명희	뭔 소리여. 니 설마… 계속 거짓말하겠다고?!
수련	거짓말이 아니라, 정확히는 오해를 좀 더 '방치'한단 거제. (슬며시) 울 아버지, 고놈 만나러 간다며는 낮이든 밤이든 무조건 오케이여! 아따, 어차피 맞을 매, 단물 좀 더 빨고 몰아서 씨게 맞음 된께…
명희	(등짝) 미쳤어, 미쳤어?! 그러다 일 커지믄 어쩔라 그래 진짜로!
수련	아따 몰라, 몰라! 암튼 그 얘긴 고만하고! 야. 나 뭐 하나만 묻자.
명희	(머리 지끈) 뭐!
수련	니 혹시, 황희태 좋아해?
명희	(당황) 좌, 좋아하긴, 뭔… 뭔, 아니이?
수련	(안심) 글제? 됐다, 그럼! 나가 더는 착각 못 하게 얘기를 딱 해뒀어.
명희	(불안) 뭔 얘기를 딱 해?
수련	닌 돈 벌라고 만난 거지 아~무 감정 없다고.
명희	뭐? 니 진짜로 글케 말했냐?!
수련	잉. 왜? 사실인데 뭐 어떠냐. 또 볼 놈도 아니고. (멈칫) 또 보기로 했냐?
명희	(잠시 머뭇) …아니?!

S#7　명희 하숙집 명희 방 (저녁)

급히 수첩 찢어 적은 듯한 [오늘 저녁 ○○다방] 희태의 쪽지 보며 고민하는 명희.

순간, 희태가 손을 꼭 잡아 쪽지를 쥐여주던 장면(씬5)이 떠올라

확 얼굴 달아오르고.

정신 차리려 도리도리, 뺨 찰싹 때리는 명희를… 케이크 먹으며 구경하는 명수.

명수   뭐혀?

명희   (괜히 태연한 척 허공에 박수 짝!) 웬, 모기가 벌써…

명수   뭔 일 있어? 아까부터 똥 매런 강아지맹키로.

명희   (망설이다가) 있냐잉. 뭐, 그, 어떤 친구가 둘이서 잠깐 보자는디… 나랑 쩰로 친한 친구가 그 친구를 허벌나게 싫어해서, 앞으로는 같이 안 논다 했거든.

명수   (흐음) 둘 중에 누구랑 더 친한디?

명희   당연히 쩰로 친한 친구제.

명수   글믄 만나지 마.

명희   글믄… 나 안 오는 줄 몰르고 쭉 기다리고 있으믄 어째?

명수   (갸웃) 글믄 몰래 만나.

명희   글믄 쩰로 친한 친구한테 그짓말하는 게 되잖애.

명수   (황당) 만나지 마, 그럼.

명희   근디 글믄… (하면)

명수   아따, 몰라! 가고 싶음 가고, 가기 싫음 말어! 왜 그래, 누나 안 같게?

명희   (끄응, 다시 고민하는데)

S#8　　**음악다방 (밤)**

훔쳐 입은 수련 블라우스로 멋 낸 진아와 친구 보연, 자리에서 파르페 먹는다. 음악에 심취한 듯 신이 난 진아, 들떠서 얘기한다.

진아　　크~ 여 DJ 오빠가 얼굴은 거시기 혀도 선곡 하난 기깔나게… (하다가 헙, 자세 낮추며 속삭이는) 야야야. 2시 방향, 2시 방향.

보연　　(2시 방향? 벽 쪽으로 휙 고개 돌리면)

진아　　옴메메, 요 화상아. 내 쪽에서 2시! 아따, 저쪽!

보연과 진아 바라본 시선 끝에, 우수에 젖어 성냥 탑 쌓는 희태 앉아있고. 헙, 입 틀어막는 보연. 대박이지? 시선 교환하며 보연과 진아 소리 없는 아우성.

진아　　(뒤적뒤적 파우치 꺼내며) 아야, 루주 좀 줘 봐봐.

보연　　(건네며) 루주는 왜? 니 설마 말 걸게?! (미쳤어, 미쳤어!)

진아　　용기 있는 여자가 미남을 차지한다. 화장 고치고 와서 바로 출격.

파우치 야무지게 옆구리에 낀 진아, 신난 발걸음으로 화장실로 향하고. 때마침 엇갈리듯 딸랑, 다방 문 열리고 조심스레 들어오는 발걸음…
결국, 나온 명희. 오래 기다린 듯, 별 기대 없이 무심코 문가를 보던 희태의 얼굴 화악 밝아진다.

희태　　명희 씨!

시간 경과. 마주 앉은 명희와 희태 앞에 달각… 커피와 쌍화차 놓이고. 명희 어색해서 쌍화차 괜히 휘휘 저으면… 희태는 그런 명희 지켜보다가

희태   너무 저으면 텁텁할 텐데.

명희   취향인디요. (마시면 큽, 텁텁하고) 왜, (큼) 만나자고 했어요?

희태   (기타 케이스 보이며) 자작곡, 들려드리기로 했잖아요.

명희   뭐, 그거 땜시 이 시간까정 탑 쌓고 계셨소?

희태   명희 씨는, 왜 나왔는데요?

명희   (잠시 망설이다) 사과할라고요. 그간 속여서 죄송하다고…

희태   왜 사과를 해요? 속은 사람이 없는데.

명희   (찌릿) 알면서 왜 말 안 했어요?

희태   말하면, 못 만나잖아요. 계속 보고 싶었거든요. 지금도 그렇고.

명희   (놀라) 계속, 만나자고요?

희태   네, 계속. 싫으세요?

명희   수련이한테 못 들었소? 저 그간 돈 땜시 희태 씨 만났어요.

희태   저도 비슷해요. 근데 뭐 계기가 중요한가요? 제가 좀 결과주의자라.

명희   전 희태 씨가 생각하는 사람이 아녜요. 창화실업 딸도 아니고…

희태   알아요, 응급실 쌈닭.

명희   (그걸 어떻게? 봤다가 다시 필사적으로) 저 찢어지게 가난한 집 장녀고요. 고등학교도 중퇴라 검정고시 봤어요.

희태   전 혼외자식이에요. 어머닌 밤무대 가수셨고요.

명희   (말문 막혀 보면)

희태	근데, 그게 나빠요? 덕분에 강하고 웃긴 사람들로 잘 컸잖아요, 우리.

명희, 희태의 담담한 말이 마음을 파고들어 보다가… 곧 유학이 떠올라 씁쓸한 미소.

명희	저 사실… 다음 달에… (희태 얼굴 보자, 쉬이 말이 떨어지지 않고)

때마침 어색한 화장으로 나온 진아, 보연의 신호 못 알아듣고 씩 씩하게 돌진해오고! 다가가서야 뒤늦게 칸막이(혹은 의자)에 가려 보이지 않았던 명희를 발견한 진아! 헉! 급히 방향 튼 진아 그대 로 쭉 직진해 막다른 벽 향해 또각또각 걸어가는데…

명희	(뒤에서) 아가씨, 블라우스가 겁나게 눈에 익은디.
진아	(움찔, 슬며시 고개 돌리면)
명희	잉, 얼굴도 구면이네잉. 근디 나가 아는 가는 독서실에 있을 시간 인디.
진아	언니… 아빠한테는 비밀로…! (하는데)

그때 뒤돌아 진아를 바라보는 희태. 진아 시선으로 샤방하게 보 정되어 왕자님 같고.

진아	(입 가리며, 목소리 곱게) 어머… 명희 언니랑 아는 분이셨어요?

S#9　**버스정류장 (밤)**

연행당하듯 팔 잡힌 진아, 가운데 명희 투명인간 취급하며 어설
픈 표준어로 들이댄다.

진아　기타 치시나 봐요? 저도 음악광인디. 언제 따로 만나 음악 얘기
　　　나…

명희　(쓰읍, 진아에게 눈치 줘서 작업 차단하면)

진아　(다시 들이대는) 저는 이진아라고 해요. 오빠는 존함이 어찌 되셔요?

희태　응, 나는 황희태라고 해.

진아　오메, 이름도 (하다 헉) '경축 서울의대 수석합격 황희태'에 황희
　　　태요?

희태　(익숙한 민망함) 현수막이 참 많이 걸려있었구나…

진아　(또 반해) 저 서울의대생 태어나서 실물로 첨 봐요. 오빠, 손 한
　　　번…

명희　(창피, 속삭이는) 야가 왜 이러냐, 진짜? 니 가만 안 있어?

희태　근데, 진아랑 명희 씨는 무슨 관계… (하면)

진아　(말 떨어지기 무섭게) 같이 살아요! 즈이 아버지가 임대업을 하셔서…

명희　하숙이요, 하숙.

희태　아, 하숙… (좋은 생각에 눈 반짝) 진아야, 너 혹시 펜 있니?

진아　(가방 뒤적이며) 필통째로 드리면 될까요?

희태　혹시 괜찮으면, (명희 너머로 손바닥 내밀며) 번호 좀 줄래?

진아　(숨 멎기 직전, 홀린 듯 필통에서 매직 꺼내며) 유성으로 써드릴게요.

명희　황희태 씨. (뭔 꿍꿍이냐고 표정으로 따지면)

희태　(뻔뻔) 왜요. 언제 따로 음악 얘기나 하려고요, 음악광끼리.

진아	(번호 적으며) 근디, 오빠랑 명희 언니는 어떻게 아는 사이셔요?
희태	어, 나랑 명희 씨는… (하는데)
명희	(O.L, 말 막듯 벌떡) 어 저기 버스! 버스 오네!

시간 경과. 버스 올라탄 명희와 진아 향해 번호 적힌 손바닥 흔들어 보이는 희태. 버스 떠나면, 문득 다시 손바닥에 번호 들여다보며 미소 짓는 희태.

S#10   수련 집 거실 (아침)

이른 아침. 신문 가지고 들어오던 창근, 거실 전화벨 울리면 받는다.

창근	여보세요? (반갑게) 어, 희태 군! 수련이? 아 둘이 아직 못 만났는가?

인서트   희태 본가 거실 (아침)

수화기 너머 창근 얘기 잠자코 듣는 희태… 겨우 짜증 가라앉히며 가식 말투.

희태	아… 데이트라고 나갔다고요. (으득) 아, 아뇨. 맞습니다. 데이트.

다시 창근. '그려, 좋은 시간들 보내고잉' 흐뭇히 전화 끊는데, 급히 나가는 수찬.

창근   니도 어디 가냐?

수찬   떡 맞추러요. 저 늦어서, 다녀오겠습니다잉! (나가고)

S#11   떡집 (낮)

익숙지 않아 두리번거리는 수찬, 명희를 뒤따라 시장 떡집 안으
로 들어가고.

명희   사장님. 잘 지내셨어요?

떡집사장   잉, 오랜만이네! (수찬 힐끗 보더니) 뭐여, 혼례 떡 맞추러 왔어?

수찬   예에? (당황해 손 내저으며) 아휴, 그런…

명희   (먹금) 뭔 소리대요. 개업 떡 맞출라고요. 내일 아침까지 가능하죠
잉?

떡집사장   내일은 시방 주문 밀려서 쪼까 힘든디.

명희   아따, 사장님. 개업 떡 손님이 진짜 손님인 거 모르요? 앞으로 떡
은 계속 여서 하라고 나가 데려왔구만은. 내일 오전 안으로 맞춰
주씨요.

떡집사장   (못 이겨, 얄밉게 노려보고는) 아, 뭐 뭐 하게?

명희   일단 시루떡하고… (팥 자루 뒤적) 팥이 너무 묵었는디, 딴 건 없소?

떡집사장   뭔 소리여, 새벽에 들어온 건디. 글고, 팥은 좀 묵혀야 떡할 때
좋아.

명희   이거 말고. (안쪽에 자루 보고) 쩌, 쩌짝에 숨겨논 걸로 주씨요잉.

명희, 이것저것 꼼꼼히 들여다보고 사장에게 물어보며 능숙하게

흥정하는 모습.

수찬, 그 모습 호감으로 보다가… '배달시킬 거죠?' 명희 물음에
뒤늦게 '어, 어!'

S#12   시장 (낮)

떡집에서 나온 수찬과 명희, 서비스로 받은 듯한 떡 먹으면서 나
란히 걷는다.

수찬   나 혼자 왔으믄, 개업식 손님들 요거 한입씩 노나먹을 뻔했네잉.

명희   (작게 웃고) 남아도 넉넉한 게 나아요. 개업식인께.

수찬   근무 가기 전에 밥 묵어야제. 뭐 묵고 싶냐?

명희   아녜요. 병원 가서 먹음 돼요.

수찬   아따, 맛난 거 사줄 텐게 먹고 가. 여 어디 맛있는 데가…

명희, 무심코 가게들 훑다가 멈칫… 시선 끝에, 좌판에서 시계 수
리하는 현철이다. 마침 현철, 확대경 벗으며 고개 들었다가…
멀리 명희와 수찬의 모습 발견한다.
'낮부터 갈비는 좀 글제?' 수찬 떠드는 사이에, 잠시 현철과 눈 마
주치는 명희.

명희   (수찬 소매 당기며) 나가서, 딴 데서 먹어요.

수찬   어어, 그럴까?

명희, 수찬과 함께 뒤돌아 가면… 그 모습 말없이 보다가, 다시 확대경 쓰는 현철.

S#13   식당 (낮)

식당에서 국수 따위를 먹고 있는 명희와 수찬.

명희   (놀라) 예? 결혼이요?!

수찬   슬슬 어르신들끼리 야그 오가던디. 아직 수련이한테 못 들었어?

명희   (고개 젓고) 만난 지 얼마나 됐다고…

수찬   맞선이란 게 원체 그렇지 뭐. 일주일 만에 식 올리는 사람들도 있고. (명희 반응 살피고) 천하의 이수련이가 결혼이란께 실감도 안 나제? 나도 그려. 어째 쪼까 서두르는 거 같아가꼬 영 찝찝도 하고…

명희   (찝찝? 보면)

수찬   결혼이라믄 발광하던 아가 영 순순한 것도 쪼까 이상허고. 그 신랑 될 친구도 들어본께 들리는 말이 많던디, 거좀 신중해야 하지 않나…

명희   말이… 많아요?

수찬   (음, 말 고르는) 뭐, 별 건 아니고… 여차하믄 가족 될 사람이니께, 이왕이믄 화목한 가정에서 자란 사람이믄 더 좋겠다는… 오지랖 이제.

그 말에 명희, 바로 직전에 현철 앞에서 냉랭하게 돌아서던 순간 잠시 떠올리고.

수찬   (분위기 수습) 아유. 말 그대로 오지랖. 본인들이 좋다는디 뭐… 딱 봐도 그 둘이, 비슷하잖애. 그런 아들이 또 티격태격함서 잘 산다고.

명희   (애써 미소 지어 보이며 먹는)

S#14   대학교 캠퍼스 (낮)

어디선가 확성기 목소리(여성 목소리)로 시위 구호 선창 들려오면, 대학생들 입 모아 '어용교수 물러가라!', '유신 잔당 물러나라!' 구호 외친다.

뚜벅뚜벅 거침없이 걸어오는 희태, 시위대 학생들과 대조되는 한껏 멋 부린 차림. 선글라스 낀 채 시위대 휘 둘러보는 희태…

수상히 여긴 한 학생 다가가 묻는다.

학생   뭔 용건으로 오셨소?

희태   (선글라스 벗으며) 이수련 아세요? 법대.

학생   (뭘 그런 걸 묻냐는 듯 어리둥절, 손가락으로 위쪽 가리키면)

S#15   대학교 건물 옥상 (낮)

옥상 밑으로 현수막을 내리고, 구호 선창하는 수뇌부 학생들…

그리고 그 가운데 몸통에 '학내 잔재 세력 처단' 쓴 전지 테이프로 칭칭 감고, 머리띠 두른 수련, 난간 바로 앞에 붙어서서, 확성기로 열정적으로 시위 구호 선창하고 있다.

옥상으로 올라온 희태, 그 모습 기가 찬다는 듯이 황당하게 보고
있다가…

희태   이수련!!
수련   (돌아보고는 경악, 확성기 내리며) 뭐냐?! 니가 여길 왜 오냐?
희태   와야지. 나랑 너랑 (또박또박) '데이트' 있다며.

옆에서 선창하던 수뇌부 학생들, 무슨 일이지? 두 사람 힐끗 쳐다
보면 난감한 수련.

수련   나중에 말해야. 니랑 실랑이할 여유 없응께. (다시 구호)
희태   (어이없는) 어용교수한테 뭐라 할 자격이 있냐, 니가?
수련   뭐?!
희태   이득은 보고 싶고, 책임은 지기 싫고… (옥상 밑 학생들 내려다보며)
        대공과장 아들 이용해서 영웅놀이 하는 건 다들 아시나 몰라?
수련   (떨어져 있는 학생들 의식하고, 작게) 좋은 말 할 때 꺼져라, 진짜.

그때 전단 따위 챙겨서 막 옥상으로 올라온 혜건, 희태 보고 놀라
서 '어?' 하는데

혜건   (다가오며) 아야, 희태야! 니가 여긴 어쩐 일이여?
희태   (수련에게 작게) 어떡할래? 여기서 개망신 한번 당할래?

수련, 희태 노려보다가 결심한 듯 확성기 꽉 쥐더니 아예 난간 위

에 올라서고! 더 힘차게 '유신잔당 물러나라!' 구호 외치는데, 순간 균형 잃고 위태롭게 어어…! 지켜보던 희태, 덩달아 어어…! 다급히 손 뻗어 수련의 뒷덜미 잡아채려 하는데.

S#16 광주병원 응급실 (낮)

간호복 입은 명희 급히 병상 커튼 촤르륵! 보면, 병상에 앉은 수련과 옆에 앉은 희태. 동시에 동정심 유발하는 표정으로 '명희야아!', '명희씨이!' 외치곤 서로 찌릿.

명희   (놀라) 뭔 일이여? 뇌진탕이라니?

수련   아니 난 암시롱도 안 한디, 이 썩을 놈이 막무가내로 끌고 와불잖애!

희태   (고자질) 옥상 난간에서 나대다가 자빠졌어요. 지 머리로!

수련   야! 니가 잡아서 자빠진 거거든?!

명희   둘 다 조용. (둘 다 깨갱하면) CT는 찍었고?

희태   (끄덕) CT상으론 큰 문제 없고, 그냥 뇌진탕 증상만요.

수련   명희야. 나 빨랑 퇴원 좀 시켜주라잉. 시방 시위 한창인디…

희태   끝까지 영웅 놀이네. 야, 너 하나 없어도 거기 잘만 돌아가.

수련   (노려보며) 니, 느그 아부지가 보냈제? 시위 방해하라고?

희태   오냐. 보안대에서 파견됐다 어쩔래?

명희   고만해! 퇴원 처리 가능한지 보고 올 텐게 기다려. (당부) 싸우지 말고잉!

시간 경과. 명희, 스테이션 쪽에서 병철과 대화 마치고 다시 병상
보는데…
목소리 죽여 티격태격 다투는 수련과 희태 모습에 명희, 수찬의
말 떠오른다.

수찬(E) 딱 봐도 그 둘이, 비슷하잖애. 그런 아들이 또 티격태격 함서 잘
         산다고.

S#17 광주병원 앞 (저녁)

퇴근해 걸어 나오던 명희 '명희 씨!' 소리에 보면, 근처에서 기다
리다 다가오는 희태.

희태   절대 기다린 거 아니고요. 마침 병원에 볼일 있었는데, 시간이 딱!
명희   수련이는요?
희태   몰라요. 어디든 갔겠죠. (걸으며 들떠서) 명희 씨, 배고프죠? 일단 밥
       먼저 먹고, 어제 못 들려드린 자작곡…

점점 걸음 늦추더니, 희태를 따라가지 않고 말없이 서서 보는
명희.

희태   (그 모습에 뭔가를 직감한 듯 대뜸) 싫어요!
명희   (놀라) 뭐가요?
희태   그만 만나자고 할 거잖아요. 싫어요.

명희	(보다가) 집안끼리 결혼 얘기 오가는 거, 아셨소? 희태 씨나 수련이나 앞으로 풀 문제도 복잡한디, 나까지 복잡하게 만들고 싶지 않아요.
희태	나나 이수련 말고, 명희 씨는요? 명희 씨 마음만 말해줘요. 그럼 내가 간단하게 만들 테니까.
명희	(보다가, 마음먹고) 저 유학 가요.
희태	…네?
명희	어제 못 한 얘기가 그거였어요. 한 달 후에 가요. 희태 씨 만나러 맞선 나간 것도, 비행기 푯값 때문이었어요.
희태	가서… 가서 언제 오는데요?
명희	(고개 젓고) 거기 쭉 눌러사는 것이 목표예요.
희태	!!
명희	괜히 미련 만들지 말고, 여까지만 해요. 좋은 기억으로 남아요, 우리.
희태	명희 씨…
명희	(희태 손 악수하듯 잡으며) 만나서 즐거웠어요. 진심으로.

명희, 다시 희태의 손을 놓고 돌아서면… 차마 잡지 못하고 망설이는 희태의 손.

S#18   몽타주 (밤)

터덜터덜 홀로 걷던 희태, 만개한 나무에서 꽃잎들 떨어지자 걸음을 멈춰 바라본다. 쓸쓸하게 바라보던 희태, 떨어지는 꽃잎 하나를 손으로 잡아 펼쳐보는데…

쥐었던 손 펼쳐 토큰을 보던 명희, 버스 오면 짐짓 무덤덤한 표정으로 올라탄다. 지친 한숨으로 자리에 앉는 명희, 창밖을 보며 생각에 잠긴다.

S#19   나주집 (밤)

수돗가에서 씻던 현철, 잠시 시장에서 마주쳤던 명희와 수찬의 모습 떠올리고. 마루에 앉아 바느질 따위의 소일거리 하던 순녀에게 심상하게 묻는다.

현철   뭐 나 모르게 소식 있는가?

순녀   뭔 소식?

현철   명희.

순녀   (바늘 찔려 따끔) 명희 뭐, 왜. 들은 거라도 있소?

현철   시방 몰라서 묻잖애.

순녀   (보다가) 궁금하믄 직접 묻든가. 명수 보는 김에 만나서 물음 되겄네.

현철   (대야 물 비우며) 말하기 싫음 관둬.

순녀   아, 언제까정 부녀간에 살얼음판 걷게. (달래듯) 인자 고만 풀어요. 명희도 다 컸는디, 옛날 일 좀 안다고 혀서…

현철   (O.L) 거, 쓸데없는 소리 하지 말어. (자리 떠나면)

순녀   (근심으로 보는)

S#20   한정식집 (밤)

기남, 석중을 비롯한 유력인사들과 사적인 모임 자리를 가지고
있다.

석중   쇠뿔도 단김에 빼라는데, 이거야 원 쿠데타를 하는 건지 메주를
       띄우는 건지. 벌써 반년이 다 넘어가잖아.

기남   말 그대로 뜸을 들이는 거죠. 야권 인사며 대학생들이 난리를 치
       는데, 옛날식으로 자리 비었다고 집어먹었다간 죽도 밥도 안 됩
       니다.

모임1   그래서 그 뜸, 언제 다 듭니까? 아, 황 과장이 힌트 좀 줘봐요.

기남   글쎄요. 어찌 윗분들 뜻을 제가 다 헤아리겠습니까마는… 이번
       달이 분수령이 될 거란 말이 떠돌더군요.

모임2   (놀라) 이번 달?

기남   (목소리 낮춰) 곧 있을 대통령 중동 순방에 맞춰서 아마 용단을…

마침 미닫이문 똑똑. 무심코 문가를 보고는 웃음기 사라지는
기남. 호탕한 웃음 지으며 들어오는 정 의원, 나머지 '오오, 정 의
원!' 하며 반기는데.

정의원   막 나가려던 참에, 귀한 분들 여기 다 모여계신대서 와봤습니다.
        (기남 보곤) 이야, 반가운 얼굴이 있네. (손 내밀며) 오랜만이다, 황
        기남.

기남   (애써 태연한 미소로 맞잡고) 오랜만이네.

석중   두 사람, 아는 사이였나?

정의원	옛날에 서울서 같이 근무했습니다. 그러고 보니 발령 난 데가 전 남지부였지? 까맣게 잊고 있었네.
기남	(말없이 비릿한 미소 지어 보이면)
석중	이리 마주친 것도 인연인데, 정 의원도 잠깐 앉았다 가지.
정의원	아… (기남 표정 잠깐 살피더니) 그럴까요, 그럼? (석중 옆에 앉는)

어느새 모임원들 관심이 정 의원에게 쏠리고.

기남, 씁쓸하게 술 마시는데.

S#21 한정식집 앞 (밤)

기남, 석중의 차 뒷문을 열어주는데… 석중, 정 의원과 껄껄 웃고 있고.

석중	덕분에 즐거웠네. 종종 이렇게 보자고.
정의원	(웃으며) 영광입니다. 언제든 불러만 주십쇼.
석중	(뒤늦게 기남 보고) 어, 고맙네. 그럼, 먼저 들어가요.
기남	살펴 가십쇼, 의원님.

탁, 문 닫히고 석중의 차 떠나면… 기남과 정 의원만 한정식집 앞에 덩그러니.

정의원	(담배 꺼내며) 불 좀 빌려줄래? 요새 내가 라이터를 잘 안 챙겨서.
기남	어쩌나. 나도 마침 없는데.

정의원	(피식, 다시 담배 넣고) 어떻게 유배 생활은, 할만해? 오늘 보니 애 많이 쓰던데… 왜, 슬슬 나와서 배지라도 달게?
기남	그럴까 했는데, 오늘 보니 뭐… 배지 달아도 다를 거 없어 보이네.
정의원	꼬투리 안 잡히려면 열심히 해야지. 내가 너처럼 꼬리 자르는 능력이 있는 것도 아니고… 너희 장인 탈상한 지 벌써 한 십 년 돼 가나?
기남	(장인 이야기에 말없이 노려보면)
정의원	세상 참 불공평해. 돈 받은 놈은 아직도 나랏일 한답시고 떵떵거리며 사는데, 누군 조문도 못 받고 조용히 가시고… (툭) 임마, 그래도 나한텐 연락하지 그랬냐. 화환이라도 하나 보냈을 거를.
기남	(미소) 조만간 경사 땐 꼭 연락하지. 아들놈이 곧 약혼 예정이라.
정의원	아들? 아, 그~ (웃고) 역시, 황기남. 뭐 하나 허투루 하는 법이 없네. (승용차 다가와 서면) 먼저 간다. 약혼식 땐 꼭 연락하고. (타려다가) 며느릿감은 문제없나 잘 뜯어 봐. 네가 여자 보는 눈은 영 꽝이잖냐.

정 의원 미소로 올라타 문 닫으면, 억누른 분노로 떠나는 차를 바라보는 기남.

인서트 서울병원 중환자실 (밤)
의식 없이 누워있는 여공의 모습 위로, 통화하는 희태의 목소리.

| 희태(E) | 한 달이라니요? |

S#22   **혜건네 사진관 (밤)**

사진관 구석에 놓인 전화기로 서울병원 담당 교수와 통화하고 있
는 희태.

교수(F)   현재로선 한 달도 굉장히 낙관적인 소견입니다. 이렇다 할 차도
가 없는 상황에서 환자가 얼마나 더 버텨줄지…

희태   (복잡한 심경으로 듣다가) 그래도, 이송은 가능한 거 아닙니까?

교수(F)   가능 불가능을 떠나… 의식 없는 환자로선 서울이나 광주나 다를
바가 없는데, 군이 그 위험을 감수하는 건 보호자 분의 욕심 아닐
까요?

희태   (말문이 막히는데)

교수(F)   한번 재고해보세요. 환자분에게 주어진 시간을 어떻게 쓰면 좋
을지…

사진관 청소하던 혜건, 심상치 않은 분위기에 전화 끊는 희태를
힐끗 보면 낡은 소파에 지친 듯 쓰러져 눕는 희태… 옆에 세워둔
기타를 침울하게 연주하고.

혜건   요새 비밀이 많다. (은근) 낮엔 뭐여? 수련이랑은, 어찌 아는 사
이대?

희태   그게 뭐 그렇게 궁금해. 별 사이 아니라니까?

혜건   별 사이 아닌 게 아닌 거 같아 보이던디?

희태   (귀찮아) 너 개 좋아하냐? 동지끼리 막 연애 감정 품어도 돼?

혜건   뭔 개소리여! 헛소리하지 말어! (괜히 버럭) 아따, 기왕 칠 거 딴 곡

도 좀 쳐라! 아까부터 계~속 같은 곡, 아주 그냥 고문이 따로 없
어 그냥.

희태   (치다가 짜증 울컥! 에이…! 기타 거칠게 치면)

혜건   음마?! 왜 또 지랄병이대?

희태   어떻게 뜻대로 되는 게 하나도 없냐, 하나도.

혜건   (심상치 않게 보며) 니 참말로 뭔 일 있냐?

희태   만약에, 너한테 남은 시간이 딱 한 달이라고 하면… 어떻게 살래?

혜건   뭣을 어째, 살던 대로 살아야제. 사과나무 몰라, 사과나무?

희태   (각 잡고 앉으면서) 그럼 만약에, 니가 운명의 상대를 만났어. 근데
한 달 뒤에 영영 떠날 사람이래. 너라면 어쩔 거야?

혜건   수련이 어디 간대?

희태   (빡) 아, 이수련 아니라고!

혜건   (흐음, 생각하는) 영영 떠날 운명의 상대… 난 그라믄 깔끔하게 포
기!

희태   왜?

혜건   평생 그리운 것보단 평생 아쉬운 게 낫제. 난 맘 아픈 거 딱 싫어.

희태   (정말 그런가… 시무룩 풀 죽으면)

혜건   그냥 살던 대로 살아. 맘 가는 대로 막사는 게 니 인생 철학 아녀?

희태   그건 내 인생이고, 딴 사람 인생이 엮이는 건 아예 다른 문제라
고…

혜건   (작게 웃고) 우리 희태 다~ 컸네. 딴 사람 생각을 다 하고. 거시기,
머리 아프믄 고등학교 때 해법 좀 줘? (주머니 뒤적뒤적, 획!)

희태   (혜건이 던지는 것 얼떨결에 받고)

S#23   희태 본가 정원 (밤)

희태, 앞 장면과 연결되듯 받은 손 그대로 펼치면… 담배 한 개비
와 라이터.

옛 생각에 피식 보다가 담뱃불 붙이려 라이터 칙칙거리는데 고장
났는지 불 안 붙고.

에이… 하는데 휙 날아드는 지포 라이터. 희태, 얼떨결에 받아서
보면, 기남이다.

희태	놀래라. 늦으셨네요? (어색히 일어나면)
기남	언제부터 담배 태웠냐?
희태	옛날에요. 지금은 끊었어요. (손에 담배 빤히 보면) 아, 이건…
기남	(가며) 일찍 자. 내일 갈 데 있으니까.
희태	어, 아버지. 라이터…!
기남	넣어둬. 끊었어도 라이터는 챙기고 다니는 거야. (들어가고)

혼자 남은 희태, 손에 쥔 라이터 뚜껑 괜히 여닫아보고… 마음 더
복잡해져 한숨.

S#24   명희 하숙집 마당 (아침)

배웅 나온 명희, 신발 신는 명수 옆에 다가와 단출한 짐가방 건
네며

명희	옷들은 아버지가 합숙소로 갖다 주신다고?

명수	잉. 다음 장날에 올라오시는 김에.
명희	(슬쩍 보고는 웅?) 왜 그거 신냐? 새 신 안 신고.
명수	(주춤) 어… 끈 매기 어려워. 나가 매믄 자꾸 엉킨단 말여.
명희	끈 매는 거 어렵다고 다 떨어진 걸 신냐? (툭) 이거 신어. 어여.
명수	(앙탈) 아따, 싫어. 싫다고!
명희	(놀라서 보고) 김똥개.
명수	다 꼬였어, 망했다고! 아그들도 다 재수 없고, 코치님한테도 찍혀 불고…
명희	(보다가 신발 끈 풀며) 아, 꼬였음 풀믄 되제. 차근차근 풀어서 (신겨 주며) 다시 잘 묶음 되잖애. 첨에 꼬였다고 꼬인 채로 두믄 니만 손해여. (매듭 꽉) 신발도 훈련도, 잘 뛰는 게 쩰로 중한 거 아녔냐?
명수	(힝… 보다가 끄덕끄덕) 나 보러올 거제? 올 때 글믄 통닭 사 와.
명희	(이그, 엉덩이 팡) 갔다 와야! 차 조심하고. (뒤에다) 기죽지 말고잉!

S#25 해령의 차 안 (낮)

뒷좌석에 탄 해령과 정태. 여인숙 앞이 다가오자, 해령 기사 향해서

해령	저기 여인숙 앞에 세워줘요.
정태	아니 더 가서, 저 골목 끝에 세워주세요.
해령	(보다가) 정태 너, 합숙 못 하게 해서 화났니? 아버지 알잖아. 학교 빠지고 훈련받는 것도 겨우…
정태	(O.L) 아니에요, 그런 거. (차 멈추면 가방 챙기며) 다녀오겠습니다.

해령	(한숨) 이따 아버지 퇴근 전에 데리러 올 테니까…
정태	합숙소로 오지 마세요. 내가 여기로 나올 테니까. (문 탁)
해령	(마음 쓰이는지 보고)

S#26   합숙소 (낮)

합숙소로 쓰이는 여인숙에 모인 아이들, 각자 짐가방 들고서 왁자지껄 들떠있고. 박 코치 앞에 줄 선 아이들, 유니폼 상·하의 건네받으며 배정된 방 호실 듣고.

명수 역시 자기 순서가 돌아오면, '활명수, 4호 방' 하며 유니폼 건네받는다.

시간 경과. 아이들 모두 손에 유니폼들 받아들고 서있으면…

박코치	자, 각자 배정받은 방 번호 잘 기억하고 있제?
아이들	예!
박코치	지금부터 딱 3분 준다잉. 각자 방에다가 짐 풀고 활동복으로 싹 환복해서 온다. 쩰로 늦은 한 놈은 응당 대가를 치러야 할 것이여. 준비! (삑)

S#27   합숙소 방 (낮)

설레는 명수, 방 번호 확인하고 문 열면 진규와 성일, 방에서 이미 짐 풀고 있고.

명수, 진규와 성일에게 반갑다 인사하려고 방으로 들어오려는 찰나…

진규 (문가 보더니) 오, 정태 니도 4호방이냐?

명수, 그 말에 헉 돌아보면… 무표정하게 뒤따라 들어오던 정태 서있다. '아, 하필…' 명수 짜증으로 보면, '비켜' 하고 명수 어깨 툭 밀치고 들어가는 정태.

박코치(E) (밖에서) 1분 남었다! 쩰로 늦는 놈은 벌칙이여!

진규, 그 소리에 '야야, 얼릉들 입어!' 하며 후다닥 옷 입어 먼저 나가고. 명수도 늦을까 정신없이 갈아입고 막 나가려는데. 갈아입 던 정태, 뭔가 이상한지…

정태 (나가려는 명수에게) 야. 야! (잡으며) 야, 활명수!
명수 (불쾌, 뿌리치며) 아, 뭐!
정태 벗어. 그거 내 옷이야.
명수 니나 나나 다 똑같은 옷인디 뭘 꼬라지 부려 싸. (나가려면)
정태 (잡으며) 내놓으라고!
명수 (뿌리치며 실랑이) 아따, 노라고!

끝까지 실랑이하는 모습 위로, 박 코치 호루라기 삐익(E) 길게 울 려 퍼지면…

S#28 **운동장 (낮)**

다 죽어가는 소리로 '꽥꽥…' 오리걸음으로 걷는 정태와 명수.

보면, 정강이까지 껑충 올라간 정태 바지와 바닥에 질질 끌리는 명수의 바지…

명수와 정태, 잠깐 숨 돌리다 눈 마주치면 서로를 원망으로 이글 이글 노려보는데.

박코치   어허이, 목소리가 짝다. 열 바꾸 더 돌래!

명수, 정태 다시 목소리 높여 '꽥꽥!' 하면 줄 선 아이들, 둘 보며 킥킥 웃고.

연신 땅에 끌리는 바지춤 올리던 명수, 옆에서 걷는 정태 보며 명희 말 떠올린다.

명희(E)   첨에 꼬였다고 꼬인 채로 두믄 니만 손해여.

명수   (진짜 누나 말대로 되나? 끙…)

S#29 **수찬 사무실 (낮)**

'창화제약 번창기원' 쓰인 화환들과 비싼 화분들 잔뜩 놓인 수찬의 사무실. 창근은 고모와 함께 화환 위치로 설왕설래하고, 수련은 잔 치우며 시계 힐끗.

수찬, 화기애애하게 '축하한다~' 하는 친구들 향해 걸어간다.

친구1   아따, 인자 번듯한 기반도 있겄다, 역마살 끝내고 자리 잡어. 결혼
        도 하고. 잉?

수찬   (웃고) 바쁠 텐데 와줘서 고맙다. 편하게 놀고들 있어라잉.

수련   (슬쩍 수찬에게 다가가) 올 사람 다 왔제? 글믄 나는 인자 가볼라네.

고모   (등짝!) 아까부터 어딜 자꾸 내뺄라고! 가족이 끝까정 자리 지켜
        야제!

수찬   (또 등짝!) 고모 말이 맞어! (하고는) 왜, 니 혹시 또 데이트 있냐?

창근   (귀 쫑긋) 뭐여, 데이트 있었어? 진작 말을 하제~

        수련, 또 '오해를 방치'하려 큼큼 시선 피하는데… 그때 사무실로
        들어오는 두 사람.

기남(E)   계십니까.

        목소리에 모두 멈춰 문가 보면, 기남 그리고 액자 들고 뒤따라오
        는 희태. 놀란 수련, '니가 여길 왜 와?!' 눈으로 욕하지만 못 본
        척, 영업 미소 짓는 희태.

창근   아이고! 황 과장님!

기남   이거 개업 인사가 늦었습니다. (웃으며 눈치 주면)

희태   축하드립니다. …형님.

수찬   (웃으며) 데이트 있담서, 고새를 못 참고 얼굴 보러 왔소잉?

        희태, 한숨으로 수련 보며 뜸 들이다, 그렇다는 듯 미소. 그제야

안도하는 수련.

창근   (액자 건네받으며) 오메, 어찌까. 이리 귀한 걸 자꾸… 갚을 틈도 안 쥐불시고. 아따, 참말로…

기남   이미 댁에서 제일 귀한 따님을 주지 않으셨습니까. (웃고)

수련, 희태 향해 질색팔색 표정 지어 보이면 희태, 어쩌라고? 영혼 없는 가식 미소. 그때 또 문 열려서 무심코 문가 보는 희태, 헉… 품에 작은 화분 안은 명희다.

수련, 수찬   (동시에) 명희야!

명희   손님이 이리 많을 줄은… (뒤늦게 희태 발견하고 멈칫) …몰랐네요.

수찬 '뭐 이런 걸 또 사왔어' 화분 받고, 수련 구세주라도 만난 듯 명희 손 잡고 힝…
희태, 그런 명희 뚫어져라 보고 있으면 기남, 그 시선 느끼고 따라 명희 보는데.

창근   수찬아. 어르신 안내 해드려야제.

수찬   아, 예! (명희에게 작게) 금방 마무리하고 올 텐께 기달려라잉. (가고)

고모   수련이 니는 신랑 혼자 냅두고 뭐더냐? 언능 커피라도 젓어가꼬 와!

수련   고모! 신랑은 무슨… (하는데)

명희   (잽싸게) 커피 제가 탈게요. 가서 앉아있어야. (말릴 새도 없이 가는)

S#30   수찬 사무실 사장실 (낮)

아담한 사장실 둘러보는 기남, 벽에 걸린 제약 공장 조감도 따위

보면서

기남   외국 약 특허를 사서 직접 제조한다… 수입보다 더 이문이 남습

니까?

수찬   아, 예. 물론입니다. 거, 수입에 의존하지 않고 의약품 자체 수급

이 가능해지믄, 국력에도 보탬이 되고요.

기남   (흐뭇한 웃음) 참 훌륭한 아드님 두셨습니다.

창근   (내젓는) 말로만 일사천리지 갈 길이 구만립니다. 이놈의 제약 공

장이, 만만하게 알고 덤볐드만 요놈이 돈 잡아먹는 괴물이드만요.

기남   (잠시 뜸 들이다가) 마침 처가에 괜찮은 투자처 찾는 분이 있는데…

자리 한번 만들어 드릴까요?

수찬   (놀라) 예? 저야 감사하지만, 그렇게까지…

기남   국력에 보탬이 된다는데, 너 나 할 것 있습니까. 그리고 무엇보

다… 남 일이 아니라 집안일 아닙니까. 우리 사돈총각 되실 분인

데. (미소)

S#31   탕비실 + 수찬 사무실 (낮)

탕비실에서 열심히 접시에 떡 옮겨 담고 커피 타는 명희.

수찬 친구1, 빼꼼 들어와

친구1   여도 커피 두 잔요. 둘 다 설탕 빼주쇼잉.

명희   아, 예.

          명희, 커피잔 새로 꺼내는데… 탕비실 문가에 서서 소곤대는 수
          찬 친구들의 목소리.

친구2(E)   짜가 가여? 수찬이 매제 된다던 고, 사생아.

명희   (커피 타던 손, 우뚝 멈추고)

친구1   들어본께 고냥 사생아도 아니고 기생집 아들이라드만. 오메, 수찬
          이네도 참말로… 아무리 즈그 딸이 천방지축이어도, 저딴 근본도
          없는 놈한티.

친구2(E)   그래도 뭐, 의대생이라매. 얼굴도 빤듯하네.

친구1(E)   기생 아들놈인디 반반해야제.

          명희, 문득 탕비실 밖을 보면… 소파에 앉은 희태의 모습, 유독 외
          로워 보이고.
          그 모습 바라보면서 명희, 이전에 희태가 자신에게 했던 말을 떠
          올린다.

희태(E)   근데, 그게 나빠요? 덕분에 강하고 웃긴 사람들로 잘 컸잖아요,
          우리.

          다시 뒤돌아, 커피에 스푼 가득 듬뿍듬뿍 설탕 넣는 명희.
          희태, 수련과 함께 '올해 넘기믄 너무 늦제~' 하는 고모의 오지랖
          듣다가 보면, 쟁반에 커피잔들 받쳐 나오는 명희, 은은한 미소로

수찬 친구들에게 커피 건네고.

친구1   오메, 감사합니다. (받고) 아 근디, 아가씨는 여기 경리?

명희   (무표정) 수련이 친구예요.

친구1   아. 커피만 타길래 다방 아가씬 줄 알았네잉. 아 이뻐서, 이뻐서.

친구2   (수작 거는) 대학교 친구? 남자친구는 있어요?

희태, 멀리 그 모습 보고는 미간 꿈틀. 심기 거슬려 슬쩍 일어나려
는 순간…

수찬   (불쑥 나타나 명희 곁에 서며) 내 손님이여.

미소를 머금고는 있지만 단호한 수찬 표정에 수찬 친구들, 아
아…! 하며 찔끔하고. (수찬 친구들, 뒤늦게 커피 마시면 달아서 켁)

수찬   (명희에게 작게) 명희야 나가자. 나가 바래다줄게.

명희, 잠시 망설이다 수련 향해 '먼저 간다' 작게 입 벙긋거리고
나간다. 두 사람 사무실 나가는 모습에 잠자코 앉아있던 희태, 마
음 조급해져

희태   (가식 미소로 수련에게) 슬슬, 우리도 일어나야지.

수련   (의외, 마침 반가운) 어어… 그르까?

S#32   수찬 사무실 앞 (낮)

걸어가던 명희와 수찬, 뒤에서 '오빠!' 하는 소리에 멈춰 돌아보면 수련과 희태.

수련   어디 가. 개업식 주인공이 자릴 비움 어쩐대?

수찬   어, 나 명희랑 잠깐…

수련   (수찬 잡으며) 아, 오빠 들어가. 명희는 나가 챙길 텐께… (하는데)

수찬   (손 떼어내며) 나가 챙겨. 어른들한텐 대충, 떡 좀 돌리러 갔다 해줘.
        (희태 향해 악의 없는 미소) 둘이도 이따 데이트 잘하고잉.

명희, 수련 옆 희태를 짐짓 태연히 보다가, 수찬 '가자' 하면 묵례하며 돌아선다.

발에 족쇄 찬 듯 나설 수 없는 희태, 무력함으로 두 사람 가는 모습을 지켜보는데…

어느샌가 사무실에서 나오던 기남, 건물 창문을 통해 그 모습 지켜보고 있다. 못 박힌 듯 고정된 희태 시선 끝, 멀리 명희의 모습을 예리하게 바라보는 기남.

S#33   대학교 학생회실 (낮)

혜건, 한창 분주하게 대자보와 현수막 제작하고 있는 학생들 지시하고 돕는데.

수련   (허둥지둥, 밝게 들어오는) 미안, 쪼까 늦었다잉!

적대적인 부용, 진수 빼고 다들 '선배!', '왔냐?' 수련 반기고, 팔 걷어붙이는 수련.

시간 경과. 수련, 전단 세는 일 따위의 단순 반복 작업하며 생각에 잠겨있다.

희태(E)   그래. 사람이 살던 대로 살아야지,

인서트   골목길 (낮/회상)

힐끗 사무실 쪽 경계하며 뒤따라 걸어오던 수련, 뭔 소린가 싶어 희태 보면…

희태   안 하던 짓 하려니까 병나겠다. 우리, 이쯤에서 마무리하자.

수련   뭐? (주변 의식하고) 야, 시방 니도…

희태   (O.L) 삼 일 줄게. 고해성사를 하든, 다른 거짓말을 하든, 넌 너희 집만이라도 수습해. 여기서 더 나가면 그땐 발 못 빼.

수련   (하, 기차서 보다가) 싫다믄 어쩔 건데?

희태   싫으면, (지포 라이터 툭 버리며) 내 맘대로 하고.

수련, 전에 없이 싸늘하게 가라앉은 그 모습에 움찔, 가는 희태 불안하게 보는데.

다시 학생회실. 생각에 잠겨 구겨진 수련의 미간을 손가락으로 쿡 누르는 혜건.

혜건   뭔 생각을 그리 하냐?

수련   (퍼뜩, 부러 더 빠릿하게) 어, 인자 가게? 누구누구 나가?

혜건   (어렵게) 그, 니는 오늘 배포 작업 나가지 말어.

수련   (멈춰 보다가) 왜. 니도 자본가 딸이 나대는 거 못 봐주겄냐?

혜건   뭔 또 개소리여. 아, 몸 사리라고! 형사들 약 바짝 올랐어.

수련   얼굴 팔린 니 걱정이나 해. 난 천상 게릴라 체질인게.

수련, 화염병 제조 학생들에게 '도울 거 없냐?' 밝게 다가가면, 걱
정스레 보는 혜건.

S#34   공원 (저녁)

꽃 핀 공원길. 하드를 하나씩 물고 한적한 거리를 걷는 명희와
수찬.

수찬   (놀라) 뭐어?! 의대? 야아, 명희 니 대단하다잉!

명희   대단치도 않아요. 우리나라 의대는 의사 될 놈만 뽑고, 독일 의대
       는 다 뽑아놓고 남는 놈만 의사 된대요. 가서 잘하는 게 문제죠.

수찬   아, 겸손도 너무 떨믄 재수 없어야. (웃고) 그려서, 언제 가는디?

명희   예정은 한 달 훈디…

수찬   (우뚝! 걸음까지 멈춰) 뭣이여? 한 달?

명희   상황 여의치 않으믄 또 어찌될랑가 모르겄지만은, 일단은요.

수찬   생각보다 너무, 아니, 되게 일찍 가네. 한 달이면 진짜 금방인디…

예상치 못한 사실에 충격받은 수찬, '그렇구마잉…' 중얼거리며 풀 죽는데.

하늘하늘 꽃잎 하나가 수찬 머리에 톡 떨어지자. 명희, 부러 심각한 표정으로

명희   어? 오빠 흰 머리.

수찬   (당황) 어? 나 흰머리 있냐?

명희   있어 봐요. 뽑아드릴게요.

명희, 손끝으로 뗀 꽃잎 내보이며 웃으면 수찬, 그 모습에 마음이 일렁이고.

꽃잎 주며 대수롭지 않게 '고만 갈까요?' 명희 앞서 걸으면 '어, 어' 대답하는 수찬. 잠시 손바닥 위 꽃잎 보다가 그대로 꽃잎 쥐고서 명희 뒤따라 걸어간다.

S#35   보안대 조사실 (밤)

직접 보이진 않지만, 비명으로 고문이 자행됨을 연상시키는 침침한 심문실. 기억을 더듬는 기남, 볼펜으로 테이블 두드리며 조용히 '명희, 명희…' 하고 되뇐다.

그러다 고문당하는 자의 비명에 집중 깨졌는지, 신경질적으로 볼펜 내려놓는 기남.

기남   이것들이… 내가 취조를 하랬지 도축을 하랬어? 요즘 같은 시기

에 일 치르면, 그거 누가 책임질 거야? (쯧, 일어나는)

조사관1 (난감) 죄송합니다, 과장님. (후배들 눈으로 욕하는데)

체포자 (절박하게 기어가 기남의 발목 붙잡고) 서, 선생님. 살려주씨요.

조사관1 (후배들에게) 야, 뭐해! 저 새끼 안 떼?!

체포자 (버티며, 울부짖는) 지는, 지는 참말로 아무 죄도 없당께요.

순간, 섬광처럼 기남의 머리를 스치는 과거 장면.

조사실의 명희, 현철 향해 '아버지, 저 참말로 잘못 없어요!' 하고

호소하고.

현철 조사실 문 열고 나와 걸어가면, 멀찍이서 이를 지켜보던 기

남의 모습. 다시 조사관들에게 개처럼 끌려가는 체포자 본체만체,

속 시원해져 나가는 기남.

S#36 보안대 복도 (밤)

안절부절, 앞서 걸어가는 기남을 서둘러 쫓아가는 조사관1

조사관1 죄송합니다, 과장님. 저희가 금방 다시…

기남 (O.L) 됐고, 사람 하나만 좀 붙여봐라.

조사관1 아, 저번에 말씀하신 학생회 간부라면 (하는데)

기남 아니. 우리 아들놈.

S#37   간호사 휴게실 (낮)

간호복 탈의한 명희 사물함 닫으며 보면, 간호사들 업무배정표 확인하고 있고. '아따, 또 중환 구역이여' 짜증 내는 민주 옆으로 다가가 업무구역 확인하는 명희.

민주   (나가며) 인자 벌써 오월이네. 시간 빠르다.

명희   (문득 그 말에 생각 많아져서 배정표 보다가, 나가고)

S#38   광주병원 응급실 (낮)

함께 환자 병상으로 옮기고, 라인 연결하는 등 바쁘게 일하는 명희의 모습.

그러다 환자 드레싱하며, 붕대를 감아주던 희태(2화 씬50)를 문득 떠올리는 명희. 그 생각을 떨치려는 듯 표정 굳는 명희, 손놀림에 속도 내서 드레싱 마무리하며 '간호원 아가씨~' 하는 근처 보호자 소리에 '예~' 하며 부러 더 씩씩하게 대답한다.

S#39   명희 하숙집 광규 방 (낮)

서랍 열어 라이터, 악력기, 선데이서울 등 오빠 물건 쏴악 쓸어 넣는 진아. 남자 글씨로 '기필코 재수 성공!'이라 낙서 된 벽지에 브로마이드 턱!

진아   (뿌듯이 보며) 좋았어, 준비 끝! (냄새 킁킁) 아따, 이놈의 오빠 새끼 냄새는 1년이 넘어도 빠지질 않아야. (나가며) 아, 아빠!

S#40   명희 하숙집 거실 (낮)

진아부, 앞치마 두른 채 정신없이 걸레로 마룻바닥 광내다 귀찮게 보면

진아   나프탈렌 있음 줘 봐봐. 저 홀애비 냄새 좀 거시기 허게.
진아부   가씨나, 오빠 방이 뭐 밴소가? 나프탈렌으로 냄새 빼게. (쯧)

에이, 진아부 걸레 두고서 나프탈렌 찾으러 들어가면 쪼르르 따라가는 진아.
퇴근한 명희, 씻으러 가다 어쩐지 어수선하고 들뜬 집안 분위기 낯설게 보고. 마침 대문 밖에서 초인종 소리 들려오면, 누구지? '네에' 하며 걸어 나간다.

S#41   명희 하숙집 마당 (낮)

명희, '누구…' 하면서 대문 열어보면 헉!! 놀라서 수건까지 툭 떨군다.
멀끔한 모범대학생 차림으로 갈아입고서 대문 앞에 서 있는 희태.

명희   (눈을 의심) …희태 씨?! 여는 어찌 알고… 아니, 그보다, 뭔 일로…

희태　(대문 넘어 들어오는) 명희 씨. 저… (하는데)

명희　(볼륨 낮춰) 미쳤소?! 여길 왜 들어와요. 안에 식구들 다 있어요!

희태　잘됐네요. 안 그래도 인사드릴…

명희　(잡아끌며) 황희태 씨. 나가 한 말은 다 흘려들었소? 어찌 이라고…

그 순간 멀리 집 안에서 '밖에 누구 왔나?' 하는 진아부의 목소리
에 당황한 명희!

안돼! 명희 반사적으로 희태 대문 가로 밀치며 뒷걸음질 치다가
발 삐끗, 어어! 균형 잃고 쓰러지는 희태와 명희.

하필 대문가 근처에 옹기종기 놓여있던 장독 위로 쓰러지는 모습
슬로우. 마침 집 안에서 나오다 이를 보는 진아부와 진아, 놀라는
얼굴 위로 와장창!(E)

간장독 깨져서 바닥에 흥건하고, 명희 밑 쿠션처럼 깔린 희태 간
장에 푹 젖었다.

진아　(달려가며) 오빠!!

진아부　명희 니 미쳤나! 쌤한테 뭐하는 짓이고?!

명희　(얼떨떨) 예? 쌤이요…?

진아　(O.L) 아따, 오늘부터 오빠가 나 과외 해주기로 했단 말이여!

명희　(경악해서 희태 보면)

희태　(싹싹하게) 괜찮습니다. 이제 좀 간이 맞네요.

일어나는 희태 명희와 눈 마주치면, 진아 부녀 몰래 약 올리는
표정.

인서트   마당의 빨랫줄 (저녁)

빨랫줄에 걸린 희태의 옷에서 물방울 똑똑 떨어지고.

S#42   명희 하숙집 광규 방 (저녁)

곳곳에 나프탈렌 걸려있는 방. 진아부의 아재 옷 빌려 입은 희태, 방 안 둘러보다가 한구석에 세워져 있는 기타 발견하고 디링 쳐 보면, 조율 안 돼 엉망인 소리.

진아   아, 고거 저희 오빠 껀디, 줄이… (눈 반짝) 오빠가 튜닝 해주실래요?

희태   (미소로 앉으며) 이따가. 일단 우리는 (성적표 들어 보이며) 요거 먼저 튜닝 해야지? 어디 보자… 수학 가, 물리 양…

진아   (창피) 저번 시험은 컨디션이 유난히 안 좋아가꼬…

희태   (성적표 내려놓으며) 진아는 꿈이 뭐니?

진아   예? 저는… 라디오 피디요! '밤을 잊은 그대에게' 같은 음악프로!

희태   음, 그렇구나. 근데 진아야, 혹시 그거 아니?

진아   (지레 찔려서) 피디 할라믄 수학 잘해야 한다고요?

희태   아니? 넌 이미 수학을 잘할 수밖에 없는 운명이라고.

진아   (쿠궁) 제가요…?!

희태   (약 파는) 공식으로 알려진 피타고라스는 음계를 처음 만들었고, 음악의 아버지 바흐는 수학적인 계산으로 작곡을 했어. 이게 뭘 뜻할까?

진아   (도리도리)

희태   수학은 곧 음악이란 거야. 근데 진아는 음악광이라 이미 자기도

모르게 수에 대한 감각을 익혔고, 수학을 잘할 수밖에 없는 운명
인 거지. 나처럼. (진지하게) 어떻게, 운명을 받아들일 준비 됐니?

진아   (홀린 듯) 네…!

희태 만족스레 미소 짓는데, 갑자기 방문 열었다 닫혔다… 실랑
이하는 명희와 진아부. '들어가!', '아니 제가 왜', '쌤한테 사과 안
할끼가?!'
옥신각신하는 소리 들려오다가 다시 방문 열리며 떠밀려지듯 들
어오는 명희, 과일 접시 들고 마지못해 끙…

희태   뭐죠, 이게? 사과인가? (아삭)

명희   아까는 제가 오해를… (울컥) 아따 긍께 첨부터 과외라고 말을 했
        음…

희태   (아삭아삭 먹으며 듣다가 깐족) 사과인가요?

명희   (크윽) 예… 죄송하게 됐습니다. 옷은 잘 빨아뒀어요.

희태   (씨익) 받아줄게요. 사과. (아삭)

명희, 희태 얄미워 흘기는데 방문 똑똑하더니 빼꼼 들어오는 진
아부.

진아부   수고 많으십니다아. 선생님 수업 마치고 저녁 들고 가시죠?

희태   (괜히 망설이는 척) 아… 저녁이요?

명희   그, 저, 바쁘신 분이라…

희태   (O.L) 안 바쁜데요? 감사히 먹고 가겠습니다!

기뻐하는 진아부와 진아에게 건실 청년 미소 날리는 희태,

먹고 간다고? 기차서 보는 명희에겐 몰래 '왜?' 태연한 표정 지어

보이고.

S#43   명희 하숙집 거실 (밤)

교자상 한가득 차려진 저녁 식사. 희태 맛있게 먹으면 흐뭇하게

보는 진아네 식구들.

그 옆에 앉아 깨작깨작 먹으며 그런 모습 지켜보는 명희.

진아부   진아 저 가스나, 왜 갑자기 과외 시켜달라 염병을 떨었는지 선생

          님 얼굴을 보니까 이해가 갑니다.

희태   (뻔뻔) 저도 진아의 미모가 유전학적으로 어디서 비롯됐는지, 아

          버님 얼굴 뵈니까 알겠네요.

껄껄 웃으며 손 내젓는 진아부, 엄청 기분 좋아졌는지 '보자, 보

자' 하며 일어나더니 집 안 어딘가에서 몸통만 한 큰 병에 담긴

담금주를 꺼내 온다.

진아부   술은 좀 하십니까? 이기 원래 우리 아들놈 전역하면 딸라 한긴

          데…

희태   아휴, 그 귀한 걸 따면 안 되죠. 제가 얼른 나가서 막걸리라도…

진아부   (앉히며) 에헤이~! 내 아들 같아 그래요, 아들 같아서.

희태   (꾸벅) 그럼 딱 한 잔만 받겠습니다! 아버지!

명희	(먹는다고?! 놀라서) 뭘로 담근 줄 알고…
진아부	(기분 좋아) 쓥, 이게 마 보약이다 보약. 자~ 한잔 받으이소!

시간 경과. 어느새 밤이 깊어가고, 담금주도 거의 반이나 비워진 상태다.

진아부	(취해서) 내가, 마누라 하나 보고 고향 땅 떠나 처가살이를 시작해서~!
진아	(지겨운) 아, 고만 좀 해. 그 얘기만 세 번째여!

아랑곳하지 않고 인생 이야기를 이어가는 진아부, 진아, 하품…
슬쩍 일어나는데. 살짝 취기 오른 희태, 처음 자세 그대로 열심히
진아부 이야기 들어주고 있고.
그 모습 보며 걱정스러운 명희, 밥상 치우는 척 희태에게 작게 속
삭인다.

명희	고만 가시요. 아저씨 취하시믄 끝도 없어요.
희태	괜찮습니다.
명희	괜히 고집부리지 마시고… (하는데)
진아부	뭐꼬. 명희 니 우리 양아들한테 뭐라 쏙닥거리노.
명희	(끙) 쌤 보내 드려야죠. 인자 통금시간 다 됐는디.
진아부	통금? (벽시계 보고) 자고 가면 되지. 여 마루에다 자리 펴가.
명희	예?!
희태	전 좋습니다. 어차피 옷도 덜 말라서.

진아부 　맞네! 옷은 말려야지. (껄껄 웃으며) 한 잔 더 해라, 우리 아들.

명희, 어쩌려고 저래? 막막하게 보는데… 희태, 진아부가 또 따라
주는 술 꿀꺽꿀꺽.

S#44 　명희 하숙집 전경 (밤)

하숙집 식구 모두 잠든 깊은 밤. 안방에선 취해서 곯아떨어진 진
아부 코 골고.
달빛 비추는 마루 구석에는 진아부와 희태 마시던 커다란 술통
텅 비어 놓여있고.
마루에 이불 깔고 누운 희태, 뒤척이다 눈 떠 보면 거실 한편에 세
워진 기타 보인다.

S#45 　명희 하숙집 명희 방 (밤)

괜히 잠 못 이루는 명희, 눈 감은 채 괴롭게 이리저리 뒤척이다가
결국 눈 뜨고… 그러다 신발 찍찍 끌고 마당 들어오는 소리 들려
오자, 온통 바깥에 신경 곤두서는데.
곧이어 들려오는 기타 튕기며 튜닝하는 소리에 명희, 문가를 힐
끔 바라본다.

S#46   **명희 하숙집 안쪽 마당 (밤)**

마당의 평상에 걸터앉아 튜닝하던 희태, 기타 줄 디리링 쳐보면… 제대로 조율됐고.

명희   취하셨소? 뭘 야밤에 기타를…

목소리에 희태 돌아보면, 방에서 나온 명희다.

희태   저 멀쩡한데요. 아까 먹은 간장 땜에 목 타는 것만 빼면.

명희   (얄밉게 흘기며) 뭐 어떻게, 꿀물이라도 타드려요?

희태   (미소로 보다가 고개 저으면)

명희   (머쓱) 싫으믄 말고. (다시 들어가려면)

희태   꿀물은 됐고, (기타 옆으로 치우며) 잠깐 옆에 앉았다 가면 안 돼요?

명희 잠시 망설이다가… 애써 무심한 척 평상 끄트머리에 걸터앉고. 달빛 아래 두 사람, 간간이 반딧불 날고 잔잔히 풀벌레 우는 소리. 이마를 간질거리는 봄밤의 바람 느끼며 잠시 그대로 있는 둘.

희태   (대뜸) 미안해요.

명희   뭐가요?

희태   맞선 때도 그렇고, 오늘도 그렇고… 제 욕심 때문에 자꾸 명희 씨를 곤란하게 만드는 거 같아서요.

명희   …막 그라고 곤란하진 않았는디.

희태   (미소로 보다) 명희 씨 말 듣고, 한 달에 대해서 계속 생각해 봤어요. 그러다 그런 생각이 들더라고요. 만약 명희 씨가 일주일 후에 떠나는 거면? 한 달이 아니라 일 년 후면, 그럼 괜찮은 건가?

명희   (보면)

희태   (고개 젓고) 제가 두려운 건 한 달이란 시간이 아니라, 한 달 후 받게 될 상처였어요. 전 명희 씨를 좋아하고, 갈수록 좋아질 테니까.

명희   (한참 말없이 보다가) …내가 왜 좋아요?

희태   (눈 반짝) 이제 그게 좀 궁금해졌어요?

명희   아니, 고게 아니라… 대체 왜, 이해가 안 돼가꼬. 이유를 모르겠응께.

희태   명희 씨는, 자기가 얼마나 멋진지 잘 모르는 거 같아요.

명희   (쑥스러워 괜히 투덜) 하여튼, 낯부끄런 소린 잘도…

희태   (웃고, 바람 느끼다가) 저는 일 년 중에 오월을 제일 기다려요. 오월 밤엔 노래가 엉망이어도, 풀벌레가 도와주거든요.

명희   풀벌레가요?

희태, 미소로 다시 기타 들더니, 앞 장면에서 짧게 쳤던 자작곡을 연주하기 시작하고.
기타에 맞춰 허밍 하는 희태 바라보다가, 노래 마친 희태가 명희 향해 고개 돌리면 명희, 그때야 문득 두 사람 가까운 거리 느끼고서 긴장해 시선 돌리는데…

희태   명희 씨만 생각하면, 자꾸 노래가 돼요.

명희   (괜히 중얼) 아따. 또, 낯부끄런 소리…

희태   명희 씨.

명희   (두근거림으로 보면)

희태   나랑 딱 오월 한 달만 만나볼래요?

그 말에 떨리는 명희의 눈동자. 두 사람 시선 마주치는 모습에
서…

3화 END

제4화

선을 넘는다는 것

S#1　　**명희 하숙집 안쪽 마당** (밤/3회 엔딩)

희태　　명희 씨. 난 상처 받을 준비 돼 있으니까…

명희　　(두근거림으로 보면)

희태　　나랑 딱 오월 한 달만 만나볼래요?

두 사람 시선 오래도록 마주치다가, 명희 입 떼려는 순간… 타이틀 오른다.

[Track 04. 선을 넘는다는 것]

S#2   **명희 하숙집 거실 (아침)**

아직 해가 다 뜨지 않아 푸르스름한 아침, 마루 한복판에서 곤히
자는 희태의 모습. 악몽 꾸는 듯 식은땀 송골송골, 작게 끙끙거리
던 희태의 감은 눈에서 눈물 흐르면…

눈 뜨는 희태, 몸 일으켜 잠 덜 깬 아이처럼 잠시 낯설게 빈 마루
를 둘러보다가 하숙집이란 걸 깨닫고, 비로소 긴 한숨… 얼굴의
눈물과 땀을 거칠게 훔쳐내는데.

진아부   (퉁퉁 부어, 잠긴 목소리) 쌤, 일어나셨습니까. 해장하셔야지요.

희태   (그제야 두리번) …명희 씨는요?

S#3   **광주병원 응급실 (아침)**

간호복 차림의 명희, 스테이션에 앉아 서류작업 하고 있다.

표 따위 그리는 단순 작업하며 자 대고 기계적으로 쭉쭉 선 긋
다가…

인서트   **명희의 지난밤 회상 (3화 엔딩 이후 장면)**

희태와 마주 보는 명희, 심장이 쿵쿵 뛰고… 고민하다가 겨우 입
뗀다.

명희   (들릴 듯 말 듯) …나중에.

희태   (보면)

명희	나중에, 술 깨믄 대답할게요.

다시 현재. 지난밤 기억에 순간 얼굴 화끈하는 명희, 자 대고 그리던 선 삐끗! 앗… 거의 다 그린 표 선 하나로 망가져서 아깝게 보는데.

인영	김명희 선생님, 과장님 면담 점심 전에 들르시란디요.
명희	이잉, 그려.
인영	(갸웃) 근디 열 있으셔요? 얼굴이 쪼까 벌그스름한 거 같은디.
명희	(당황) 아, 그, 봄볕에 타서 그른가… (획, 다급히 망친 종이 구기는)

S#4 광주병원 부원장실 (낮)

5월 펼쳐진 탁상 달력 탁! 부원장 책상에 올려놓고 시위하듯 보는 희태. 병걸, 끙… 희태 기세에 못 이겨서 대충 손가락으로 달력에 날짜 하나 쿡 찌르면.

희태	오케이, 다음 주엔 전원 가능하단 말씀이시죠?
병걸	(툴툴) 꼭두새벽부터 난리를 쳐가꼬 뭐 중요한 일인가 했드만…
희태	중요하죠. 서울에선 광주 확답받아라, 광주에선 서울 확답받아라, 서로 미루시기만 하는데. 그럼, 서울 병원엔 이 날짜로 전달하겠습니다.
병걸	(쭛, 서류 넘겨보며) 근디 이, 장석철 환자랑은 대체 뭔 관계요?
희태	(멈춰 보는) 그게 중요한가요?

병걸	아니. 서류 본께 가족은 아니고, 혼인 관계도 아닌 듯 싶은디… 이라고 돈 들여, 시간 들여, 정성 들여 애쓰는 게 대체 뭔 사인가 싶어서.
희태	(생각에 잠겼다가) 가해자와 피해자… 사이쯤으로 해두죠.

엥, 가해자? 놀란 병걸 슬쩍 희태 훑는데, 묵묵히 서류 챙기는 희태 모습에서…

S#5 연병장 (낮)

충정훈련 하는 군인들, 기합 소리에 맞춰 곤봉 훈련하는 모습들. (cut to) 휴식 시간. 조금 떨어진 곳에 홀로 앉은 군인 경수, 수첩에 뭔가 적고 있고. 녹초가 되어 곳곳에서 죽는소리하는 군인들, 널브러져 물 마시는 등 쉬고 있는데…

홍병장	면회 끊겨, 휴가 짤려. (캭 퉤) 옘병, 허구한 날 우리끼리 뺑이치면 뭐하냐? 실전에서 써먹어야지. (곤봉 붕붕 휘두르며) 나가기만 해 봐, 아주. 데모하는 대학생 새끼들 대가리를 그냥… (하다가 응? 보고)

집중해서 글씨 적던 경수, 퍽! 철모로 머리 후려 맞아 올려다보면, 홍 병장이고.

홍병장	뭐하냐? 내가 먹물 티 내지 말랬지.
경수	(군기 바짝 들어 일어나며) 일병 김경수! 저, 공부가 아니라…

홍병장	내놔.
경수	(수첩 든 채 잠시 망설이면)
홍병장	(광기 어린) 허, 이 새끼 봐라. 못 배운 놈 말이라 우습다 이거냐?
광규	(불쑥 등장해 경수 퍽!) 이 고문관 새끼 이거, 왜 꼭 한 박자씩 늦어서 속을 디비지게 만드노. (수첩 획 빼앗고 건네는) 예, 홍 병장님.

홍 병장에게 수첩 넘겨지자마자 '얼씨구, 편지~?' 하더니 한 장씩 찍, 뜯으며

홍병장	밖에 계신 동지들이랑 접선이라도 하시게? 내가 너희 같은 놈들 때문에 이 개고생 하는 걸 생각하면, (노려보며 종이 갈가리 찢고 획) 넌 앞으로도 쭉 편지, 전화 금지다. 대답.
경수	네, 알겠습니다!
홍병장	(광규 가슴팍 쿡) 잘 좀 가르쳐라. 너만 잘하면 그게 군대냐?
광규	시정하겠습니다. (홍 병장 가면) 내가 점마 있을 땐 그냥, 숨도 쉬지 말고 허공만 보라 했나 안 했나. 그 눈치로 서울댄 우예 드갔노?
경수	(시무룩) 죄송합니다.
광규	뭐하노? 이거 안 치우고! (답답) 하여튼 매를 벌어요 매를. (가는)

바닥에 흩어진 종잇조각 줍는 경수… '희태에게'라고 적힌 쪼가리 쓸쓸하게 본다.

S#6　　**광주병원 일각 (희태)**

병원 한쪽에 마련된 공중전화에서 서울 병원 측과 전화하고 있는
희태.

희태　　장석철 환자, 이송하려고요. 예, 위험성 충분히 인지하고 결정했
　　　　습니다. 광주병원 쪽은 다음 주엔 가능하다는데… (놀라) 보름이
　　　　요? 좀 더 앞당길 순 없나요? 아시다시피 환자 상태가… 예, 그건
　　　　저도 아는데.

같은 시각, 응급실 나온 명희 '식사 안 하셔요?' 하는 인영에게
'먼저 먹어' 하고서 혼자 간호부 사무실로 향하려는데…
멀리 전화하는 희태의 익숙한 뒷모습 보고 응? 희태, 수화기 너
머 내용에 집중해 표정 어두워진 채 심각하게 통화를 이어나가다
가 뒤에서 누가 톡톡 건들자, 예민한 상태로 날카롭게 휙 돌아보
면… 명희다.
명희, 낯선 희태 표정에 놀라 주춤하는데… 순간적으로 표정 관
리 혼선 오는 희태.

희태　　아, 예… 그럼 부탁드리겠습니다, 교수님. (끊고, 확 해맑게) 명희 씨!
명희　　병원엔 어쩐 일로 오셨소?
희태　　아. (둘러대는) 아우, 술병 나서요! 응급실에서 수액이나 맞을까
　　　　해서.
명희　　(수상) 아닌 거 같은디… 왜, 뭔 일 있소?
희태　　별일 아니에요. (말 돌리려) 아니 근데! 명희 씨 참 너무하시네. 나

가면 나간다고 좀 깨워주지. 그렇게 사람을 덩그러니 버리고 사라져요.

명희   겁나 곤히 주무셔서. (마음 쓰이는) 그 혹시, 병원 일이믄 제가…

희태   (말 막는) 겁나 곤히 주무셔서? 명희 씨, 나 자는 거 들여다봤어요?

명희   아, 아니 들여다보기는 누가… 그냥 멀리서 봐도 곤히 자고 있응께…!

희태   (웃고) 예, 그렇다고 쳐요. 전 그럼 오후에 과외가 있어서. 이따 집에서 봐요. (하고는) 이렇게 말하니까 꼭 같이 사는 사이 같다, 그죠.

명희   뭔, 말도 안 되는…! (밀치며) 아, 싸게싸게 가기나 해요.

웃으며 가는 희태 뒷모습을 보는 명희, 뭔가 찜찜한데… 갸웃하다가 발걸음 옮긴다.

S#7   간호부 사무실 (낮)

간호과장, 책상에 명희가 내민 사직서 봉투 난감하게 보면서

간호과장 딱 반년만 이따 가제. 신규 애들 아직 니 없음 힘든디… 니도 돈 좀 더 모아서 가믄 좋잖애. 돈 없는 타국살이가 그게 보통 고생이여?

명희   고생해도, 가서 고생하는 게 나을 거 같아서요.

간호과장 (흘기며) 하여튼 저 독종, 저거. (사직서 가져가며) 신규 때부터 유학 타령하드만 기어코 가는구마잉. 사직서 내고도 한 달은 다녀야

되는 거 알제?

명희   (끄덕) 가기 전까지 바짝 일하다 갈 텐께 걱정마쇼잉.

간호과장   또, 또 독한 소리, 저거. 아따, 고국 뜨기 전에 어째 일만 하다 가냐. 근무 널널하게 짜라 얘기해 둘텐께, 거시기 좀, 친구도 만나고 영화도 보고… 아따, 또래들처럼 지내라고.

명희   (그 말에 생각이 많아졌다가, 미소로) 예.

S#8   수련 집 거실 (낮)

거실에 걸려오는 전화 달려가서 받는 수련.

수련   여보세요. 어, 명희야! 오늘? 시간 괜찮은디. (작게) 왜, 황희태가 또 뭔 지랄했냐? (듣고) 아님 됐고. 우리집서 볼래? 잉, 일 마치고 와잉.

S#9   수련 집 주방 (낮)

수찬, 식탁에서 커피 마시며 서류 펼쳐 일하고 있고. 전화 끊고 들어오던 수련 보고

수련   (간식 하나 주워 먹고) 오빠 오늘 출근 안 해?

수찬   오늘 고모님 오시기로 했잖애.

수련   아 맞다…! 아따, 명희한테 밖에서 보자 그래야겠네.

수찬   (솔깃, 태연한 척) 뭘 또 밖에서 봐? 먹을 것도 많은디, 집에서 봐.

수련	어우, 고모 잔소리 듣기 싫어.
수찬	인자 잔소리야 나가 듣지, 결혼하는 니가 듣겄냐?
수련	(짜증) 아따, 결혼을 누가 한다 그래.
수찬	(어리둥절) 니가 하지, 그럼 뭐 나가 하냐? 왜. 둘이 또 싸웠어?

수련, 오빠에게 다 털어놔 버릴까… 고민하는 찰나, 거실 쪽에서 들리는 성난 목소리.

| 가정부(E) | 아따, 잘못 거셨당께. 시방 이것이 몇 번 째요! |

놀라서 수련과 수찬, 거실 쪽 바라보면… 씩씩거리며 들어오는 가정부.

수련	(수찬 커피 마시며) 이모, 누군디 그라요?
가정부	아니, 아침부터 계~속 같은 놈이 전화 와가꼰 뭔, 출판사냐고.
수찬	어? 나도 받었는디. 지혜출판사, 아니에요?

그 말에 사색이 되는 수련, 커피 쏟고! 수찬과 가정부 놀라서 '오메!' 서류 걷으면.

수련	나, 나 잠깐 좀 나갔다 올게잉.
수찬	(서류 털다가) 뭐? 이따 명희 온다매!
수련	(수찬 지갑에서 지폐 한 움큼 꺼내며) 명희 오면, 내 방서 좀만 기다리라 해줘잉. (급히 나가면)

수찬   아야! 니 시방 어딜… (황당) 자가 왜 저런대.

S#10   판자촌 골목길 (낮)

판잣집들 즐비한 낙후한 동네에 좁게 난 골목길, 주변 경계하며 걷는 수련.

S#11   판잣집 (낮)

수련, 한 판잣집의 방문을 두드린다. 암호인 듯 특이한 리듬감으로 두드리는데 두어 번 두드려 봐도 방문 너머는 묵묵부답이고.

수련   (다시 두드리며) 작가님. 지혜출판사예요.

잠깐의 사이 후에 문 끼익 열리더니, 피폐한 몰골의 수배자 선배 나온다.

S#12   판잣집 안 (낮)

방 안에 가지런히 벗어놓은 수련의 신발.
선배, 수련이 사 온 빵 따위를 정신없이 먹으면… 안쓰럽게 보는 수련.

수련   (우유 주며) 형, 누구 안 쫓아온께 천천히 좀 먹어요. 신발도 좀 벗고.

선배　(마시고 한숨 돌리고) 아따, 나가 미안하다. 집이고 어디고 연락할 데가 없어가꼬.

수련　서울선, 뭐 결정된 거 있대요?

선배　(끄덕) 정치투쟁 노선으로 연대한단디. 구체적인 방안은 9일에 고대서 회장들 모여가꼬 모색하기로. 거, 학교 상황은 어떠냐?

수련　비슷해요. 어용교수 건에서 계엄철회로 투쟁 방향 틀 거예요. 조대하고도 계속 연대 중이고. 어떻게든 선배들 빈자리 땜빵하고 있어요.

선배　땜빵은 무슨… 종지 대신 냉면 그릇 쓰는 격이제.

수련　(치… 말도 안 된단 듯 웃지만, 기분은 좋고)

선배　긴 겨울 갓 지났다. 꽃샘추위야 있겠지만은, 다시없을 기회니께 힘내자.

미소로 끄덕이는데, 똑똑…! 누군가 문 두드리면 귀신이라도 본 듯 얼어붙는 두 사람.
숨조차 쉬지 못하고 멈춘 둘, 서로 불안한 시선만 마주치는데.
밖에서 들려오는 건 집주인 아주머니의 구수한 말투.

집주인(E)　원석 학생, 안에 있는가? 전화 왔어. 뭐, '상민'이라는디?

수련　(반갑게 속삭이는) 상민이 형?!

선배　(문 가만히 보다가) …나 이름, 얘기한 적 없어.

싸아… 핏기가 가시는 두 사람. 누가 먼저라고 할 것도 없이 일사

불안하게 움직인다. 수련 온몸으로 문을 막아서고, 선배 작은 창문 열어 도망치려다 잠시 수련 돌아보면

수련   뭐대요! 빨리 가요!

선배, 미안한 표정 짓고는 재빨리 창문으로 빠져나간다.
쉴새 없이 덜걱거리던 문고리 잠시 조용해지면, 불안하게 문 돌아보는 수련.
곧이어 쾅!! 아예 문 부서지며 열리는 순간!

S#13   수련 집 대문 (낮)

철컹, 고모인 줄 알고 살짝 긴장해서 대문 열던 수찬. 보면, 명희 서 있다.

수찬   (반색! 안도하며) 어! 명희였구나.

명희   어, 오빠. 집에 계셨네요.

수찬   잉. 들어와. 수련이 시방 급히 어딜 가꼬, 쪼매만 방에서 기다리믄,

고모(E)   (O.L) 오메, 손님이 또 있었네?

헉… 수찬 기겁해서 보면, 수찬의 고모. 손수건으로 부채질하며 들어온다.

수찬	오셨어요.
고모	오야. 아따, 벌써 여름 다 돼부렀다. 봄 코트도 다 못 입었는디. (들었던 겉옷 수찬에게 휙! 들어가며) 아줌마~ 시원한 냉수 한 잔 주쑈잉.
수찬	(명희에게 억지 미소) …수련이 방에 올라가서 기다려라잉.

S#14 수련 집 수련 방 (낮)

불편하게 앉아 수련을 기다리던 명희, 시계 보면… 시간 많이 지나있고.

명희	야는 왜 올 생각을 안 해… (흠, 어쩔까 고민하다가)

S#15 수련 집 거실 (낮)

방에서 나온 명희, 발소리 죽여 조심조심 계단 내려가며 1층 거실 쪽 보면 곤란한 수찬에게 고모, 테이블에 늘어놓은 맞선 여성들의 프로필 하나하나 가리키며

고모	요 아가씬 백운방직 댁 막내딸이여. 나인 어려도 요런 요조숙녀가 없댄다잉.
수찬	(한숨) 고모님. 저 참말로 중매는 관심 없어요.
고모	야가, 야가! 니 인자 서른 코앞이여! 허우대 멀쩡해가꼬 노총각 소리 들으믄 집안 망신이여! 수련이보다 먼저 개혼을 혀야 뒷말이 안 나오제!

고모의 잔소리 폭격에 어우… 괴롭게 시선 피하던 수찬, 계단 내려온 명희 보고서 잘됐다, 맞선 화제 피하려는 듯 슬쩍 일어나며 명희에게

수찬   어, 명희야. 벌써 갈라고?

명희   예. (눈치, 고모 향해 꾸벅) 지는 먼저…

고모   (명희에게) 아야, 수련이 친구랬제? 잠깐 여 와서 같이 좀 봐봐.

수찬   (기겁) 아따, 같이 보긴 뭘 같이 봐요!

고모   여자 보는 눈은 여자가 정확하당께. (당기며) 아따, 잠깐만 앉아 봐야.

명희를 데려다 자기 옆에 앉히는 고모, 프로필들 명희 앞에 주르르 늘어놓으며

고모   누가 젤로 나은지 함 골라봐봐. 1번, 26살 판사댁 장녀, 2번, 21살…

수찬   (O.L) 고모님!

고모   어따 대고 큰 소리대! 아따, 글믄 직접 고르든가! 꼭~ 수찬이 니 맹키로 목석같은 놈들이 여시같은 거한테 홀려가꼬 근본도 없는 걸 데려온다고.

수찬   (못 참겠다, 고모 가방과 겉옷 챙기며) 고모, 그만 일어나씨요.

고모   뭐여? 니 시방 나 내쫓냐?

수찬   (일으키며) 지 앞가림 지가 알아서 할랑게, 고모님은 그만 신경끄쇼.

고모   수찬이 니가 어떻게 나한테… (버티며) 음마? 아따, 이거 안 노냐?!

수찬 '아따 쫌' 한참 실랑이하다가, 컷하면 몸으로 겨우 문 닫는 수찬… 한숨 내쉬고.

수찬 (사진 급히 치우며) 미안하다. 원체, (말 고르는) 거시기 저, 스스럼이 없는 분이라.

명희 다 오빠 좋은 짝 맺어줄라고 그러는 거죠잉. (사진 건네며) 다 출중한 분들 같은디. 고모님이 고생깨나 하시겄소, 오빠 눈이 높아가꼬.

수찬 눈이 높은 것이 아니라… 맞선이 싫어. 어디 사람 인연이 조건 맞춰감서 이라고 카드놀이 하듯 맺어지는 거당가.

명희 (미소) 지도 함 찾아볼게요. 주변에 쬐 여자 뿐인께. 이상형 있어요?

수찬 (잠시 뜸 들이다) 들꽃 같은 사람.

명희 (보면)

수찬 어려워도 지 꿈 끝까지 포기 안 하고, 가족 위해 헌신해도 힘든 내색 안 하는… (명희 보며) 온실 같은 거 필요 없는 강한 사람.

명희, 자신을 향하는 듯한 수찬의 말에 '설마…' 하고 순간 눈빛 일렁이다가,

명희 …그거 오빤디? (일부러 더 농담) 맞네, 거 이상형이 여자 이수찬이구만. 요거 거, 영 찾기가 쉽진 않겄네.

수찬 (더 말하지 않고, 그저 미소만 지어 보인다)

S#16 명희 하숙집 광규 방 (낮)

책상에 정석 책만 펼쳐놓고, 음악감상실처럼 눈감고 노래 듣는 희태와 진아.

희태   그럼… 명희 씨가 제일 좋아하는 가수는 누구야?

진아   (긁적) 글쎄요… 배인숙?

희태   (기억하자) 배인숙…! 그럼, 명희 씨가 제일 좋아하는 간식은?

진아   양갱하고… 빠다빵? (하다가 눈 뜨고) 근디 요것이 수학이랑은 무슨…

희태   원래 대학에서도 첫 강의는 오리엔테이션이야. 수업 전에 사제 간 정보탐색이 우선이지. 그리고 우리 지금 음악 듣잖아. 음악은 곧 뭐다?

진아   (세뇌당해 자동) …수학이다. 근디 계속 명희 언니 얘기만 하시는디.

희태   학습 이력 분석 차원의 질문이지. 명희 씨가 이전 과외선생님이라며. 과거를 복기하지 않고서는 앞으로 나아갈 수 없는 법이야, 진아야.

진아   (힝… 주둥이 나오면)

희태   (달래는) 진아야. 오빠 새로운 꿈 생겼다? 올해 대학가요제에서 오빠가 입상하면, 나중에 진아가 하는 라디오 프로에서 그 곡이 흘러나오는 거야. 그리고 디제이가 멘트를 딱 날리는 거지. "우리 프로 담당 PD가 세상에서 제일 먼저 알아본 뮤지션입니다!"

진아   (감동) 오빠…

희태   어떻게, 오빠 꿈… 진아가 이뤄줄 수 있니?

진아   (새침) 글믄… 오빠도 제 꿈 이뤄주시믄 안 될까요? 이번 여름방학 때, 서울 구경시켜주세요. TBC 방송국이랑, 오빠네 학교도요!

흠, 고민하던 희태… 밖에서 '끼익' 명희 대문 열고 들어오는 소리
들려오면 쫑긋.

희태	내가 내주는 숙제 무조건 하겠다고 약속하면.
진아	약속할게요!
희태	오케이, 딜! 다음 시간까지 (접고) 여기서, (수십 장 촤르르) 여기까지.
진아	(황당) 이것을… 다요?
희태	지금부터 풀면 모레까진 충분히 다 풀 수 있어. (아자) 할 수 있다!

S#17 　명희 하숙집 마당 (저녁)

집안에서 들려오는 음악 소리와 '할 수 있다! 할 수 있다!' 힘찬
희태, 진아 목소리에 대체 안에서 뭣들 하는 거야… 이상하게 보
다가 피식, 안쪽 마당으로 걸어가는 명희.

S#18 　명희 하숙집 명희 방 (저녁)

편한 옷으로 갈아입은 명희, 무심코 달력 넘기다가… [1시 사랑
방문] 메모 보고 헉.
'내일이었네…' 혼잣말하는데, 그때 방문 밖에서 들려오는 희태
의 헛기침 소리. 작게 '흠흠' 하더니, 명희 반응 없자 점점 더 커져
크흠, 힘! 콜록! 난리고.

S#19   명희 하숙집 안쪽 마당 (저녁)

희태 그러다 사레들어 진짜로 콜록거리는데, 마당으로 나오는 명희.

명희   헛기침도 그 정도면 폐병 아니요? (빨랫감 걷기 시작하면)

희태   (콜록대며 반색) 명희 씨! 혹시 빠다빵 먹으러 빵집 가실래요? 아니면 배인숙 노래 들으러 다방이나… 서점 가서 시집을 읽어도 좋고요!

명희   (피식, 작게) 누가 과외를 받은 것이여… (보다가) 오늘 병원 왜 오셨는지는, 뭐 끝까지 얘기 안 하시게요?

희태   (잠시 얼굴 굳었다, 다시 밝게) 아이참, 별일 아니라니까 그러시네. 아까 낮에 말했잖아요. 수액 맞으러 갔다고.

명희   결국 안 맞았잖아요, 수액. (갸웃) 디게 수상쩍네. 딱히 뭐 말 가리려 하는 성정은 아니신 거 같은디, 말 못 할 이유가 대체 뭐래.

희태   (끙, 할 말 없어 보다가 씨익) 먼저 대답하시면, 저도 대답할게요.

명희   대답이요?

희태   네, 대답. (성큼 다가서며 작게) 저 술 다 깼거든요.

그 말에 명희, 봄밤의 분위기에 취했던 지난밤의 기억을 다시 떠오른다. 명희 얼굴 가까이 다가선 희태에게 "나중에, 술 깨믄 대답할게요"라고 말했던 자신의 모습 회상 빠르게 스치면, 빨개지기 시작하는 명희의 얼굴.

명희   (당황해서 괜히 빨랫감 팡팡) 그만 가셔요.

희태	왜요. 오늘은 대답 안 하시게요?
명희	(횡설수설) 저 공부도 해야 하고… 새벽 근무 해가꼬 몸도 피곤하고…
희태	(빤히 살피며) 진짜 좀 피곤하신가 봐요. 열도 있어 보이고.
명희	(얼굴 가리며) 그, 봄볕에 타서 그래요. 하여튼 오늘은, 그만 가셔요.
희태	그럼, 내일은 시간 있어요?
명희	없어요.
희태	아, 거짓말!
명희	진짜로요. 내일 어디 갈 데 있어요.
희태	나도 갈래요.
명희	(황당) 어딘지 알고 같이 간대?
희태	어디든지. 왜요, 전 가면 안 되는 데예요?
명희	(잠시 곰곰이 생각하다가… 의외로 흔쾌) 그러시든가, 그럼.
희태	진짜요? 진짜죠!
명희	11시에 요 앞 정류장에서 봐요. 본인이 먼저 간다고 했어요.
희태	(뭐지? 뭔가 찝찝하지만 기쁜) 네!

S#20　보안대 전경 (밤)

어두운 밤, 을씨년스러운 보안대의 전경.

S#21　보안대 조사실 (밤)

음습한 분위기의 조사실. 테이블에 마주 앉은 조사관들과 수

련, 서로 지쳐있고. 머리 조금 헝클어진 수련, 무표정하게 앉아
있으면.

조사관1 서로 힘 그만 빼고 끝내자. 정원석, 어디로 갔어?

수련 (기계적인 말투로) 아까도 말씀드렸다시피, 제가 그곳에 간 것은 누
구 만나러 갔던 것이 아니라…

조사관2 (쾅! 테이블 차며) 이게 사람을 병신으로 아나. 끝까지 뭉개겠다고?

수련 모르는 걸 지어가꼬 떠드는 능력은 없어서요, 제가.

조사관2 이년이 근데… (가만두란 조사관1 손짓에 울컥해) 아니, 진도가 안 나
가잖습니까. 대체 이년이 뭔데 자꾸…! (하는데)

기남(E) 잠깐 나가들 있어.

기남 등장에 조사관들 놀라 일어나는데, 수련 이미 예상한 듯 동
요 없이 기남 보고. 나가보란 듯 까딱이는 기남의 고갯짓에 후다
닥 문으로 향하는 둘.
마주한 둘 모습 슬쩍 보는 조사관2, 그제야 이해가 간단 표정으로
문 닫으면.
시간 경과. 국밥 따위 음식 담긴 쟁반을 수련 앞으로 쓱 밀어놓는
기남.

기남 예상치 못한 데서 다시 만나네. 여기서 얼굴 볼 일 없을 줄 알았
는데. 일단 좀 들지. 이 짓도 배가 든든해야 버틴다고.

수련 전 아무것도 몰라요.

기남 아… 그 같이 있던 수배 학생 말하는 거면, 잡았어. (깍두기 국물 따

위 넣으며) 내부에서 굉장히 신뢰받는 편인가 봐. 의심도 않고 덥 석덥석.

수련   (보다가) 일부러… 감시한 거요, 나를?

기남   감시보다는, 예비 며느리에 대한 시애비의 관심이라고 해두지.

수련   (분노 억누르며) 누가, 당신 며느린데?

기남   (미소로) 혹시 봉덕양조라고 기억하나? 한 십 년 전에 호남 쪽 주름잡던 회사였는데. 한창 전국 사업으로 확장한다고 중정에 근무하는 사위까지 들이며 애쓰다가 삐끗하더니… 회사는 세무조사 시달리다 문 닫고, 사위는 전남으로 좌천당했지. (사이) 이쪽 방식이란 게 그래. 자기들 원하는 방향으로 가도록 굳이 강요하지 않아. 그쪽으로 갈 때까지, 천천히 주변부터 말려 죽이는 거야. 근데 인간이 참 간사한 게, 이 말려 죽이는 놈보다 저 꼿꼿한 놈이 더 나쁜 놈 같거든.

수련   (분노와 두려움으로 보면)

기남   그러니까… (숟가락 떠서 내미는) 지칠 때까지 맘껏 해 봐.

수련, 기남이 내민 숟가락 손으로 탁! 치면, 기남의 넥타이에 음식물 튀고.
기남, 넥타이 내려보다가 덤덤하게 넥타이 매듭 풀며 이야기한다.

기남   당장은 공장 설립으로 정신없을 테니, 약혼식부터 올리지. (넥타이 '선'처럼 길게 늘어뜨리며) 여기까지가 내 한계니까, 다음부턴 선 넘지 않게 조심하고. (그대로 휴지통에 툭) 눈 좀 붙여. 명상을 하든지.

기남, 문 닫고 나가고… 혼자 남은 수련, 파르르 떨며 닫힌 문을 응시한다.

S#22   희태의 악몽 – 서울 희태 자췻집 (과거/밤)

탕탕탕! 누군가 계속 다급히 문 두드려서 졸린 눈의 희태 문 열어 보면, 다친 석철(여공)을 업고서 땀과 피로 범벅인 경수가 서 있다.

경수   살려, 희태야. 살려야 해. 꼭 살려.

겁먹어 얼어붙는 희태, 문득 자기 손 내려다보면… 문고리 잡았던 손에 피범벅이고. 정신을 잃은 석철의 실루엣과 피에 젖는 바닥 영상이 혼란스럽게 뒤섞인다. 그 위로는 계속 문 두드리는 소리 들려오는데…

S#23   희태 본가 희태 방 (새벽)

눈 번쩍. 잠에서 깨는 희태, 이미 익숙한지 으… 베개에 얼굴을 묻어 깊게 한숨. 그때 방 밖에서 어렴풋이 문 노크하는 소리 들려오면

희태   (귀 파며) 어우, 몸이 허해졌나. 환청까지…
해령(E)   정태야. 문 좀 열어봐, 응?

무슨 소리지? 방 밖에서 실랑이하는 소리에 귀 기울이며 몸 일으키는 희태.

S#24   희태 본가 희태 방 앞 (새벽)

해령, 정태 방 문을 작게 두드리는데 문 벌컥! 정태, 육상훈련 단체복 차림이다. 혹여나 기남이 들을까, 시종일관 소리 죽여 얘기하는 두 사람.

정태   저 합숙할 거예요.

해령   (한숨) 나중에. 나중에, 응? 아버지 요즘 예민하셔.

정태   나중에 언제요? 내년 되면 아예 육상 못 하게 할 거잖아요. (가려면)

해령   (붙잡고 울컥) 아 어찌 이라고 애기처럼 굴어?! 니 기어이 엄니 쩔쩔매는 꼴을 봐야 쓰겄냐?

정태   왜 쩔쩔매는데요, 왜! 자꾸 이러니까 다들 첩이라 떠들잖아, 뒤에서!

해령   뭐…?!

끼익… 문소리에 흠칫 해령과 정태 돌아보면, 실수로 문소리 내고 얼음 상태인 희태.

희태   (어색하게) 저, 화장실 좀… (계속 일 보세요)

정태, 그 틈에 해령의 손 뿌리치고 1층으로 내려가 버린다.

잠시 희태 앞이라 고민하던 해령, 급히 '정태야!' 뒤따라가고…
그 모습 보는 희태.

S#25   희태 본가 주방 (낮)

희태 먼저 앉아있는 식탁에 어색하고 불편하게 앉는 해령.
쫙 차려입은 기남 식탁에 앉아 숟가락 들면, 그제야 식사들 한다.

기남   정태는. 설마 아직도 자는 거야? (숟가락 내려놓으면)

해령   학교… 갔어요. 일찍 나갔어요, 오늘.

기남   이 시간에 학교를 갔다고? 국민학생이?

해령   (둘러대느라 횡설수설) 일찍 나가더라고요, 숙제가 있다고…

기남   (미심쩍은) 숙제?

희태   (지켜보다가) 아까 나가는 거 봤는데, 숙제가 아니고요.

해령   (놀라서 희태 보는)

희태   중학교 가기 전에 미리 읽어둘 만한 책 몇 권 추천해줬어요, 제가.

기남   (불신) 네가, 정태한테?

희태   곱게 추천만 한 건 아니고, 운동만 하다간 멍청해진다고 좀 긁었
       더니, 당장 도서관 간다고 나가던데요. 아직 애는 애예요.

기남   (보다가 흥) 집에서나 애지, 난 그 나이에 사글세 벌었어. 당신도 정
       태 너무 감싸고 돌지 마. 부모 없어도 자기 스스로 살 힘은 키워
       야지.

해령   (넘어갔다, 그제야 안도하며 끄덕이고)

기남   근데 넌 요새 뭐하고 다니냐? (떠보는) 어제도 수련이 만났어?

희태　(뜸 들이다) 아뇨. 바빴어요. 어머니 지인분께 과외를 부탁받아서.

희태, 말 끝내고 미소로 해령 바라보면… 해령, 거래의 뜻 눈치채고 할 수 없이

해령　송 권사님 둘째가 고3이라… 잠깐이라도 봐 달라 사정을 해서요.

기남　(흠, 미심쩍지만) 그래도 결혼할 사인데, 안부 정돈 매일 물어야지.

희태　예. 밥 먹고 바로 연락할게요.

기남　바로는 말고, 오후쯤에 해. (심상하게 식사하면)

희태　(무슨 뜻이지? 의아하지만) 네.

S#26　수련 집 거실 (낮)

양복 차려입고 나오는 수찬, 조금 긴장했는지 '후' 심호흡하며 서류를 가방에 넣는데. 거실 소파에 파리한 얼굴로 앉아있던 창근, 급히 표정 바꾸며 일어난다.

창근　잉, 수찬이 인자 나가냐? 준비는 잘 혔고?

수찬　예. (두리번) 아 근디, 수련이는요? 설마 여즉 안 들어왔어요?

창근　…아니여. 밤늦게 왔다가, 일찍 또 나갔어.

수찬　수련이 요놈, 마주치믄 한소리 해야 쓰겄네. (보고) 근디 어디 편찮으세요? 안색이 많이 안 좋으신디.

창근　아녀. 그냥 간밤에 잠을 못 자서.

수찬　왜요. 오늘 투자 건 때문에 불안하셨소.

창근   (끄덕) 나이 먹으니 잠은 줄고 걱정만 느네.

수찬   오늘 자리 잘 풀리믄, 앞으로 숨통 트이실 거예요. 나가 사돈어른
       한티 누 안 되게 잘~ 하고 올랑께, 맘 편히 좀 쉬고 계씨요.

창근   (수찬 어깨 꾹) 그려. 니는 아무 생각 말고, 오늘 자리에만 집중해
       라잉.

수찬   (미소로) 예. 다녀올게요. 아버지.

       수찬 향해 웃어 보이는 창근, 문 닫히면 바로 근심 가득한 표정으
       로 바뀌고.

S#27   버스정류장 (낮)
       편안한 복장의 명희, 아무도 없는 버스정류장에 도착하고.
       아직 안 왔나? 어깨에 메고 있던 무거운 짐가방을 정류장 의자에
       내려놓는데.
       멀리서 '명희 씨!' 하는 목소리에 돌아보면, 소풍 가는 차림으로
       손 흔들며 오는 희태.

S#28   버스 안 (낮)
       버스 라디오에서 당시 유행하던 흥겨운 곡이 흘러나오고.
       신난 희태, 가방에서 부스럭, 뭔가를 하나씩 꺼내며 옆자리 명희
       에게 건넨다.

희태	일단은… 삶은 계란! 그리고 목 막히니까, 사이다! 입 텁텁하면 씹을 껌! 이거는 명희 씨 좋아하시는… 빠다빵! 아침에 갓 만들어진 거!
명희	(황당한 웃음) 어디 가는 줄도 모르면서, 소풍 가방 싸 왔소?
희태	명희 씨 보는 날이 소풍날이지, 뭐. 그러는 명희 씨는 뭐 싸 왔어요?
명희	(가방 안으며) 난 뭐, 별거 안 싸왔는디.
희태	뭘 안 싸 와. 바리바리 잔뜩 싸왔구만. 어디 봐요.

명희, '아니, 거시기 그냥…' 하고 가방에서 하나둘 꺼내면 죄다 올드한 취향 간식들.

희태	양갱, 옥춘… 이건 또 뭐야, 은단? 금연하세요?
명희	아니, 고거는, 멀미할까 봐…
희태	(웃으며) 명희 씨 의외로 알면 알수록, 되게 영감님 같은 거 알아요?
명희	(씨이, 뺏고) 아따 줘요. (넣으며 툴툴) 자기는 뭐 얼마나 세련됐다고.
희태	(귀여운) 아이구. 난 우리 명감탱이, 계란이나 까줘야겠다.
명희	아니 명감탱이라뇨…

룰루랄라 달걀 껍데기 까기 시작하는 희태 해맑은 모습 지켜보는 명희.

명희	희태 씬 참… 어두운 면이라곤 없어 보여요.
희태	(잠시 보다가) 좀… 비꼬는 거 같은데.

명희	좋아 보여서 말한 건데. (괜히 신경) 나 말할 때 비꼬는 거 같아요?
희태	아~뇨? (웃으며 깐 달걀 건네면서) 근데 우리 진짜 어디 가요?

S#29   사랑원 입구 (낮)

명희 앞서 걸어가고, 뒤따라오던 희태 멈춰 서서 올려다보면
입구에 '사랑원' 간판 붙어있고…
아이들 마당에서 공차며 놀다가 몇 남자애들 명희 보고는 '마녀
다!' 하며 우르르 수녀 뒤로 도망가고.

희태	방금 명희 씨 보고 한 말이에요?
명희	(대수롭지 않은) 저번에 예방접종을 해서. (수녀 향해) 수녀님!
수녀	(반갑게 다가와) 명희야! 못 오나 했는디. 한창 바쁠 때 온 거 아녀?
명희	아녜요. 별일 없으셨죠잉?
수녀	별일이야 뭐. (하다가 희태 보고) 근디 이분은 누구?
명희	아, 이짝은…

수녀에게 매달린 아이들 호기심 어린 시선 일제히 희태에게 꽂
히고. 잠시 뭐라 소개할지 고민하던 명희, 희태가 장난스레 '명희
씨 애(인)…'까지 말하자

명희	(재빨리) 의사 선생님이요.
희태	(당황) 예?!
수녀	오메, 의사 선생님이셨소? 잘됐네. 안 그려도 봐주실 아들 몇 있

는디.

희태   아뇨, 저는 아직…

명희   (O.L) 인자 막 면허 딴 따끈한 의사 쌤이에요. 들어가시죠잉.

명희 먼저 앞서서 휘적휘적 걸어가면, 희태 당황해서 급히 따라
가고.

S#30   **사랑원 사무실 (낮)**

가져온 짐가방 지익 열어 비장하게 막옷과 고무장갑 등을 꺼내는
명희.

희태   명희 씨, 저 환자 못 봐요. 말했잖아요, 저 아직 졸업도…

명희   국시도 붙었고, 졸업은 대학가요제 나가려고 미뤘담서요.

희태   (잠시 말문 막혀 보다가) 아뇨. 정말 못 하겠어요. 차라리 다른 일 시
켜주세요. 저 청소 잘하고요. 힘쓰는 일이나 애들 보는 것도 잘
하고…

명희, 희태 하는 말 듣는 둥 마는 둥 계속 짐가방 뒤적이더니 청진
기와 펜 라이트 따위 돌돌 말아놓은 간단한 검진 키트 꺼내 희태
에게 휙!

명희   치료 말고 진찰이요. 나가 뭐 수술을 하랬소? 애기들 아픈 데 없
나 간단히 검진하는 정도는 학교 다닐 때도 했잖아요.

| 희태 | (막막하게 키트 내려다보면) |
| 명희 | (떠밀며) 저는 할 일이 많아가꼬. 글믄, 애기들 부탁 좀 할게요. |

S#31　몽타주 – 사랑원 일각 (낮)

1. 막옷과 고무장갑, 장화로 중무장한 명희. 잘 안 열리는 문 낑낑
　거리며 열면, 먼지 자욱한 방치된 창고 드러난다. 막연히 보다
　가 비장하게 들어가는 명희.

2. 검진 키트 주머니 펼치는 희태, 복잡한 심경으로 청진기 집어
　들어 본다. 똑똑, 준비 다 됐냐는 듯 수녀 빼꼼하면⋯ 어쩔 수
　없이 고개 끄덕이는 희태.

3. 수녀 무릎에 한 명씩 앉혀진 채로 희태에게 진료를 받는 아이
　들. 처음엔 자신 없어 머뭇거리던 희태, 시간 지나면 온몸으로
　바둥거리는 아이들을 붙잡아서 귀를 들여다보고, '아 해보자,
　아' 하며 전투적으로 진료한다.

4. 최아아, 화장실에서 양동이의 구정물 버리는 명희. 잠시 한숨
　돌리며 화장실 한번 휘 둘러보더니, 바로 바닥을 박박⋯ 락스
　로 화장실을 청소하기 시작하는 명희.
　장난치려 다가오는 아이들 락스에 닿을까 '쓱, 저리 가!' 엄하
　게 내쫓는다.

5. 명희 청소 도구 들고 이동하다가 문득 멈춰서 창문 너머 희태 일하는 모습 보면, 평소의 희태 밝은 모습은 온데간데없고, 연신 식은땀 훔쳐내며 아이들 들여다보는 잔뜩 긴장한 모습이다. 그 모습 눈여겨보는 명희.

S#32　사랑원 뒤뜰 (낮)

벽에 기대 주저앉아있는 희태, 긴장이 풀렸는지 완전히 기진맥진해 눈 감는데.

명희　애들이 성인보다 두 배는 힘들죠?

희태, 명희 목소리에 눈뜨면 휙!
명희, 희태가 챙겨온 '빠다빵' 던지고. 평소처럼 찹 캐치할 줄 알고 던졌는데, 그대로 희태 옆으로 툭 떨어지는 빵.
'아이고오' 느릿느릿 떨어진 빵 줍는 희태 걱정스럽게 보는 명희.

명희　아따, 중노동 한 나보다 더 지치시면 어짠대? (옆에 앉아서 살피며) 괜찮아요? 아까 본께 땀도 많이 흘리시던디…
희태　(애써 멀쩡한 척 미소) 당 떨어져서. (빵 보며) 잘됐다. 마침 흙 퍼먹을까 풀 뜯어 먹을까 고민하던 찰나였는데. 역시 명희 씨, 텔레파시!
명희　(피식) 난중에 소아과 쪽은 가시믄 안 되겄네. (털고 일어나며) 글믄 남은 일들 좀 마저 하고 올텐께, 여서 쉬고 계쇼잉.
희태　어, 도와줄게요.

명희	(꾹 앉히며) 됐소! 서류작업이라 금방 끝나요. (가며) 빵 먹어, 빵.

명희 가는 모습 보는 희태, 옅게 웃고는 빵 포장 부스럭 까서 한입 베어 문다. 한입 또 베어 물려다가 옆을 보면, 한 꼬마 아이가 낯가리며 서성대고 있고.

희태	안녕. 오늘 처음 보는 친구네. (아이 시선 따라서 보면 빵) 왜, 이거 먹고 싶어? 먹을래?

아이, 눈치 보다가 끄덕이면… 귀여워, 희태 웃으며 옆에 와 앉으라고 탁탁.

S#33   사랑원 사무실 (낮)

서류철 정리하는 수녀 옆에서 주판 튕기며 서류작업 돕는 명희.

수녀	한나절 치도 몇 분이면 뚝딱이네? 역시 젊은 게 좋긴 좋아야.
명희	(농담) 아따, 젊다고 다 똑똑한가.
수녀	(웃고, 은근하게) 근디 그, 이쁜 의사 선생님이랑은 뭔 사이래? 명희니가 혜건이 선민이 말고 누구 데려온 건 첨 보는디.
명희	거, 수녀님이 뭔 남녀관계에 관심을 갖고 그라요?
수녀	(손뼉) 오메! 맞어? 남녀관계여?
명희	아니이, 생물학적으로 남자랑 여자니까 남녀관계지 그럼 뭐, (하는데)

그때 쾅! 하며 사무실 문 열리고, 수녀와 명희 화들짝 놀라서 보면 겁에 질린 얼굴의 희태, 앞 장면 아이 안고 있다. 눈 질끈 감은 채 끙끙대는 아이.

희태   명희 씨… 애, 애가, 이상해요.

S#34   사랑원 양호실 (낮)

급히 아이를 눕히는 희태. 명희가 아이를 재빠르게 살피면, 희태 패닉으로 보며

희태   (덜덜) 갑자기, 갑자기 아프다고…
명희   (차분히) 영미야, 영미야 눈 떠봐. (하다가) 혹시 뭐 먹었어요?
희태   빠, 빵이요. 아까 명희 씨가 준…
명희   (그제야 이해 가서 끄덕) 장염 때문에 금식 중이었거든요.

그때, 아이 웩 토하면 아무렇지 않게 손으로 받아내는 명희. 아이 엥 울음 터트리고.

명희   (아이 다독이며) 괜찮애, 괜찮애. 더 해도 돼. 뚝.
희태   (그 모습 얼어붙어서 보면)
명희   (닦아내며) 희태 씨. 괜찮아요. (대답 없자) 희태 씨!!
희태   (퍼뜩 보면)
명희   괜찮다고요. 큰일 아니에요. 이제 괜찮애요.

마치 주문이라도 걸어주듯 희태 눈을 보며 덤덤하게 얘기하는 명희, 그제야 하아, 물속에서 빠져나온 사람처럼 참았던 숨을 길게 내쉬는 희태.

시간 경과. 안정을 찾은 아이 잠들어 있고… 명희, 토사물 닦아낸 것들 들고 나가려면

희태   어, 제가…

명희   좀 앉아있어요. 금방 갔다올텐게. (나가면)

명희 가는 모습 보다가, 털썩 침대 옆 의자에 앉아 자는 아이 심란하게 보는 희태.

중환자실 병상 옆에서 석철을 내려보던 장면(1화 씬11)이 스치듯 떠오르고. 희태, 또다시 울렁이는 마음을 가라앉히려 애쓰는데… 어디선가 멀리 똑똑, 문 두드리는 소리 점점 가까이 들려오며 과거 회상한다.

S#35   서울 희태 자췻집 (과거-몇 달 전/밤)

똑똑 문 두드리는 소리에 희태 문 열면, 다친 학우를 부축한 경수 서 있다. 경수 멋쩍게 씩 웃고, 희태 졸린 눈으로 멍하니 보다가… 그대로 문 닫으려면.

경수   (필사적으로 닫히는 문 잡으며) 야야야!

희태   야. 인간적으로 시험 기간에는 진짜… (짜증) 병원을 가고, 병원을.

경수	알잖아. 병원 못 가서 여기 오는 거.

희태, 간절한 눈빛 보내는 경수 밉게 보다가 어휴… 문 열어주고.
시간 경과. 찢어진 상처 꿰매는 희태. 의대생답지 않게 능숙하고
거침없는 손길.

다친학우	아, 아! 거 살살 좀…
희태	지금 대학병원 가셔도 이거보다 살살 잘 꿰매주는 사람 없거든요?
경수	맞아요, 형. 얘가 울 학교 의대 에이스예요. 화타, 화타!
희태	(급 사투리) 팍씨, 주뎅일 확 꼬매벌랑게. 화타? 뭐, 수배자 전문 화타? 야매짓 하는 거 소문나서 학교 짤리면, 니가 내 인생 책임질래?
경수	책임져야지! 난 작사, 넌 작곡. 대학가요제 대상 타면 되잖아. (히)
희태	(흘기고) 대학가요제가 아니라 남산을 먼저 가게 생겼다. (다친학우 움찔!) 쓉, 봉합 중에 움직이지 마세요.

S#36　서울 희태 자췻집 앞 (과거/밤)

치료 마치고 가는 경수와 학우. 경수, 하품하며 배웅나온 희태에게

경수	(씨익 웃으며) 황희태, 넌 진짜 좋은 의사가 될 거야.
희태	(귀찮아) 가서 참가곡 가사나 써라. 야학을 빙자한 연애질 하지 말고.
경수	(당황) 야, 뭔 소리야.

희태 너 요새 쓰는 가사에 티 다 나거든? (다친 학우 뒤에 대고) 항생제는
     알아서 구해 먹어요. (돌아가며) 가. 저런 거 또 데리고 오기만 해.

S#37 서울 희태 자췻집 (과거/밤)

다른 날 밤. 전공 책 산더미처럼 쌓인 책상에 앉아 집중해 공부하
던 희태, 그때 또 탕탕탕 현관문 두드리는 소리에 집중 깨지자 으
드득… 열 받아 일어나고.
욕 한 바가지 장전한 희태 문 벌컥 열어서 보면, 악몽에서 봤던 그
장면. 피로 얼룩진 상의를 입은 채, 의식 잃은 여공을 업고서 겁에
질린 경수다.

경수 희태야. 석철 씨 좀 살려줘.

시간 경과. 여공을 방안에 눕히고 능숙하게 활력 징후를 확인하
는 희태. 희태 차분히 맥박 확인해보더니, 덜덜 떠는 경수 향해서
난감한 표정으로

희태 맥박이 느려. 출혈량도 많고. 아무래도 병원으로 가는 게…
경수 (말하면서도 미치겠다, 왈칵 울음 터지며) 병원은… 병원은…
희태 알아! 병원에 못 가니까 왔다고. (잠시 고민하다) 요 앞 의원 알지?
     문 두드리면 안에 사람 있을 거야. 내가 보냈다고 해. 아는 선
     배야.
경수 어, 어. (급히 나가려다 돌아보며) 희태야…!

희태	(보면)
경수	(간절한 눈물) 살려. 살려야 돼, 꼭.
희태	(보다가 짐짓 태연한 척) 알았으니까 빨리 갔다 오기나 해!

경수 나가면, 희태 다시 여공 맥 확인해보곤… 멈칫, 급히 호흡까지 확인한다. 헉, 바로 CPR 자세를 취하는 희태. '미치겠네, 진짜' 하며 흉부 압박 시작한다.

S#38 서울 희태 자췻집 앞 골목 (과거/밤)

경수, 온 힘을 다해 골목을 달린다. 골목 끝, 의원 위치 확인하려 잠시 멈춰선 순간.

형사	김경수.

경수, 채 돌아보기도 전에 뒤에서 덮치는 두세 명의 형사들.

S#39 서울 희태 자췻집 (과거/밤)

벌써 얼마나 시간이 흘렀는지, 달리는 사람처럼 숨차 땀 뚝뚝 흘리는 희태. 팔에서 오는 고통으로 입술 깨물면서도 CPR 계속 이어가고 있다.

희태	(압박 리듬에 맞춰) 제발, 누구든, 돌아와라, 좀.

유독 조용해 째깍대는 시계 소리까지 들리는 고요 속의 빈집.
두려움과 외로움으로 울먹이는 희태의 헉헉대는 소리만이 채워
진다.

S#40 사랑원 양호실 (낮)

다시 현재. 명희 양호실 문 열고 들어오며 보면, 고개 숙인 채 앉
은 희태 뒷모습.

명희   (일부러 더 농담) 영미 아직 안 죽었는디, 뭘 묵념을 하고 앉았대.

희태 아무 반응 없자 의아한 명희, 다가가 어깨에 손 톡 올리며
'희태 씨' 하면. 그제야 돌아보는 희태, 눈에 눈물 그렁하고. 그런
희태 모습에 놀란 명희 모습에서…

S#41 사랑원 일각 (낮)

인적 드문 곳에 나란히 앉은 두 사람. 사정 들은 명희, 안타깝게
희태를 지켜보면.

희태   저는 의사 자격이 없어요. 아픈 사람 고치고 싶어서 들어온 길인
         데… 제가 건들면 다 망가져 버려요.
명희   (가만히 보다가) 희태 씨 맘이 망가진 게 아니고요?
희태   (보면)

명희	우리는 생사를 결정하는 사람들이 아녜요. 결정은 신이 하고, 우리는 신이 그어놓은 선 안에서 최선을 다할 뿐이에요.
희태	…….
명희	그리고 동종업계 종사자로서 견해를 좀 말씀드리자면… 희태 씨는 분명히 좋은 의사가 될 거예요. 자기 마음 다 망가지도록 책임감 가지는 사람, 흔치 않거든요. (뒤늦게 덧붙이는) 비꼬는 거 아니에요.

희태, 마지막 말에 작게 웃음 터트리자 그제야 안심한 듯 따라 미소 짓는 명희.
명희 먼저 일어나서 손 내밀면… 희태, 그 손 보다가 잡고 일어난다.

S#42 사랑원 입구 (낮)

두 사람, 멀리 수녀와 아이들에게 손 흔들고 뒤돌아 나란히 걸어가는 뒷모습.

희태	아까 진찰받은 애들이 저보고 악당이래요.
명희	(픽) 오늘 겁나 열심히 했단 뜻이에요.
희태	악당과 마녀. 무슨 그룹사운드 이름 같지 않아요?
명희	아, 그, '신중현과 엽전들' 같은…
희태	(작게) 역시 우리 명감탱이…

S#43 **합숙소 앞 (저녁)**

멀찍이 차 세워두고, 차마 합숙소로 들어가지 못하고 문 앞에서
서성이는 해령.

명수, 코치 심부름으로 육상용품 들고 들어가다가 그런 해령을
알아보고

명수	정태 엄니 아니세요?
해령	(조금 놀라) 어떻게…
명수	정태 엄니 이쁘다고 아들 사이에 다 소문났는디. 정태 불러드릴 까요?
해령	(쓸쓸한 미소로 끄덕) 조용히 불러줄래? 차에서 기다린다고.

S#44 **합숙소 일각 (저녁)**

아이들 세면장 들어가서 씻는 등 분주한데, 정태 불안한 듯 복도
근처에 서있고.

명수, 그런 정태 앞으로 자연스럽게 지나가며 조용히 속삭인다.

명수	엄니 오셨다. 차로 가봐. (부러 요란하게) 코치님! 물건 찾아왔어요!
정태	(놀란 눈으로 명수 보다가, 슬쩍 나가는)

S#45 **합숙소 앞 해령 차 (저녁)**

차 뒷좌석에 타는 정태, 옆에 앉은 해령을 쳐다보지도 않고.

정태	저 바로 들어가야 돼요.
해령	(보다가) 아버지 아침에 찾으셨어. 희태 덕분에 겨우 넘어갔고.
정태	(형이? 놀라서 보면)
해령	정말 죽어도 해야겠으면… 해. 엄마가 연극을 하든, 방에 허수아비를 놓든 어떻게든 할 테니까. 그 대신 저녁마다 이렇게 별일 없나 확인하고, 아버지 찾는 날은 무조건 들어가야 해. 그 정돈 괜찮지?
정태	(끄덕이면)
해령	(짠하게 정태 머리 쓸어주며, 할 말들 삼키는) …들어가 봐.
정태	(뒤늦게 몰려오는 미안함에 고개 숙이고)

S#46   보안대 복도 (저녁)

끼익 문 열리면, 하루 사이에 피폐해진 모습으로 걸어 나오는 수련.
창근, 딸의 모습에 만감 교차해 보다가… 굳게 다문 입으로 차를 향해 돌아선다.

S#47   수련 집 거실 (밤)

수련, 먼저 집 안으로 들어가는 창근 뒤를 따라 들어가다가…

수련	아버지… (소매 잡으며) 아버지!

철썩! 수련의 뺨 때리는 창근. 충격으로 보던 수련, 이내 시선 떨구고 입 꾹 닫는다.

창근   시방 어떤 시긴디, 또 그딴 짓을 해! 가족들 보기 부끄럽지도 않냐?!

수련   가족한테 부끄러울 짓, 한 적 없어요.

창근   사돈 될 분 앞에서 애비 얼굴에 똥칠을 하고서, 그게 할 소리여?

수련   (용기 내서) 저, 결혼 안 해요.

창근   뭐? 그건 또 뭔…

수련   그간 용기가 없어 말씀 못 드렸어요. 결혼할 생각도 없고, 그런 집안이랑 엮이는 것 자체가 (하는데)

창근   (O.L) 우리 사업, 그쪽 도움받기로 혔다.

수련   …예?!

창근   까딱하믄 쓰러질 판에, 된바람 막아준단 제안을 어찌 거절하겠냐. 사방에 벼르는 놈 천진디, 딸내민 틈만 나면 화약 지고 불구덩이 뛰들고… 도대체 나한테 뭔 선택권이 있단 말여!

수련   (애원하듯) 아버지…!

창근   이미 쏟은 물이여. 오늘 니 오래비, 그짝서 다리 놔준 투자자 만났다.

수련   !!

인서트   수찬 사무실 (낮)

그 시각 수찬, 마주 앉은 투자자에게 열정적으로 사업 설명하고 있다.

수찬   이미 외국서는 기술제휴가 보편적인 방식입니다. 시방 짓고 있는 생산공장도 곧 완공 예정이라, 늦어도 올해 말엔 판매 가능할 거고요.

투자자가 서류에 서명하는 모습 지켜보다가, 기쁨으로 악수하는 수찬. 그리고 그 옆자리에 앉아 흡족한 미소로 이를 지켜보고 있는 기남.

창근(E)   공부나 하며 살고 싶다던 아도 집안 살려보겠다고 들어와 뛰댕기는디… 나야 자식새끼 잘못 키운 죄라 쳐도, 니 오래빈 대체 뭔 죄냐.

다시 현재. 창근의 말에 할 말을 잃고 바라보는 수련.

창근   이게 지금 애들 장난처럼 '나 빠지겠소' 하면 그만둘 수 있는 일인 줄 아나? 그 양반 말 한마디에 회사가 망하고 사람이 사라져부러. 황 과장이 어떤 사람인진… 누구보다 니가 젤로 잘 알 거 아니여.

수련   (오싹함으로 보고)

창근   결혼해. 딸 팔아묵냐고 욕해도 할 말 없다. 우리 세 가족 이미 호랑이 등에 올라탔고, 떨어지믄… 잡아묵히는 거여. (돌아서면)

왜 일이 이렇게 됐을까… 몰려오는 후회와 막막함에 수련 머리 터질 것만 같은데.

S#48 　명희 하숙집 근처 골목 (밤)

가로등에 불 들어오고. 희태와 함께 걷다 골목 시작되는 어귀에 우뚝 멈춰 서는 명희.

명희	여부턴 저 혼자 갈게요.
희태	왜요? 같이 가요, 바로 코앞인데.
명희	바로 코앞인께 혼자 가죠. 또 진아 보면 괜히 시끄럽고.
희태	진아 지금 한창 숙제하느라 정신없을 텐데.
명희	(웃고) 혼자 갈게요.
희태	그래요, 그럼. (마주 보며 서는) 오늘 소풍 즐거웠어요, 명희 씨.
명희	(미소로) 저도요… 진짜로 욕보셨소, 오늘.

한결 편안하고 깊어진 눈빛으로 서로를 바라보다가, 살짝 눈인사 하고 돌아서는 명희.
희태, 그 자리에 선 채로 명희 뒷모습 보며 입 모양으로 '돌아봐라, 돌아봐라…' 서너 발자국 걷다가 입술을 깨물며 잠시 고민하던 명희… 용기 내 희태 향해 뒤돈다.

희태	(놀라) 뭐야! 속으로 돌아봐라, 돌아봐라, 했는데. 들렸어요?
명희	(픽 웃고, 망설이다가 어렵게) 대답… 내일 할게요.

희태　　　(심장 쿵) 지금은… 못 해요?

명희　　　해결할 것이 남아가꼬… 내일 낮 근무 끝내고 대답할게요, 여서.

명희의 말에서 긍정의 기운을 감지한 희태, 환희 벅차오르는 표
정으로 끄덕이면. 쑥스러운지 큼큼, 다시 뒤돌아 가는 명희… 가
면서 옅게 입가에 미소 번지고.

S#49　　보안대 기남 사무실 (밤)

재떨이에 담배 비벼끄는 기남, 조사관이 건네는 서류 받아 넘겨
본다. ○○성당, ○○교회, ○○서점… 건성으로 페이지 넘기며 읽
어내려가면

조사관1　　감시대상 구역 출입자 중, 과거 체포 이력이 있는 놈들만 뽑아 만
든 리스트입니다. 그리고 이건 (봉투 내밀고) 저번에 부탁하신…

기남　　　(받고) 수고했어. 가 봐.

조사관1 인사하고 나가면, 다 본 서류 한쪽에 내려놓고 봉투의 내
용물 꺼낸다. 꿈틀하는 기남의 미간. 보면, 명희와 함께 있는 희태
의 모습 찍힌 사진들이고.
명희의 신상 뒷조사한 서류 보다가 '父 김현철' 부분에서 멈추는
기남의 눈빛에서…

S#50 **수련 집 거실 + 하숙집 거실 (낮)**

신발장을 여는 수련, 예전 맞선 때 명희에게 빌려줬던 구두를 꺼내고. 복잡한 표정으로 구두를 보는 수련 모습 위로 전화벨 소리 (E) 울리면

수련   여보세요?

명희(F)   야, 이수련! 니 그제는 어찌 된 거냐? 계속 연락도 안 받고.

수련   미안. 갑자기 일이 생겨가꼬.

하숙집 거실 전화기로 통화하는 명희, 수련의 시무룩한 목소리에 의아해서

명희   뭔 일? 뭐, 심각한 일이여?

수련   (애써 밝게) 아녀, 심각은 뭔… 왜, 어쩐 일이냐?

명희   (의아하지만) 이따가 나 근무 전에 잠깐 얼굴 좀 볼래? (전화선 배배 꼬며) 그, 너한티 쪼까 할 얘기도 있고…

수련   오늘은 힘들겠는디. (의미심장한) 나가… 선약이 좀 있어서.

S#51 **시장 안 (낮)**

입간판 세워놓고, 손수레 위에 판자 따위를 펼쳐 시계 수리하는 현철. 한쪽 눈에 확대경까지 끼고 섬세한 작업 하느라 여념이 없는데, 그런 현철 앞으로 다가서는 한 남자(얼굴은 드러나지 않고)

기남	지금 수리됩니까?
현철	(계속 수리에 집중한 채) 쪼까 걸립니다. 한 15분 정도.
기남	먼저 좀 안 되나? 빠떼리만 갈라는데…
현철	(어쩔 수 없이) 예. 주씨요.

현철, 확대경 낀 채라 얼굴 보지 않고 시계만 받아드는데 무심코 받아서 보면… '박정희' 이름 새겨진 청와대 시계고. 순간 얼어붙는 현철, 천천히 고개를 들어 시선 올려보면… 기남 서 있다.

기남	야, 이게 누구여. 현철이 형님 아녀.
현철	(보다가, 말없이 배터리 갈기 시작하고)
기남	어떻게, 잘 지내셨소? 어머닌 아직 살아계시고?
현철	용건이나 말혀.
기남	우리 사이에 뭐 용건은. 빠떼리 가는 김에 얼굴 한번 보는 거제, 고향 사람끼리. (보다가) 형님네 딸내민 요새 아주 잘 지냅디다?
현철	(멈칫, 보면)
기남	딸내미 간수 좀 허소. 인자 아도 아닌디, 나도 못 봐줍니다.

느물거리는 기남을 말없이 바라보는 현철, 이를 꽉 문다.
현철, 시계 뒤판 닫아서 기남에게 내밀고는 벌떡 일어나 좌판을 정리하기 시작한다.

기남	벌써 파하시게? (다시 시계 끼면서) 그려, 길바닥 오래 있음 안 되제. 다리도 성치 않으신디. (가는 뒤에 대고) 또 봅시다잉!

손수레를 끌며 떠나는 현철의 뒷모습 보던 기남, 비릿하게 웃으며 돌아서고. 절뚝이는 다리를 이끌고 급하게 걸어가는 현철, 경계로 기남 뒷모습 뒤돌아보고.

S#52　운동장 (낮)

바퀴 달린 간이 칠판을 운동장에 세워놓고 달리기 강의를 하는 박 코치. 아이들, 바닥에 옹기종기 모여 앉아서 박 코치의 강의 듣고 있다.

| 박코치 | 다시 말허지만, 이 육상서 질로 중요한 것이 선이여, 선! 선을 긋는 의미가 뭐겄냐. 넘지 말라는 거제. 특히 달리기에서는 넘의 선으로 껴드는 순간, 트랙이탈로 실격도 가능하다 이거야 이게. 고로, 넘의 영역에 끼어들지 말고, 본인한테 주어진 선 안에서 최선을 다해 뛰는 것! 고거이 핵심이다 이거야 이게. |

여인숙주인　(아이들 뒤로 다가오며 작게) 여 혹시 명수란 아 있냐?

명수　(돌아보며) 전데요.

여인숙주인　숙소에 느그 아버지 기다린다잉.

S#53　합숙소 앞 (낮)

옷 가방을 든 채 여인숙 근처에 선 현철, 머릿속이 복잡한지 심란한 표정이었다가 멀리서 '아부지!' 하는 명수 목소리에 퍼뜩, 뛰어오는 명수를 미소로 바라본다.

현철   자빠진다, 이놈아.

명수   (신나) 뭔일로 오셨대요? 내일 오신담서!

현철   그냥, 막둥이 보고파서 일찍 왔제. (가방 건네며) 누나는, 잘 지내고?

명수   잉. 누나야 뭐. (들떠) 아부지! 저 기록 2초나 단축됐어요! 코치님이 다음번에는 중학생 형들이랑 뛰어도 되겠다가셨고요!

현철   (숙소 쪽으로 걸으며) 뭐, 같이 지내는 아들하고는, 다 친해졌고?

명수   (대답 잠시 머뭇) 다는 아니고, 딱 한 놈만 빼고… (하다가 어?)

보면, 때마침 여인숙 쪽으로 걸어오는 정태… 현철과 명수 무표정하게 힐끗 보고. '양반은 못 되는구만' 작게 명수 투덜대면, 정태 향해 미소 지어 보이는 현철.

정태, 마지못해 현철 향해 미세하게 고개 까딱. 그대로 골목 끝 승용차로 걸어가면…

명수   (작게) 으휴, 저 느자구 없는 새끼…

현철   쓥, 친구끼리. (품에서 풀빵 꺼내) 아나. 넉넉한께 노나 먹어라잉.

명수   오메, 풀빵 아녀요?! (받아들고) 오메, 이런 거 안 사오셔두 되는디…

현철   (참나, 웃고) 고딴 말은 또 어서 배웠냐. 아버지한텐 쓰는 말 아녀.

풀빵 하나 헤헤 꺼내먹는 명수 흐뭇이 보던 현철, 멀리 아이들 소리 들려오면 품에서 회중시계 꺼내 시간 확인하고 다시 넣고… 그 모습 지켜보는 명수.

현철   아버진 슬슬 갈란다.

명수	벌써요? 우리 코치님도 좀 보고, 저 지내는 방도 보고 가시제.
현철	봐서 뭐이 좋다고. (엉덩이 툭) 싸게 들어가. 아 언능.

합숙소로 명수 억지로 들여보내고서야 돌아서서 절뚝이며 걸어
가는 현철. 합숙소 문 다시 열어 고개 빼꼼, 떠나는 아버지 뒷모습
바라보는 명수.
마침 훈련 마치고 골목으로 들어오던 아이들, 엇갈리듯 지나가는
현철 모습 구경하고.

S#54 합숙소 일각 (낮)

훈련 마친 아이들, 복도 뛰어다니며 놀기도 하고 로비에 모여 떠
드는 쉬는 시간.
명수, 같은 방인 진규와 성일에게 풀빵 봉지를 들고 다가가 밀수
품처럼 슥 내보이면.

진규	(눈 반짝) 뭐여, 풀빵 아녀?!
명수	(쉿! 손짓하며 작게) 딴 아그들 보기 전에, 방에 들어가가꼬 묵자.
성일	정태 형님도 불러올까요?

명수 힐끗 보면, 멀찍이 떨어진 곳에 앉아 육상화 끈 새로 고쳐 묶
는 정태 모습. *끄응…* 부를까 말까, 잠시 고민하던 명수 '그냥 우
리끼리…' 말하려던 순간, 깔깔깔!! 자지러지는 아이들의 웃음소
리가 한편에서 들려와 고개 돌려 보면 육상선수 한 아이, 아이들

앞에서 과장되게 절뚝이며 우스꽝스러운 표정과 몸짓.

육상1   야, 어떠냐. 아까 본 그 아재랑 똑같제?
육상2   아따, 배 찢어지겄다. 아야, 한 번만 더 해봐 봐.

그 모습에 심장 철렁 내려앉는 명수, 어찌할 바 모르고 굳어서 바라보다가… 정태와 눈이 딱 마주치면, 좀 전에 현철과 자신을 보고 지나가던 정태 떠오르고. 멋모르고 따라 웃는 진규와 성일 옆에서 명수, 혼자 말없이 불안한 시선 떨구는데…
그 순간, 끈 묶던 신발을 툭 던지더니 육상1에게 달려들어 주먹 날리는 정태! 명수와 아이들, 놀란 얼굴에서…

S#55   호텔 커피숍 (낮)
편안한 복장의 희태, 직원 안내받아 커피숍 안으로 들어가면…
예전에 희태 앉았던 자리에 정장 차림으로 앉아 기다리고 있는 수련.

희태   (종업원에게) 맥주 한 잔 주세요.
수련   …녹차요.

종업원 주문받고 가면, 희태 자리에 앉으며 수련 옷차림 낯설게 본다.

희태	또 여기서 맞선 보냐?
수련	보겠냐?
희태	오늘은 티격태격할 시간 없으니까, 바로 본론부터 얘기해.
수련	…어제 보안대에서 니 아버지 만났어. 협박하더라? 약혼하라고.
희태	(대수롭지 않게) 우리 아버지 특기야. 그래서?
수련	우리 집 사업에 느그 집안 관여하게 된 거… 니도 알고 있었냐?
희태	…알았겠냐? (골치 아픈) 말했지, 상황 더 심각해지면 발 못 뺀다고. (한숨) 그래서, 어쩔 생각인데?
수련	(망설이다가 마음 다잡고) 우리 공장, 한 달 후에 완공이래. 그때까지만… 지금 관계 유지허자. 그 이후엔 니 하라는 대로 할게.
희태	(끄덕이며) 완공되면, 공장 잘 돌아갈 때까진 약혼도 해야겠네. 사업 자리 잡아야 하니까 결혼도 좀 하고. 의외로 철저한 자본주의자셨네?
수련	비꼬지 마라. 나도 환장하겠으니까.
희태	그럼 안 꼬고 말할게. 싫어.
수련	싫다고? 글믄… 우리 집은, 우리 가족은?
희태	그렇게 다 내 탓인 것처럼 말하지 마. 니가 자초한 일이잖아.
수련	(눈가 그렁해지고) 황희태…!

때마침 종업원 맥주와 차를 서빙 하면, 그사이 울컥한 감정 추스르는 수련. 그런 수련을 보는 희태도 마음 편치 않고… 차분하고 덤덤하게 얘기한다.

희태	솔직하게 밝히고, 책임은 반반. 나도 아버지한테 깨지는 건 감수

할 테니까, 너도 네 몫 감수해. 당장 모면하자고 선은 넘지 말자, 우리.

수련 ……

희태 (슥, 맥주잔 밀어주며) 같이 무릎 꿇을 사람 필요하면 연락하고.

희태, 일어나서 떠나면… 수련, 그 자리에서 뽀글뽀글 올라오는 맥주 거품 본다.

S#56 합숙소 복도 (저녁)

점호하고 걸어오던 박 코치, 두 팔 들고 벌서는 정태 보며 혀 차고.

박코치 저저, 독한 새끼, 저거. 아주 얼굴색 하나 안 변하고 들고 있네 잉… 황정태 니, 한 번만 더 합숙소에서 주먹질했다가는… 퇴소조치가 아니라, 선수자격 박탈이여. 알겠냐? (쯧) 가서 씻쳐.

S#57 합숙소 세면실 (저녁)

아무도 없는 세면실에 정태 세수하고 있으면… 슬그머니 다가가는 명수.

명수 니 왜 그랬냐?

정태 (보는)

명수 아까, 가 왜 때렸냐고.

정태   그냥, 꼴 보기 싫어서.

명수   (울컥) 성격 참말로 요상시럽네잉. 니 아까 코치님 말씀 못 들었
      냐? 선을 넘지 말라자네. 뭐단다고 넘의 선에 껴들어가꼬 손해를
      봐야?

정태   (보다가) 너 아까 코치님 말씀 끝까지 안 들었지?

명수   뭐?

정태   장거리 달리기는 예외라 선 안 지켜도 된대. 그때그때 선을 넘나
      들어야 진짜 잘 뛰는 거라고. 근데 우린 천 미터잖아.

      명수, 뭉클해서 정태 보다가… 다시 새침하게, 휴지로 싼 뭔가를
      툭 건넨다.

명수   이빨 닦기 전에 묵어라. (들어가는)

      정태, 휴지 펼쳐서 보면… 풀빵 두어 개. 피식, 풀빵 보다가 한입
      앙 베어 문다.

S#58   **광주병원 수납처 (저녁)**
      수납처 직원 서류 확인하며 계산기 두드리고 있으면, 앞에 서서
      지켜보는 희태.

수납직원   장석철 환자 이송할 응급차는 서울서 사설로 하신다고요잉?
희태   예. 그쪽도 이미 결제했습니다.

수납직원　　(서류와 영수증 내밀며) 전원 일자에 차질 없이 이송해주시고요잉.

희태　　　　(받고서) 그럼… 다 된 건가요?

수납직원　　(어리둥절) 예. 처리 다 끝났습니다.

그간의 감회에 젖어 손에 든 서류와 영수증을 바라보는 희태.

희태(Na)　　야, 군바리. 또 나다. 희태.

S#59　　**길거리 (저녁)**

희태, 길거리 우체통에 기대고 서서 끄적끄적 신나서 편지 쓰는
모습 위로…

희태(Na)　　너의 사랑 석철 씨는 곧 광주로 이송 예정이니, 보고 싶다면 이제
광주로 찾아오도록! 너 인마, 이 형님이 얼마나 애썼는지를 알면
답장 안 하고는 못 배길 거다.

편지 써 내려가다가 문득, 감정에 젖어 잠시 펜을 멈추는 희태. 다
시 끄적인다.

인서트　　**병영 일각 (저녁)**

홀로 앉아 수첩을 펼쳐보는 경수, 홍 병장이 찢어놓은 페이지의
흔적을 매만지고…

희태(Na)　이 이송이 널 군대에서 꺼내줄 수도, 누워있는 석철 씨를 일으킬 수도 없겠지만, 그날에 멈춰선 우리에겐 조그만 진전이었으면 좋겠다.

다시 길거리. 편지를 봉투에 담고, 우표에 침을 묻혀 봉투에 꼭꼭 붙이는 희태 모습.

희태(Na)　나도 이제는 그날 그어놓은 선에서, 한 발짝씩 나아가보려고.

우체통에 편지를 넣고, 흡족한 미소를 짓는 희태.

S#60　거리 (밤)

잘 차려입고서 명희를 만나러 가는 희태, 꽃집 앞에서 걸음을 늦추고. 꽃집 앞에 진열된 꽃들을 손끝으로 만져보며, 명희 생각에 미소 짓는 희태.

희태(Na)　추신. 전에 경수 니가 그랬지. 내가 가사를 못 쓰는 건, 사랑을 몰라서라고. 이제 나도 한번 써볼까 해. 도와줄 사람이 있거든.

S#61　광주병원 앞 (밤)

퇴근하는 명희, 손목시계 보면서 '늦겠다' 서둘러 나가다가 어? 눈 가늘게 뜨며 보면, 병원 입구에 기대서 서 있는 수련의 모습.

명희	야, 수련아! 여즉 나 기다린 거여? 뭔 일이여?
수련	(애써 미소) 잠깐 얼굴 보고 갈라고.
명희	안 그래도 늦게라도 봐야 하나, 전화를 해야 하나 고민하고 있었는디…
수련	왜? 뭐 할 얘기 있어?

명희, 수줍게 '실은…' 하며 얘기 꺼내는데, 소리 멀어지다 아예 뮤트 되고. 명희 얘기 듣는 수련 얼굴만 클로즈업, 애써 웃던 표정 점점 굳어지는데… 수줍게 얘기하던 명희, 듣는 수련 표정 심상치 않음을 느끼고 멈추며.

명희	(의아한) 수련아. 괜찮냐? 왜 그래. 응?

S#62 명희 하숙집 근처 골목 (밤)

약속한 골목에서 두근두근 꽃다발 들고 선 희태, 멀리 보이는 명희 모습에 활짝 웃고.

희태	(꽃 허리춤에 숨기며) 명희 씨.
명희	(감정 읽히지 않는 표정, 말없이 희태 보면)
희태	(얼른 얘기하라는 듯 초롱초롱 보면)
명희	(어렵게 입 여는) 희태 씨…
희태	네!
명희	(보다가) 수련이랑… 약혼해줄 수 있어요?

예상치 못한 명희의 말에 웃음기 가시며, 점점 얼어붙는 희태 모습에서…

4화 END

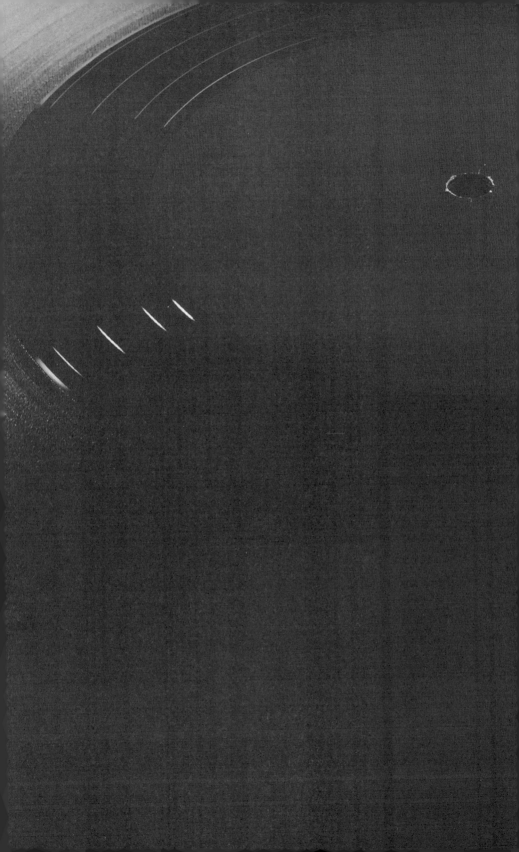

제5화

괜찮은 여자

S#1 **몽타주 ('괜찮은 명희'의 역사)**

1-1. 보안대 조사실 (과거/낮)

고등학생 명희, 헝클어진 머리와 입술 터져있는 초췌한 모습으로 보안대 조사실 테이블에 앉아있고. 굳게 입 다문 명희 앞에 앉는 조사관1.

조사관1   어떻게, 아버지랑 얘기는 잘했고?

명희 말없이 조사관1 바라보면… 옆에 선 조사관2, 들고 있던 서류철 따위로 '이게 어디서, 눈을, 치켜뜨고' 하며 사정없이 명희의 머리를 내리친다. 이미 수없이 반복된 상황인지 건성으로 손 내젓는 조사관1, 조서 따위 내밀며

조사관1	불법선전물 제작 및 불법부착. 전부 혼자 계획한 거, 인정하지?
명희	(고였던 분한 눈물 흐르고, 꾹 다물었던 입 여는) …예.

1-2. 교무실 (과거/낮)

당혹스러운 표정의 교사, 자퇴서 봉투 들고 입가에 피딱지 않은 명희 걱정스레 보며

교사	딴 사람도 아니고 명희 니가 자퇴라니… 참말로 후회 없었냐?
명희	(영혼 없고) …예.

1-3. 광주병원 응급실 (과거/낮)

간호사들끼리 '진짜야. 말해봐, 괜찮다니까?' 소곤대다가, 민주 등 떠밀려서 무표정하게 차트 작성하고 있는 명희에게 다가가 묻는다.

민주	저, 나가 집에 일이 있어서 그란디, 괜찮으면 토요일 근무 좀 대신…
명희	(O.L, 심상한) 예. (다시 차트 적고)

1-4. 명희 하숙집 근처 골목 (밤/4화 엔딩에 이어)

귀를 의심하는 표정의 희태, 명희를 빤히 바라보다가… 확인하듯 되묻는다.

희태	그러니까, 이수련이랑 내가 약혼을 했으면 좋겠다고요?

명희   ···예.

자신을 보는 희태의 시선에 마음 다잡으려 애쓰는 명희 표정에
서··· 타이틀 오른다.

[Track 05. 괜찮은 여자]

S#2   명희 하숙집 근처 골목 (밤)

잠시 할 말 잃고 보던 희태, 심란한 마음 다잡고 최대한 차분하게
말한다.

희태   명희 씨가 왜··· 내가 약혼하길 바라는데요?

명희   수련이네 사업, 희태 씨네 집안도 엮였다고 들었어요. 혹시라도
            공장 설립 차질 생기믄···

희태   (O.L) 아니 이수련 말고, 명희 씨 이유요. 혹시 창화제약 투자하셨
            어요? 그거면 인정하고.

명희   수련이, 제 친구니까요.

희태   아. 나는 아무것도 아니고?

명희   (보다가) 저한테 수련이··· 희태 씨한테 경수 씨 같은 존재예요.

희태   (멈칫, 보는)

명희   옆에서 말려도 모자랄 판에, 제가 괜히 부추겨갖고 이 지경까지
            왔어요. 저 땜시 수련이네 집 잘못 되믄··· 두고두고 괴로울 거 같

애요.

희태   내가 약혼해도… 괜찮아요, 명희 씬?

명희   (하고 싶은 말들 꾹 삼키고) 예.

긴 한숨을 내뱉는 희태, 애써 태연한 척하는 명희 표정 복잡한 눈빛으로 훑다가…

희태   (뭔가 마음먹은 듯) 알겠습니다.

명희   예? 알겠다는 게…

희태   명희 씨 뜻, 잘 알겠다고요. 그럼. (꾸벅하고 돌아서면)

명희   (잡으며) 잠깐, 잠깐만요. 이러고… 가신다고요?

희태   왜요? 뭐 더 하실 말씀 있으세요?

명희   (말문 막히다 겨우 꽃 가리키며) 그거, 그. 그건 뭔데요.

희태   이거요? 제 건데요. (꽃 내밀고) 드릴까요? 원하신다면.

명희   (꽃 보다가, 마음 누르듯 고개 저으며) 아뇨… 괜찮아요.

희태   그래요. 꽃이 아니라 금은보화라도, 원하지 않는 사람한테 억지로 줄 수는 없는 거니까. (다시 꽃 거두고) 그럼, 들어가세요.

희태 뒤돌아 가면, 차마 잡지 못하고 가는 뒷모습 바라보는 명희.

S#3   명희 하숙집 안쪽 마당 (밤)

터덜터덜 걸어와 방으로 향하던 명희, 평상 위에 놓인 기타 보고 멈칫한다.

희태(E)　　나랑 딱 오월 한 달만 만나볼래요?

심란하게 기타 보던 명희, 손가락 끝으로 기타 줄 괜히 튕겨보며… 회상에 잠긴다.

인서트　　**광주병원 앞 (회상/밤 – 4화 씬61에 이어)**
수줍게 수련에게 마음을 고백하는 명희.

명희　　그래서 말인데 나, 황희태 씨랑 만나볼라고. 니한테 먼저 얘기하는 게 도리 같아서… (수련 표정 보고 놀라) 수련아. 니 왜 그러냐? 응?

수련　　명희야, 나 어떡해… (안겨서 우는) 우리 집 인자 어떡하냐.

시간 경과. 사정 들은 명희, 울고 있는 수련을 다독이지만 머리가 복잡한데…

수련　　(간절한) 명희야… 니가, 니가 한 번만 황희태 설득해주면 안 되겠냐?

명희　　(난감) 이미 희태 씨가 싫다고 했담서, 나가 어떻게…

수련　　명희 니 부탁은 들어줄지도 모르잖애. 한번 얘기만 해줘, 응? 약혼 못 하면… 나 하나 땜시 울 아버지, 오빠까정… (울컥) 제발, 명희야.

명희　　(망설이다가… 결국 끄덕이는)

다시 하숙집의 명희, 싱숭생숭하게 기타 만지다가 평상 옆에 세
워놓고 들어간다.

S#4   수련 집 전경 (아침)

S#5   수련 집 앞 (아침)

대문 앞으로 나와서 배달 온 신문 재빨리 집어 들어 보는 수련.

'連行學生즉각 釋放토록'•이라는 헤드라인 읽으며 (자막 : 연행
학생 즉각 석방토록) 잠시 서서 기사 보다가, 계속 심각하게 신문 읽
으며 다시 안으로 들어가려는데…

희태(E)   아침부터 시국에 관심이 많으시네.

들어가려던 수련, 목소리에 설마 해서 돌아보면… 희태 서있고!

희태   (하나도 안 좋은 표정) 좋은 아침.

수련   (경계) 황희태… 여긴 뭔 일이냐?

희태   너희 아버님 뵙고 할 얘기가 있어서.

수련   니가 우리 아버지랑 할 얘기가 뭐가 있는데?

희태   알잖아, 무슨 얘긴지. 들어가도 되지? (들어가려면)

• 1980년 5월 7일자 경향신문

수련	(막으며) 어딜 들어와. 나가 알아서 해결한다고! 그냥 좀… (하는데)
수찬(E)	아따, 또 사랑싸움이냐?

수련과 희태 보면… 운동 겸 약수터에서 물 떠온 수찬, 이마에 땀 훔치며 웃는다.

수찬	하이튼간 아침부터 힘들도 좋다잉. 들어가자. 온 김에 식사하고 가.
수련	(안돼! 그냥 가라고 희태에게 사인 보내는데)
희태	저, 식사보다도… 드릴 말씀이 있어서 왔습니다.

드릴 말씀? 수찬 의아하게 보면… 망했다. 수련, 체념으로 희태 노려본다.

S#6   수련 집 거실 (낮)

희태의 이야기를 듣기 위해 소파에 둘러앉은 수련네 가족들.
창근은 조금 긴장해서 희태 눈치 살피고, 수련은 이미 죄인처럼 고개 떨구고 있다. 영문 모를 수찬만 어리둥절, 가운데서 과일 깎으면서 묘한 분위기를 살핀다.

수찬	(희태 향해 과일 접시 내며) 잉, 들어요.
희태	이른 시간에 불쑥 찾아와 죄송합니다. 그래도 상황을 정리하려면, 최대한 빨리 말씀을 드리는 게 나을 것 같아서요.
창근	(긴장) 그려… 저, 무슨 일인가?

희태	(어색 웃음) 이게 참, 어떻게 얘기를 시작해야 할지… 일단 두 집안이 엮인 중대한 일에 저희 멋대로 행동해 죄송하단 말씀 먼저 드립니다.
수련	(조마조마 보는)
희태	애초에 수련 씨 뜻으로 시작된 일이라… 아버님과 형님껜 수련 씨가 직접 얘기하길 기다렸는데. 영 말할 기미가 안 보여서 제가 하려고요.
수련	(못 참아) 황희태, 니 진짜…!
희태	(O.L) 약혼하겠습니다. 저희 둘.

놀라는 창근과 수찬의 표정. 그리고 가장 놀란 수련, 희태 토끼 눈으로 보면… 동요 없이 덤덤한 희태, 수련 향해 '앉지?' 눈짓하고.

S#7   명희 하숙집 거실 (낮)

명희, 기타 들고 와서 거실 한편에 고이 세워두면… 진아 기타 보고서

진아	이잉? 한참 찾았는디, 고게 어디 있었대?
명희	안쪽 마당에.
진아	마당? (쳐보곤 감동) 어, 뭐대! 희태 오빠 언제 튜닝해놓고 가셨대~

그때 거실에서 전화벨 울리면, 다가가는 명희 혹시나 하는 기대감으로 수화기 든다.

| 명희 | …여보세요? |

S#8　음악다방 (낮)

딸랑, 문 열고 다방 안으로 들어가는 명희. 눈으로 가게 안 훑으면… 의기소침해서 자리에 앉아있던 수련, 소심하게 손들어 '명희야' 한다.

시간 경과. 두 사람 앞에 각각 커피와 쌍화차 놓여있고. 명희, 수련 말에 보며

명희	(내심 놀라) …하겠대?
수련	잉. 이게 다 명희 니 덕이여. 고맙다.
명희	(괜히 쌍화차 저으며) 고맙긴. 난 그냥 얘기 꺼낸 거밖에 없는디.
수련	진짜로 고마워. 명희 니 아녔으믄… 약혼이 아니라 초상 치를 뻔했다.
명희	근디 수련이 닌… 괜찮냐? 대공과장 아들이랑 엮이믄 안 된다고 맞선도 피했는디, 약혼이면… 학교고 주변 사람들 죄다 알게 될 거인디.
수련	(쓸쓸) 별수 있겠냐. 나 꼬리 붙었잖애. 요새같이 중대한 시기에 괜히 나랑 엮였다가, 딴 아들도 원석이 형처럼… 위험해질지도 모르니까.
명희	(끄덕이며, 계속 쌍화차 저으면)
수련	(눈치 살피고) 미안해. (부러 밝게) 나가, 느그 둘 다시 만나게 어떻게든 도와줄게. 나 가한티 마음 일절 없는 거 알제? 약혼은 그냥

형식적인 거여. 요번 일만 수습하고 고이 돌려줄랑께, 기운 좀 내
봐야.

명희 아, 됐어. 물건도 아니고 돌려주기는 무슨. (휘적) 뭐 언젠 내 거
였나.

수련 에에? 내숭은. (연기 톤) 수련아. 나… 황희태 씨를 사랑하게 돼부
렀어.

명희 (화끈) 나, 나가 언제 고딴 식으로 말했냐!

수련 알았웅께 노른자 좀 고만 조사. (웃고 봉투 꺼내며) 참 그리고, 요거.

명희 뭔디? (봉투 안 보면, 지폐들이고. 내려놓으며) 야…

수련 약속한 비행기 푯값. 나가 너무 늦었제.

명희 (복잡한 마음으로 봉투 보면)

수련 왜, 타이밍이 쪼까 그냐? 이번 일이랑 상관없이 약속한 돈이잖애.
아이, 받어. 니 싸게 유학 준비 마저 해야제.

명희 (한참 보다가, 봉투 가져가며) 고맙다.

S#9 수찬 사무실 (낮)
응접실 소파에 마주 앉아 하하 웃는 창근과 기남.

기남 뭔 수를 써도 부모 뜻대로 안 된다는 게 자식 혼사라던데, 저들끼
리 좋다 하니 뭐, 손 안 대도 탄탄대로네요.

창근 (웃고) 그러게 말입니다. 그나저나, 식은 언제쯤이 좋을지…

기남 뭐, 결혼식도 아니니 신속하게 치르죠. 이번 주말 어떠십니까?

창근 (좀 빠른데?) 아… 글믄 집안사람들만 간단히 모셔야겠네요잉.

기남	아뇨. 귀한 분들은 다 초대해야죠. 경사는 북적여야 맛 아닙니까.
창근	예에… 글믄, 즈이 집에서 올리시죠. 식은 제가 다 준비하겠습니다잉.
기남	아, 장소라면 제가 따로 봐둔 연회장이 있습니다. 거기로 하시죠.
창근	(당황) 아… 딸아이가 즈그 엄니맹키로 집에서 올리고 싶어 해가꼬.
기남	아무래도 집은 제약이 많지 않겠습니까. 귀한 손님들 모시는 자린데, 부족함 없이 대접해야죠. 연회는 저희 쪽에서 다 준비하겠습니다.
창근	글믄, 일단 아들 의견도 좀 들어보고 나서…
기남	(O.L) 참. 내일 약정국•에는, 아드님이 인가받으러 가나요?
창근	(조금 놀라) 아, 예…
기남	제약허가는 아마 문제없이 날 겁니다. 제가 워낙 창화제약 얘길 귀에 박히게 해대서… 혹시 모르니 약무과장한테 한 번 더 연락해두겠습니다. (말하고서 웃는) 너무 오지랖인가요, 제가?
창근	아따, 오지랖은요. 이거 뭐, 어찌 감사를 드려야 할지…
기남	한 식구 되는 사이에 감사는요. (재킷 단추 잠그며) 그럼, 식 준비는 되는 대로 서둘러보겠습니다. 아, 나머지 예물이나 예복은 사장님 뜻대로 편하게 진행하시죠.
창근	(어쩐지 찜찜하지만, 미소로) 예… 그러시죠.

• 보건사회부 약정국. 보건복지부 약무정책과의 전신前身

인서트   **카메라 프레임 속 명희 (저녁)**

희미했던 초점 맞으면, 여권 사진을 찍으려 앉아있는 명희. 긴장한 표정이다.

선민(E)   살짝 오른쪽으로, 쫌만 더. 고개 쪼까 숙이고. 아니 아니, 너무 숙였다.

명희   (불신) 찍을 수 있는 거 맞냐?

선민(E)   나 못 믿냐? 어어, 고대로! 찍는다잉. (하다가) 아야 쪼까 웃어 봐야. 아니, 꼬운 표정 말고… 쫌, 좋아하는 사람 떠올리는 거마냥 있잖애.

그 말에 명희, 잠시 당황했다가… 자연스러운 미소 은은하게 떠오르면, 찰칵.

S#10   **혜건네 사진관 (밤)**

인화된 여권 사진을 재단기로 자르는 선민. 명희, 사진 한 장 들어 신기하게 보면서

명희   맨날 혜건이 아버지 졸졸 따라댕기더니, 서당개도 풍월을 읊긴 읊네.

선민   카메라 만진 거 아시믄 서당개 쫓겨난다잉. (사진 보며 크) 친구 잘 둔줄 알어. 시내 사진관 다 돌아봐라. 인화만 최소 이틀은 걸렸을걸?

명희	(웃고) 고맙다.
선민	그나저나, 여권을 만들러 간다는 것은… 비행기 표, 해결됐나 보네?
명희	(끄덕이고) 수련이.
선민	이수련? 빌렸어? 손 벌리기 싫다드만.
명희	(말하자니 복잡하고) 그냥… 그렇게 됐다.
선민	(샐쭉) 가도 양심은 있나 보네잉. 야, 잘혔어! 니 괜히 갚는다 어쩐다 깝치지 말고 꿀꺽해라잉. 위자료다 생각하고.
명희	뭔 위자료?
선민	고등학교 때 일 말여. 솔직히 그때 니가 독박 안 썼으믄, 시방 이라고 여권 만들고 있겄냐? 가처럼 여서 대학 가고, 떵떵거림서 살았겄제.
명희	왜 자꾸 그 소리여? 그때 일은 수련이랑 상관 없당께.
선민	(비꼼) 그러믄요~ 수련 아씨랑은 일절 관계없는 자발적인 선택이지라.
명희	박선민.
선민	아, 시끄러. 이거나 갖고 가. (여권 사진 담긴 작은 봉투 툭)

S#11 명희 하숙집 근처 골목 (밤)

명희, 봉투에서 여권 사진 한 장 꺼내 보며 선민의 말을 떠올리며 걷는다.

선민(E)	보는 나가 속이 터져 그런다. 야물딱진 척, 센 척은 혼자 다 하는 년이 꼭 중요한 순간엔 다 떠안고, 다 퍼주고… 뺄도 읎냐, 니는?

괜히 생각 많아지는 명희, 다시 사진 들여놓으며 고개 들면 멈칫!
맞은 편에서 걸어오던 희태와 골목 앞에서 딱 마주치는 명희.
명희 잠시 희태 보며 어… 하는데, 새침하게 먼저 골목으로 들어
가는 희태.

S#12   명희 하숙집 앞 (밤)

앞서서 하숙집 대문 앞으로 향하는 희태 따라 걸어가는 명희, 희
태 뒤에 대고

명희	인자 인사도 안 하시게요?
희태	(돌아보며) 앗. 인사할 겨를이 없었네요. 제가 약혼 준비로 너무 바빠서 그만. (부러 태연하게) 안녕하세요.
명희	얘기 들었어요. 약혼, 해주신다고… 고마워요.
희태	(보다가) 고마운 거 말고… 다른 건 없어요?
명희	…미안해요. 싫은 일 부탁해서.
희태	나한테 고맙고 미안한 거 말고. 명희 씨 마음을 묻는 건데. (다가가서며) 명희 씨 기분이 좋은지… 싫은지.
명희	(말없이 보면)
희태	싫다고 한마디만 하면, 멈출 수 있어요. 지금이라도.
명희	…곧 갈 사람이잖아요, 저는.
희태	(보면)
명희	수련이랑 희태 씬… 쭉 살아야 하고요. 저 잠깐 좋자고, 문제 만들고 싶지 않아요.

혹여 진짜 감정이 새어 나와버릴까, 굳게 다문 입으로 희태를 바라보는 명희. 그런 명희의 표정을 샅샅이 살피듯 꼼꼼히 눈으로 훑던 희태.

희태　　(작게) 이런 식으로 참으시는구나.

명희　　예?

희태　　(다시 새침) 그럼 전 이만 들어가 보겠습니다. 과외를 해야 해서. (하고는) 아, 한 30초 있다 들어오시겠어요? 이제 저랑 약혼할 분의 친구분 되시는데… 같이 들어가면 좀, 부적절해 보일 수도 있잖아요?

명희　　(황당하게 보면)

희태　　(도발) 왜요. 싫으세요?

명희　　(찌릿 보다가) 아뇨. 30초가 딱… 좋겠네요.

흥… 새침한 표정으로 대문 열고 들어가는 희태. 명희, 허… 보는데.

S#13　명희 하숙집 광규 방 (밤)

심통 난 희태 방에 들어오면 영문 모르는 진아, 레코드판 들고 졸졸 따라가며

진아　　오빠, 오빠! 오늘 들을 노래는 제가 미리 선곡해봤는데요!

희태　　(앉으며 건조하게) 난 공부할 때 노래 안 들어.

진아	(어리둥절, 장난으로 알고 헤헤 애교로) 에헤이~ 음악은 곧 뭐다?
희태	앉아… 진도 달려야 해.
진아	아이~ 저는 수학을 잘할 수밖에 없는 운명이람서요. 즐겁게, 즐 겁게…
희태	즐겁게? 즐거운 팔굽혀펴기 봤어? 수학은 근력운동 같은 거야. 요 행 없어, 한 만큼 결과 나오는 거라고. (빤히) 뭐해? 숙제부터 꺼내.
진아	예. (이거 뭔가 아닌데… 얼떨떨, 기합 잔뜩 들어가 책 펼치고)

S#14   수련 집 거실 (밤)

수찬, 수련, 창근 거실 소파에 앉아 이야기 나누고 있다. 수찬, 얘
기 듣고 놀라서

수찬	이번 주?! 아따, 너무 빠른 거 아니요? (메모지 보며) 오메, 장소는 뭘 또 이라고 큰 델 잡았대? 결혼식도 아닌디… (수련에게) 아야, 닌 괜찮냐?
수련	(말없이 끄덕이면)
창근	암튼 그리 됐응게, 고거 고대로 신문에 광고 좀 실러라잉. 친지분 들한테도 미리 연락 좀 돌리고. (가보란 듯) 언능.
수찬	예… (메모지 들고 가면)

수찬이 방으로 들어가고 나서야 창근, 말없이 앉아있는 수련 가
만히 보다가

창근	시방 침묵시위 허냐?
수련	(뚱한 표정으로 끄덕이면)
창근	(픽, 생각 많아지는) 왜, 니 보기에는 아버지가 실수하는 거 같어?
수련	(진심 어린 표정으로 끄덕이는)
창근	글믄, 이번 한 번만 아버지 실수 받아줘. 아버지가 부탁할게.
수련	(복잡한 감정으로 보는)

S#15 수련 집 수련 방 (밤)

수련, 학생운동 관련 물건 모아뒀던 자신의 비밀 서랍을 감회에 젖어 들여다보다가 노크 소리에 서랍 닫으며 돌아보면, 머그컵 두 개 들고서 들어오는 수찬.

수찬	아나. (내밀며) 니 너무 들떠가꼬 잠 못 잘까 봐.
수련	(참나… 받아서 한 모금 마시다가 수찬 힐끔) …오빠.
수찬	응?
수련	오빠 사업 왜 해? 공부 더 하고 싶담서. 박사까지 하고 싶다고.
수찬	(실없다는 듯 웃으며) 아따, 어찌 사람이 하고 싶은 것만 하고 살어.
수련	왜? 오빠가 하고 싶은 것만 하고 살믄, 나도 그럴 수 있잖애.
수찬	아버지… 보기엔 정정해 보여도… 속은 그러지 않애. (애써 밝게) 나 하나 좋으믄 그게 뭔 소용이냐. 난 우리 가족… 아버지, 니, 나, 이렇게 셋이 행복한 것이 제일이여. 그거믄 돼, 나는.
수련	(수찬의 말에 마음이 복잡하고, 글썽이면)
수찬	이잉? 눈이 어째 촉촉하다잉? (놀리는) 니 울라고? 왜?

수련   아따 울기는, 김 맺힌 거여! (후우) 펄펄 끓기가 뭔, 용광로여 그냥!

S#16   희태 본가 정원 (밤)

정원 테이블에 앉아 약혼식 초대명단 확인하는 기남. 대문 열리는 소리에 보면, 과외 마친 희태, 정석 따위 옆구리에 끼고 들어오는 모습.

기남   이제 들어오냐?

'깜짝이야…' 심장 부여잡는 희태, 이리와 앉으라는 듯 기남이 고개 까닥하면 다가가 기남 옆 의자를 슥 끌어다 앉는다.
기남, 권하듯이 희태에게 담뱃갑 내밀면

희태   떠보시는 거죠? 저 진짜 끊었습니다.

기남   (픽 웃고, 자기 담배 하나 꺼내며) 불.

희태   (주머니 뒤적뒤적… 성냥갑 꺼내면)

기남   저번에 내가 준 라이터는 어쩌고.

희태   (또 뒤적) 어디 있을 텐데. 아이, 불만 잘 붙음 됐죠. 붙여드릴까요?

께름한 기남, 그냥 달라고 손 내밀면… 성냥갑 채로 건네는 희태. 기남 받아서 살펴보면, '차와 음악… ○○다방'이라 적힌 음악다방 판촉 성냥이고.

기남	(피식) 음악다방… 피는 못 속이는구만.
희태	어머니 핀데 어디 가겠어요. 제가 또 외탁이라.
기남	(성냥갑으로 테이블 툭툭 치며) 오늘 보니 꼭 그렇지도 않아. (보고) 약혼, 성사 잘했다. 수고했어.
희태	(애써 미소 짓고) 수고는요. 그럼… (일어나는데)
기남	여자는 결혼 후에도 얼마든지 만날 수 있어.
희태	(멈칫, 보면)
기남	잠깐의 알량한 감정으로 일생일대의 거래를 망치지 말란 소리야.
희태	…저희 어머니처럼요?

기남, 희태의 말에 성냥갑 만지작거리던 손길 멈추며 보면…
말없이 보다가 씩 미소 지어 보이는 희태, 기남 손의 성냥갑을 도로 가져가며

| 희태 | 주무세요. 아버지. (돌아서는) |

S#17 명희 하숙집 명희 방 (아침)

'서울시 중구 세종로 중앙청 본관' 외무부 주소 적어놓은 수첩 찍 찢어 접고, 여권 사진과 서류 봉투, 손거울과 은단 따위 가방에 챙기는 분주한 명희의 손길. 가방 야무지게 메고, 거울 앞에 단정한 차림으로 선 명희. 긴장으로 길게 후우…

S#18   수련 집 앞 (아침)

대문 앞에 기대선 희태, 짜증스레 손목시계 보면서 '웰케 안 나와…' 중얼거리다가, 대문 열려서 수련인 줄 알고 보면, 서류 가방 들고나오는 수찬이다.

수찬   오, 매제! 뭐다러 여 서 있어, 들어가 기다리제. 수련이 한참 걸릴 거인디.

희태   괜찮습니다. (차림 보고는) 형님은 어디 가세요?

수찬   잉, 난 오늘 서울 갈 일이 있어서. 오늘 예물이랑 거시기 저, 예복 본댔제? 아따, 원래 새신랑 옷은 처가 식구가 맞춰줘야 한단디, 못 따라가 미안하네잉.

희태   아닙니다.

수찬   (어깨 툭툭) 잘~ 봐줄 사람 하나 따라간당께 너무 걱정은 말고. 잉.

희태   (의아) 잘… 봐줄 사람이요?

S#19   금은방 (낮)

기 빨린 수련과 희태의 가운데 선 고모, 예리한 눈으로 진열대 살피다가 손짓하면. 진열대 위로 꺼내지는 화려한 목걸이와 귀걸이들… 하나같이 굵고 노란 24K 제품. 고모, 화려한 순금 목걸이를 수련의 목 아래에 대보면… 질색하는 수련.

수련   아따, 고모. 뭔 유물 출토 허요? 그냥 좀 수수한 걸로…

고모   (등짝!) 약혼 예물이 요 정돈 돼야제! 황 서방, 봐봐. 이거 어떤가?

희태	(음… 수련 목의 목걸이 보다가) 천마총… 에서 본 거 같기도 하고. (억지 미소) 왕족… 같아 보인다는 거죠. 네.
고모	글믄 자네는 요 팔찌, (굵은 순금 팔찌 채우며) 요 팔찌 어떤가.
희태	(난감) 좀 부처님… 같기도 하고. (풀며) 저희 집이 또 교회를 다녀서.
고모	오메, 참말로. 어쩜 까탈스러운 것까정 둘이 꼭 닮아가꼬잉.
수련	고모. 그라지 말고, 들어가씨요. 우리끼리 알아서 잘 골라볼 텐께.
희태	맞습니다. 고모님 한복도 맞추셔야 하고 이래저래 바쁘실 텐데.
고모	한복은 무신 한복이여, 그냥 뭐 있는 거 입으믄…
수련	(쿵) 아따, 뭘 입던 걸 입어! 가서 새로 한 벌 하셔!
희태	(짝) 그러세요. 이미 한복집에 얘기해뒀습니다!
고모	(잠깐 고민) 글믄 저것까지만 보고. (점원에게) 쩌기 쩌 루비 박힌 거.

수련, 희태 끙… 서로 시선 맞추며 몰래 못마땅한 표정 짓고.

S#20 금은방 앞 (낮)

유리창 통해서 예물 고르는 수련과 희태의 모습을 보는 시선.

부용, 밖에서 그 모습 보며 기가 차서 '허' 하고는 자리를 떠나는데…

S#21 대학교 학생회실 (낮)

전지 뭉치 따위를 든 혜건 들어오며 보면, 학생들 모여 앉아 신문 보며 씩씩대고.

혜건   (다가가) 왜, 또 뭔 일 났냐?

진수가 들고 있던 신문 혜건에게 휙 건네면, 얼떨떨하게 받아 보
는 혜건. 보면, 지방지 개인광고란에 화려한 폰트로 約婚(약혼)이
라 적혀 있고.
의아한 혜건의 시선 조금 밑으로 내려가면… 충격으로 얼어붙는
혜건. '황기남의 子 희태, 이창근의 女 수련'이라 적혀 있다.

혜건   (충격으로 작게 혼잣말) 수련이가, 희태랑…
진수   그 황기남이, 보안대 대공수사과장 황기남 맞제?
부용   (기차서 하) 그 신출귀몰 원석이 형이 체포됐을 때부터 영 이상허
         다 했어. 이수련 요거 아주 프락치였고만?
혜건   프락치라니, 근거 없는 소린 하지 말어.
후배   맞아요. 딴 사람도 아니고 수련 선배가 프락치라니, 말도 안 돼…
진수   느그들은 끝까지 이수련만 감싸냐? (신문 뺏아 휙 흔들며) 요래도?
혜건   (다시 신문 가져오며) 이러기 전에도, 넌 수련이 싫어했잖애.
진수   뭐여?
혜건   개인적인 감정으로 나서지 말라고. 껀수 잡아 신난 것처럼 보인게.
부용   신난 건 이수련이제. 아까도 금은방서 좋다고 예물 고르고 있드만.

열 받은 진수 '금은방? 어디?' 떠드는 사이. 신문 다시 보는 혜건,
마음 복잡한데.

S#22   중앙청 외무부 (낮)

창구에 '여권신청업무' 표지판 붙어있고. 명희 놀라서 직원에게

묻는다.

명희   예?! 한두 달요?! (난감) 저 다음 달엔 출국해야 한디…

직원   (쌀쌀) 잘 모르시나 본데. 여권 발급이 그렇게 쉬운 일이 아니에요.

       한두 달도 평균치란 거지, 더 오래 걸리는 경우도 많아요.

명희   어떻게… 좀만 더 일찍 받을 방법이 없을까요?

직원   (서류에 도장 찍으며) 혹시 외무부에 아는 사람 있어요?

명희   (절레절레)

직원   (심상하게 서류 내밀며) 방법 없어요, 그럼.

S#23   중앙청 건물 (낮)

사람들 오가는 로비로 나오는 명희, 여권 서류 내려다보며 걱정

으로 깊은 한숨.

명희   그 염병을 떨어놓고… 여권 안 나와서 못 나가게 생겼네, 맹추

       같이…

그때, 맞은편에서 바삐 걸어오는 사람 피하려 옆으로 비켜나던

명희, 얼결에 뒤에 오던 사람과 툭 부딪치고, 그 바람에 들고 있던

서류들 놓쳐 흩어진다. '오메, 죄송합니다' 하고서 바닥의 서류들

줍는 명희. 부딪힌 사람, 함께 주워주면

명희	(미안) 에구, 그냥 두셔도… 감사, (하고 올려다보면) 에?! 수찬 오빠!
수찬	(보고 덩달아 놀란) 뭐여, 명희?! 니가 여긴 웬일로…!
명희	전 여권 신청 땜시… 근디 오빠 뭔 일로 오셨어요?
수찬	나는 쩌, 약정국 온 김에… 여 일하는 친구 보러 잠깐.
명희	(멈칫) 오빠 친구가, 여서 일해요?
수찬	(끄덕, 부서 쪽 가리키며) 외무부…

S#24 예복점 (낮)

예복 맞추러 온 희태와 수련, 직원 따라서 안으로 들어가며 안내 듣는다.

예복직원	1층이 남성복이고요, 여성 예복은 2층에 보시면 됩니다. 편히 보시고 마음에 드는 옷 있으면 말씀하셔요.

끄덕이는 희태, 턱시도들 진열된 옷걸이 쪽으로 다가가 대충 살펴보고 있으면 수련도 무심코 다가가 턱시도 디자인 하나하나 어색하게 훑어보는데…

희태	뭐해?
수련	(뭐지?) 옷 보잖애.
희태	가서 네 옷이나 봐. 설마 뭐, 서로 입어보고 골라주고 그런 거 바래? 또 명희 씨 통해서 부탁해 봐. 혹시 알아? 내가 또, 들어줄지.
수련	(발끈) 미쳤냐? 누가 니랑…

희태　　　뭐해, 그럼. (턱짓으로 위층 가리키며) 가 봐.

다시 자기 옷 고르는 희태. 저 싸가지… 내심 자존심 상해 노려보
는 수련.

수련　　　(희태 들으란 듯, 직원 향해) 전 내일 오빠랑 다시 올게요.

수련 찬바람 쌩 나가고. 그러든지 말든지, 나가는 수련 보곤 다시
옷 보는 희태.

S#25　길거리 (낮)

수련, 의상실 쪽 뒤돌아 노려보며 '어유… 재수 없는 새끼 저거'
중얼거리며 가는데

부용(E)　　약혼 축하헌다.

보면, 적대감에 차서 찾아온 진수와 부용. 수련, 놀라서 걸음 우뚝
멈춰 보고.

부용　　　(수련이 든 쇼핑백 보며 냉소) 뭐 어찌게, 예물은 잘 골랐고?

진수　　　군부독재의 개하고 손을 잡어야. 딴 사람도 아니고, 이수련이
니가?

수련　　　(체념으로 보다가) 면목 없다. 근디… (하는데)

진수	됐고. 원석이 형, 니가 밀고 했제?
수련	(정색) 밀고 같은 거 한 적 없어.
부용	고거를 시방 믿으라고? 형이랑 연락하던 사람, 니 밖에 없잖애.
수련	(쏟아지는 적의에 말문 막히고, 억울함과 상처로 보는데)
희태(E)	여기 있었어?

세 사람, 그 목소리에 돌아보면… 태연하게 걸어와 수련 옆에 서는 희태.

희태	한창 인민재판 중에 미안한데, 아직 약혼 준비가 덜 끝나서. 좀 데려가도 되지?
진수	뭐여, 너는?
희태	나? 얘 약혼자. 보안대 대공과장 아들. 군부독재의… 강아지? (미소) 근데 혹시 취업들 안 했음, 보안대 지원해보는 거 어때?
진수	뭐?
희태	아니, 자질이 좋아 보여. (다가가며) 타겟 하나 잡고, 그럴듯한 가설을 부풀려서, 진실로 만드는 게… 딱 우리 아버지 스타일인데.
진수	(멱살 잡고) 이 새끼가 듣자 듣자 하니까는…
희태	그치, 이 타이밍에 멱살 나와줘야지. (껴안듯 팔 두르면)
진수	(흠칫하며) 뭐, 뭐여?
희태	(은밀히) 친한 척해. 싸우는 거로 보이면, (고개 까딱, 뒤쪽 가리키며) 잡혀간다, 너.

그 말에 순간 진수, 부용과 수련, 거리에 세워진 차들 불안한 눈으

로 뒤돌아보고…

진수   (멱살 놓으며, 부용에게) 야, 가자. 가. (침 퉤, 돌아서면)

희태   (뒤에 대고) 가게? 투사님들, 주말에 시간 되면 와서 밥들 먹고 가!

수련   (그런 희태 보다가) …진짜 감시 중이냐?

희태   모르지. (다시 심상한) 네 옷도 오늘 고르래. 가봉 때문에. 따라와.

S#26   예복점 (낮)

진열된 여성 예복 보는 수련과 희태. 수련, 심란한 마음에 옷걸이
만 획획 거리면

희태   시간 낭비 말고 옷이나 빨리 골라줄래? (옷걸이 뒤적) 애꿎은 옷에
　　　다 화풀이해 봤자 너 싫어하는 사람들은 절대 달라지지 않아요.

수련   닌, 왜 도와줬는데? 니도 나 싫어하잖애.

희태   나 너 안 싫어하는데?

수련   (예상을 깨는 말에 놀라 보면)

희태   난 함부로 누구 싫어하지 않아. 싫어한다는 건 좋아하는 만큼의
　　　힘이 들어가거든. 아까 봐. 굳이 네가 있는 데까지 아득바득 찾아
　　　달려오는 저 열정. (절레절레) 어우, 난 못 해 그거.

수련   (그럼 그렇지… 다시 옷 뒤적이면)

희태   (옷 보면서) 딱히 도와주려던 거 아니야. 그냥 편견이 싫었던 거지.
　　　어디 출신, 누구의 자식… 그거 나도 아주 지긋지긋하거든.

수련   (보다가, 아무 옷이나 골라 들며 직원 향해) 저, 요걸로 입어볼게요.

희태	별로야, 그거.
수련	남 이사 뭘 입든…
희태	시간 낭비하지 말고, 그 옆에 걸로 해. 너한텐 그게 더 어울려.

수련, 옷 든 채로 희태 보다가… 결국 희태가 말한 옷으로 바꿔 집어 든다.

S#27 택시 안 (낮)

택시 뒷좌석에 나란히 탄 수련과 희태. 수련, 희태 힐끔 보다가 어렵게 입 연다.

수련	…고마워. 부탁 들어줘서.
희태	(보다가) 네 부탁 들어준 거 아니야.
수련	(어휴) 그래. 둘 다 고맙다. 황희태 씨, 김명희 씨. 허벌나게 감사합니다잉!
희태	감사 인사하지 마. 내가 이러고 식장 들어갈지 안 들어갈지 어떻게 알고 벌써 고맙대?
수련	(그 말에 멈칫, 불안하게 보며) …안 들어갈 수도 있는 거였어?
희태	(심상하게) 모르지, 또 누가 부탁하면 맘 바뀔지도. (하고는) 기사님. 여기 내리면 양림동으로 가주세요.
수련	뭐 양림동은 왜… 명희 보러 가나?
희태	왜. 불안해? 약혼 전에 둘이 도망이라도 갈까 봐? (자조적) 걱정 마. 명희 씬 약혼녀 친구 정도가 딱 좋으시단다.

수련   (그 말에 어…? 생각이 많아져서 희태 보고)

인서트   음악다방 (회상/씬8)

수련   나가, 느그 둘 다시 만나게 어떻게든 도와줄게.

인서트   수련 집 거실 (4화 씬47)

창근   우리 세 가족 이미 호랑이 등에 올라탔고, 떨어지믄 잡아묵히는

        거여.

희태   (수련 시선 느끼고 보며) 왜. 뭐 할 말 있어?

수련   (마음 복잡하고) …아녀, 아무것도.

S#28   기차 안 (낮)

광주로 돌아가는 기차에 함께 앉은 명희와 수찬.

수찬   와, 어떻게 그 넓은 서울 바닥에서 딱 마주치냐? 것도 외무부

        에서.

명희   긍께요. 오늘 진짜로 오빠 아니었으면… 유학 못 갈 뻔했어요.

수찬   (농반진반) 그려? 아이, 그믄 도와주지 말 걸 그랬네. (웃고) 암튼

        여권 금방 나온당께 비자는 미리 잘 신청하고. 대사관엔 친구 없

        다잉.

명희   (웃으며) 예.

그때 막 열차 칸으로 간식 판매원 '오징어, 땅콩, 찐계란 있어요'
하며 들어오고.

수찬   명희야, 뭣 좀 먹을래? 밥때 다 지나야 도착할 것인디.

명희   (서둘러 지갑 꺼내며) 어, 제가 사드릴게요,

수찬   야가, 야가, 오빠 망신 줄라고. 에에? 넣어둬. (실랑이하고)

명희   아니, 진짜로 제가…

수찬   (아예 지갑 압수) 어딜 요딴 걸로 퉁 칠라 들어. 담에 사. (자기 지갑 꺼
        내며) 뭐 먹을래? 계란? 빵? 아무거나 고른다잉?

하는 수 없이 끄덕이는 명희. 수찬, '여기요' 하고 판매원 부르고.
카트 오면, 이것저것 사는 수찬 모습 보며, 명희 희태와의 추억을
떠올린다.

인서트   버스 안 (4화 장면)

명희와 나란히 앉아서 간식거리 꺼내 보이던 희태.

명희   어디 가는 줄도 모르면서, 소풍 가방 싸 왔소?

희태   명희 씨 보는 날이 소풍날이지, 뭐.

잔뜩 집중한 얼굴로 한참 달걀껍데기 까서 자! 해맑게 명희에게
내밀던 희태 모습.

다시 기차 안 명희, 그날의 기억에 잠겨 잠시 울적해지는데…
마침 수찬이 '자!' 하며 간식거리들 잔뜩 건네면, 애써 웃어 보이
는 명희.

S#29 　명희 하숙집 광규 방 (저녁)

마찬가지로 상념에 잠겨, 무표정하게 진아 문제 푸는 모습 바라
보고 있는 희태.

희태	(보다가 펜으로 탁) 아니지, y가 자연수라잖아. x가 36보다 큰데 y축

희태　(보다가 펜으로 탁) 아니지, y가 자연수라잖아. x가 36보다 큰데 y축
이 자연수면 몇 사분면이겠어. (대답 없자 찐당황) 1사분면이잖아…

진아　(잠시 잊은 척) 아, 1사분면. 1사분면.

희태　(미심쩍게 보다가 十자 그리고) 여기서 3사분면이 어디야. (대답 없자
충격과 경악) 진아야. 이건 중학교 수학…

진아　(엎드려) 아따, 몰라요! 세 시간 내내 수업만 한께 머리가 안 돌아
가죠!

희태　진아 고개 들어. 이래서 방학 때 서울 가겠어? TBC 가고 싶다며.

진아　(울상) 이럴 줄 알았음 명희 언니 따라서 서울이나 갈 것을…

희태　…서울? 명희 씨가 서울은 왜?

진아　여권 만들러 중앙청 갔어요. (힝, 투덜) 같이 갔으믄 경복궁도 보고,
서울 구경도 하는 거인디…

진아의 이야기를 듣던 희태의 뇌리를 스치는 수찬과의 대화 장면
(씬18)

인서트   수련 집 앞 (회상/씬18)

희태   형님은 어디 가세요?

수찬   잉, 난 오늘 서울 갈 일이 있어서.

다시 현재. 진아, 잠시 일시 정지 상태인 희태를 의아하게 쳐다보면 그제야

희태   (건조하게) …사분면도 모르는데 함수를 어떻게 해. 개념 노트펴 봐.

진아 히잉, 도살장 끌려가듯 획획 노트 펴고… 그 사이, 계속 머릿속이 복잡한 희태.

S#30   수찬의 차 안 (저녁)

하숙집 근처 길에 수찬이 차를 세우면, 안전벨트 푸는 명희.

명희   태워다주셔서 감사합니다. 종일 계속 신세만 지네요잉.

수찬   가는 길에 내려주는 거 갖고 신세는 무슨…

명희   오늘 도와주신 은혜는 제가 기필코! 갚겠습니다. 글믄, 들어가세요.

수찬   (미소로) 그려. 들어가.

차에서 내리는 명희를 지켜보다가, 명희 차 문 닫으려던 순간 용

기 내는 수찬.

수찬   저, 명희야!

명희   (다시 숙이며) 예!

수찬   그, 혹시 내일 시간 되믄… 니도 나 한 번만 도와줄래?

S#31   명희 하숙집 근처 골목 (밤)

지친 발걸음으로 걸어오던 명희 문득 고개 들어보면, 골목 어귀
에 서 있는 희태.

마치 '대답'을 하기로 한 그날과 같은 모습으로 서 있는 희태, 표
정 좋지 않고.

명희   (내심 놀라고 반가운) 희태 씨. 여서 왜…

희태   서울 갔다 오세요?

명희   (어떻게 알았지?) 예.

희태   이수찬 씨하고요?

명희   (잠시 어리둥절) 고걸 어떻게…

희태   나한테 같이 가자고 할 수도 있었잖아요.

명희   (당황) 어떻게 그래요. 낼모레 약혼할 사람을 끌고 서울을 가요?

희태   왜 못 가요? 말 한마디면 되는데, 안 한 거잖아요.

명희   (작게 한숨) 아니, 그러니까…

희태   그냥 말 한마디잖아요! 그 한마디 계속 내가 기다리는 거 알면서,

명희   (O.L) 그러니까, 어떻게 그러냐고요!

희태	(보면)
명희	같이 서울 가믄, 약혼 준비는요? 수련이며 희태 씨 가족들한텐 뭐라 얘기할 건데요? 옴짝달싹 못 하는 이 상황에 나가 뭘 어째야 해요?
희태	왜 옴짝달싹을 못 하는데요. 약점 잡혔어요? 누가 협박해요?
명희	(꾹 누르며) 황희태 씨.
희태	(O.L) 아니잖아요. 명희 씬 그냥, 나쁜 사람 되는 게 싫은 거잖아요.
명희	!!
희태	난 두려운 게 없는 줄 알아요? 남 시선 따윈 신경도 안 쓸 거 같아요? 저도 매 순간 참는 거예요, 명희 씨니까. 같은 마음이라고 믿었으니까. 고작 한 달이잖아요. 난 이렇게 하루하루 가는 게 아까워 미치겠는데…!

올컥 올라오는 마음 겨우 다잡는 희태, 눈물 그렁한 눈으로 바라보다가… 서글프게

희태	참는 거라고 생각했는데… 명희 씬 그냥, 괜찮은 거였네요.
명희	(말문이 막혀 바라보고)
희태	답장 없는 편지 쓰는 거, 이제 안 할래요.

명희를 남겨두고 걸어가는 희태. 명희, 떠나는 희태 망연자실 바라보는데…

S#32   몽타주 (밤)

하숙집, 힘겹게 마당으로 걸어와 평상에 털썩 주저앉는 명희. 지치고 슬픈 뒷모습.

희태의 집, 방문 닫으며 들어온 희태. 문득 책상 보면, 씬2의 꽃다발 시들어있고.

S#33   혜건네 사진관 방 (밤)

사진관 방, 늦은 밤 스탠드만 켜놓고 등사원지 철판에 긁던 혜건, 문득 고개 들면 스크랩하듯 찢어놓은 지방지의 약혼 광고…
생각이 많은 혜건, 철필 든 손 멈춰있고.

S#34   명희 하숙집 안쪽 마당 (새벽)

아직 해가 덜 떠서 푸르스름한 새벽. 똑똑, 연신 명희 방 문을 두드리는 손길. 문 열리며, 부스스한 명희 경계로 빼꼼 고개 내밀어 보면… 혜건이다.

혜건   미안, 깨웠냐?

명희   혜건이 니가… 뭔 일이냐, 이 시간에?

혜건   (서류 봉투를 건네며) 이거… 수련이한테 좀 전해줘.

명희   (받고서) 뭐여. 직접 주믄 되잖애.

혜건   난 약혼식 초대 못 받았응께. (씁쓸) 시방 나 보기도 불편할 거고.

명희   (그런 혜건을 말없이 보고)

S#35   명희 하숙집 명희 방 (아침)

명희, 책상에서 혜건이 건넨 봉투 속 꺼내 보면, 시국선언문 전단 한 장이고…

혜건(E)   수련이가 쓴 거여. 그간 그라고 애썼는디, 결과물은 봐야제.

다시 명희 방. 생각 많은 명희, 시국선언문 도로 봉투에 고이 넣어 책상 위에 둔다.

S#36   수찬의 차 안 (낮)

차 세워놓고 기다리던 수찬, 차의 라디오 채널 여기저기 돌리다가 분위기 좋은 팝이 흘러나오는 채널 겨우 찾고는 만족스러운 미소 짓는다. 때마침 조수석 창문 똑똑, 해서 보면 명희 조수석 올라타고…

명희   (벨트 매며) 그래서, 오늘 뭐 도와드리믄 돼요?
수찬   안목 좀 빌릴라고. 가자, 갈 데가 많다. (출발하는)

S#37   고급의상실 (낮)

2화에 희태와 명희가 함께 갔던 의상실로 들어오는 명희와 수찬. 진열장의 남성 구두들 신중하게 보던 명희, 디자인 하나 골라 들고서 돌아보며

명희	요거 어떠세요? 무난하게… (하는데)
수찬	(급히) 명희야, 명희야! 니 발 크기가 몇이제?
명희	(얼떨결) 230…인디, 제 발은 왜…

수찬, '잉, 230이네잉!' 하더니 앞코에 화려한 장식 붙은 힐 명희 발밑에 내려놓고.

수찬	요거! 요거 한번 신어 봐봐야.
명희	(당황) 예에? 아따, 오빠 거 고르러 와놓고 왜 제 걸…
수찬	아유, 그냥 거, 발이나 한번 넣다 빼 봐. (재촉) 아, 언능.

(cut to) 이번엔 진열된 넥타이들 살피던 명희, 무난한 패턴 하나 골라 드는데… '명희야!' 하는 수찬 목소리에 돌아보면, 양손에 옷 몇 벌씩 들고 다가오는 수찬.

수찬	요거, 요거랑… 요거까지. 함 입어 봐 봐.
명희	(황당) 아니, 오빠 거를 보시라니까 왜 자꾸…!
수찬	아따, 그냥 슬쩍 걸치기만 해 봐봐. (떠밀며) 아, 언능. 시간 없어야.

(cut to) 계산대에서 포장하는 점원을 마음 불편하게 보는 명희. 흐뭇한 미소의 수찬.

S#38   운동장 (낮)

트랙에서 몸 풀고 있던 중학생 선수들, 박 코치 다가오자 '안녕하십니까' 인사하고. 중학생 선수들, 박 코치 뒤에 붙어 졸졸 따라오던 명수와 정태를 힐끗 보면.

박코치   이번 주에 느이 중등팀이랑 같이 훈련할 아그들이다. 뭐, 정태는 예전에도 같이 훈련해봐서 알 거고. 이 짝은 떠오르는 다크호스, 황명수.

명수   (소개 멘트에 엑… 긴장해서 꾸벅) 잘 부탁드립니다.

박코치   훈련은 평소처럼, 자기 페이스대로 뛴다. 봐주지들 말고. 자리로! (삑)

시간 경과. 다른 선수들에 비해 너무 차이 나게 뒤처지는 명수, 뛰면서도 당황스럽고.
초시계 보는 박 코치 '한 바꾸 남았다!' 소리치면, 명수 이 악물고 속도 내지만 비슷하게 우르르 골인하는 선수들에 비해 몇 초 뒤 꼴등으로 들어오는 명수. 헥헥… 힘들어 죽을 거 같은 명수, 코치 다가오면 입 꾹 다물어 호흡 가다듬는다.

박코치   (기록 보며 갸웃) 황명수. 나가 자기 속도대로 뛰라 했냐, 안 했냐.

명수   (괜찮은 척) 이게 (헉) 제 원래 (헉) 속돈디요? (헉)

박코치   (흠… 보다가) 그믄 잠깐 쉬었다가, 바로 한 번 더 뛴다잉! (가면)

정태   (다리 풀면서, 그런 명수 보고) 괜찮냐?

명수   (뭐 그런 걸 묻냐는 듯) 응! (괜히 정태 따라 스트레칭)

S#39 **시장 (낮)**

헉헉⋯ 겁에 질려 달리는 대학생, 힐끗 돌아보면 '저 새끼 잡아!'
뒤쫓는 형사들. 대학생, 복잡한 시장 안을 요리조리 헤치며 필사
적으로 도망치다가 시계 수리 손수레를 끌고 맞은편에서 오던 현
철과 부딪혀 수레의 물건들 와르르⋯
넘어진 현철, 뭐라 반응할 새도 없이 벌떡 일어나 다시 달리는 수
배 학생. 뒤쫓던 형사들까지 지나가고 나서야, 어안이 벙벙한 현
철에게 다가오는 상인.

상인   저, 저, 썩을 놈의 새끼들 저거⋯ (부축하며) 형님! 괜찮애요?
현철   잉, 괜찮애⋯ (물건 줍다, 도망간 쪽 보며) 뭔 일이대?
상인   뻔하제. 거시기 뭐 또 데모하는 아 잡는 거 아니겠소. (같이 줍고)

상인 말 들으며 흩어진 물건들 줍던 현철⋯ 순간 기남의 말이 뇌
리를 스친다.

기남(E)   형님네 딸내민 요새 아주 잘 지냅디다?

인서트   **시장 안 (회상/4화 씬51)**

기남   딸내미 간수 좀 허소. 인자 아도 아닌디, 나도 못 봐줍니다.

다시 현재, 현철, 기남의 얘기 떠올리자 불안감 엄습하고⋯ 물건
줍는 손길 느려지다, 쫓기던 학생이 달려간 쪽을 문득 불길한 시

선으로 바라보는데.

S#40 예복점 (낮)

함께 진열된 양복 재킷들 고르는 명희와 수찬.

명희   (툴툴) 오빠 거 골라달라더니 다 제 것만 사고… 사람 불편하게.

수찬   아, 수고비 선불이라 쳐. 인자 내 거 고르잖애.

명희   신세 갚을라고 나와서, 신세만 더 지고 간께…

수찬   옷 한 벌 갖고 신세는 뭔… 명희 니는 수련이 친자매나 다름 없
          잖애. 원래 약혼할 땐 형제자매 옷 한 벌씩 하는 거여. (집고) 이거
          어뗘?

명희   (보더니) 너무 새신랑 옷 같은디… (다른 옷 골라) 요건 어때요?

수찬   좋은디. 단정하고. (직원에게) 저기, 요걸로 함 입어볼라는디…

예복직원   아, 시방 탈의실 안에 손님 계셔서. 잠깐만 기다려 주세요.

'아, 예예' 수찬 흔쾌히 끄덕이는데… 때마침 탈의실 문 끽 열리
면, 무심코 보는 명희. 보면… 보타이 매지 않은 채로, 턱시도 멋
지게 차려입고 나오는 희태의 모습.
명희, 순간적으로 숨 멎은 듯 희태 보고… 희태, 수찬과 함께 있는
명희 보더니 명희 시선 외면하듯 수찬에게만 예의상 웃어 보이는
희태.

희태   오셨어요, 형님.

수찬   엇, 매제! 가봉하러 왔는가? (감탄) 아따~ 잘 골랐네. 거시기 왕자
         님 같어야.

희태   입어보시게요? (탈의실 앞에서 비켜서면)

수찬   어, 그려. (명희에게) 입어보고 나올게잉. (들어가고)

         그렇게 명희와 희태 둘만 남게 되고… 잠시 어색한 공기 속에 말
         이 없는 두 사람. 무표정한 희태, 곧 아무렇지 않은 듯 거울 앞으
         로 가 매무새 정리하면…
         그런 희태 낯설게 지켜보던 명희, 겨우 용기 내서 '저'하고 입술을
         떼는 순간

수련   (2층에서 내려오며) 야, 봐. 이거 모가지 너무 파였당께…!

         두 사람 보면, 하얀색 예복으로 갈아입은 수련… 수련, 뒤늦게 명
         희 보고서 헉.

수련   (얼떨떨) 명희야. 여긴… 어쩐 일이냐?

명희   어. 그, 수찬 오빠 옷 좀 같이 골라준다고…

예복직원 (다가와) 어머, 잘 어울리시네. (희태에게) 신랑님 보시기엔 어때요?

희태   좋네요. 원래 자기 옷처럼. (수련에게) 어울릴 거라 했잖아.

         수련, 명희에 대한 미안함과 당혹감에 슬쩍 희태 눈치 보면, 심상
         한 희태의 표정. 그때 막 탈의실에서 양복 갈아입고서 나오는 수
         찬, 서 있는 수련과 희태 보고서

수찬	야, 이수련이가 치마를 다 입네! (웃고) 둘 다 참 이쁘다. 선남선
	녀여.
직원	두 분 다 키도 크셔서, 꼭 외국 배우들 같애요. (명희에게) 그죠?
명희	(어색하게 끄덕이며) 예… 그러네요.

이에 무반응 희태, '형님도 어울리시는데요?' 하며 태연히 수찬에
게 말 걸고. 그 사이 명희와 수련, 묘한 시선 주고받다가… 애써
미소 지어 보이는 명희.

S#41 운동장 (낮)

꼴찌로 골인하자마자 주저앉는 명수, 힘들어 토할 것 같고…
헉헉거리다 보면 비교적 덜 힘들어 보이는 정태, 혼자 스트레칭
으로 다리 근육 풀고 있고. 여유로운 중등선수들, 힘겨워하는 명
수 보며 저들끼리 픽 웃으면… 분한 명수.

박코치	잠깐 쉬고, 바로 또 간다! (보고는) 활명수, 괜찮냐? 뛸 수 있었어?
명수	예!

흠… 보다가 알겠다는 듯 끄덕이며 가는 박 코치. 곧이어 호루라
기 소리 삑!(E)
출발선에 선 명수, 승부욕으로 이글거리다가 출발 신호하자마자
치고 나가고! 멀리서 지켜보던 박 코치, 저거 왜 저래? 불안하게
명수 보는데…

무리하게 선두가 된 명수, 중등선수에 따라잡히려 하자 남은 힘을 쥐어짜는데. 그러다 '악!' 고꾸라지는 명수. 놀란 박 코치 '야, 활명수!' 하며 뛰어간다.

S#42 운동장 스탠드 (낮)

아이들 훈련하는 운동장 옆 스탠드에서 명수 다리의 쥐 풀어주는 박 코치.

박코치   이놈아. 그라고 느닷없이 속도를 낸께, 쥐가 안 나고 배기냐. 잉?

명수   (아파) 아, 코치님 좀만 살살…

박코치   (더 꾸욱) 니가 너를 안 챙긴 벌이여. 니 심장이 얼매나 벌렁거리는지, 다리가 얼매나 아픈지… 같이 뛰는 선수가 알겠냐, 코치가 알겠냐? 니를 젤로 잘 아는 건 니 밖에 읎어. 안 괜찮을 때 '안 괜찮습니다' 하는 것이 좋은 선수의 첫째 덕목이다. 알겠냐?

명수   (힝…) 예. (누르면 아파서 다급히) 아, 코치님 안 괜찮어라! 아파요!

S#43 예복점 앞 (낮)

예복과 양복들 고르고 나오는 네 사람. 잠시 길거리에 서서 이야기한다.

수찬   둘은 인자 어디들 가? 태워다 줄게.

희태   아닙니다. 택시 타려고요. 여기저기 들를 데가 많아서.

수찬　'에이, 여기저기 태워주믄 되제~' 희태와 대화하고 있는 틈을 타서 명희, 수련 옆으로 슬쩍 다가가 은밀히 속삭인다.

명희　수련아. 혹시 이따 잠깐 시간 되냐?

수련　어? 오늘…?

명희　응. 쪼까 전해줄 것도 있고… (하는데)

희태　수련아. 저기 택시 있다.

잠시 희태와 명희 번갈아 보며 고민하던 수련, 명희에게 난감하게 속삭인다.

수련　오늘은 나가 일이 많아서… 약혼식 끝나고 얘기하믄 안 되겠냐?

명희　(순간 철렁해 보다가, 서운함 애써 감추며) 그려, 그럼.

희태　그럼 저흰 먼저 가보겠습니다. 조심히 들어가세요.

수찬　그려, 둘 다 고생하고잉.

수련이 희태 따라 먼저 자리 떠나고, 나란히 가는 두 사람 모습을 말없이 보는 명희.

S#44　길거리 (낮)

수찬, 먼저 차로 다가가 명희에게 조수석 문을 열어주는데. 명희 잠시 망설이다가.

명희	오빠, 저 그냥 걸어갈게요.
수찬	(어리둥절) 왜? 짐도 있는디, 차 타고 가지.
명희	속이 쪼까, 걷고 싶어서… 죄송해요.
수찬	곧 비도 올 거 같은디… (아쉽게 보다 문 닫고) 그려, 그럼.

S#45 명희 하숙집 마당 (저녁)

투둑… 한두 방울 빗방울 내리기 시작하면, 급히 마당으로 뛰어 나오는 진아부. '뭔 비가 이래 갑자기 오노' 툴툴대며 마당에 널어 놓은 나물을 허둥지둥 걷고 있는데.

현철(E)	계십니까?
진아부	예에. 누구세요.
현철	(조심스레 들어오며) 혹시… 명희 있습니까?
진아부	(경계로 현철 훑으며) 누구신데 명희를 찾습니까?

S#46 명희 하숙집 안쪽 마당 (저녁)

진아부 따라 안쪽 마당 들어오는 현철. 진아부, 명희 방으로 앞장 서 걸어가면서

진아부	미리 연락하고 오시지. (괜히 어색한 웃음) 명희가 아버질 닮았네.
현철	(마음 불편, 평상 가리키며) 저는 그냥 여서 기다리믄…
진아부	딸내미 방인데 뭘 내외합니까. 비 쏟아집니다. 들어가서 기다리소.

진아부 방문 열고, '아 얼른요' 재촉하면… 현철, 난감하게 망설이다가.

S#47　　**명희 하숙집 명희 방 (저녁)**

초대 못 받은 손님처럼 불편하게 앉아있는 현철, 단출한 방 안을 둘러보다가. 문득 줄지어 놓인 책들(원서)에 눈길이 가서 책상 쪽으로 다가가 보는데… 무슨 책인가 싶어 눈으로 훑다, 책상 위의 서류 봉투를 의아하게 보는 현철.

S#48　　**명희 하숙집 안쪽 마당 (밤)**

비에 푹 젖은 모습으로 터벅터벅 걸어 들어오던 명희, 무심코 고개 들어보면 방문(혹은 창문) 통해 집안의 불빛 새어 나오고. 의아한 표정으로 보다가

S#49　　**명희 하숙집 명희 방 (밤)**

방으로 들어온 명희, 책상 앞에 서 있는 현철의 뒷모습 보고 들고 있던 쇼핑백 툭.

명희　　아버지가… 왜 여기 있소?

현철　　(말없이 돌아보면)

명희　　문잖애, 아버지가 왜 내 방에 들어와 있냐고!

현철	(시국선언문 들어 보이며) 니, 아직도 요딴 짓거리 하고 댕기냐?
명희	(보다가) …줘요, 그란 거 아닌께. 아, 주라고요!
현철	(갈기갈기 찢기 시작하면)
명희	시방 뭐하는… (달려들어) 미쳤소?! 하지 마요. 하지 말라고!
현철	니는 그 사달을 겪어놓고 여즉 정신을 못 차렸어?!
명희	(찢긴 조각들 보다가) 뭔 상관이여… 나가 데모를 하든, 분신을 하든 그게 아버지랑 뭔 상관이냐고.
현철	김명희!
명희	아버지 말대로 살고 있잖애.
현철	(보면)

인서트 **보안대 조사실 (밤/과거)**

고등학생 시절 명희, 터진 입술이 겁먹어 덜덜 떨리다가… 철문 소리 들려서 보면, 아버지 현철이 들어온다. 반가움과 서러움에 울컥, 반색으로 일어나는 명희.

명희	아부지! 여기 이상해요. 같이 한 아들 다 풀려났는디 나만…
현철	(O.L) 무조건 예, 혀라.
명희	(충격) 아버지, 저 진짜로 잘못 없어요! 어찌 나가 안 한 짓까정…
현철	(O.L) 그냥 다 맞다고, 무조건 잘못했다고 해!
명희	아부지…?
현철	처벌은 학교 자퇴로 대신하기로 했응께, 앞으로 감사한 마음으로… (울컥 올라오는 감정 꾹 삼키고) 숨소리도 내지 말고 조용히 살어.

다시 현재. 원망으로 현철을 바라보는 명희 눈에서 눈물이 흐르고…

명희　아버지 가르친 대로, 예예 하믄서, 숨소리도 안 내고 포기만 하믄서 살고 있잖애. 나더러 더 어찌라고. 여서 뭘 더 어쩌란 거여, 대체!

울분에 차서 악 지르는 명희를 아프게 보던 현철, 대답 없이 방을 떠난다. 홀로 남은 명희, 바닥의 종잇조각들 줍다가 북받치는 감정에 아이처럼 서럽게 운다.

S#50　**몽타주 (밤)**

길거리. 비 맞으며 돌아가는 현철, 눈물처럼 얼굴에 흘러내리는 비를 훔치고.
약혼 준비로 분주한 희태 집. 희태, 생기 없이 앉아서 보면, 창문에 비 쏟아지고.

S#51　**합숙소 방 (아침)**

밤새 내리던 비가 그치고, 해가 들어오는 합숙소 방 창문. 나갈 준비로 가방 챙기는 정태를 제각기 누워 구경하는 명수와 진규, 성일.

명수	근디, 약혼식은 결혼식이랑 뭐가 다른 거여?
진규	결혼은 아니고, 결혼 약속만 하는 거 아녀?
성일	결혼을 약속하는 것이 결혼식 아녀라?
진규	예고편 같은 거 아닌가? 여튼 돈 많은 집에서만 하던디. 그제잉?
정태	(짜증) 몰라. 잠들이나 더 자. 왜 쳐다보고 앉았어?
명수	(눈 반짝, 본심) 아야, 가서 맛난 거 좀 싸 와.
성일	(덩달아) 맛난 거.
정태	뭐? 미쳤냐? 거기서 뭘 어떻게 싸 와.
진규	(비닐봉지 따위 부시럭 꺼내며) 아따, 여기다 떡이라도 몇 개 싸 와~
정태	거지냐? 싸 오긴 뭘… (눈빛들 이상해서 보고) 뭐야?

명수 '잡어!' 하면 다들 정태에게 달려들어 '가져올거여, 말거여!'
간지럽히며 실랑이.

S#52   광주병원 응급실 (낮)

명희, 열이 있는지 달뜬 얼굴. 잔기침하며 차트 작성하고 있으
면… 옆에 물컵 놓이고.

인영	(걱정스레) 괜찮으세요? 열도 나시는디, 그냥 반차 내시지…
명희	괜찮애. 인자 퇴근인디 뭘. (물컵 들고) 고마워.

명희, 인영이 가져다준 물에다 약 털어먹으면… 걱정스럽게 보는
인영.

S#53　연회장 (낮)

연회장 직원들, 꽃장식 놓고 식탁보 펼치는 등 약혼식 준비가 한 창인 풍경.

S#54　연회장 앞 (낮)

입구에 줄줄이 세워진 화환들… 한복 곱게 차려입은 해령, 기남 옆에서 손님 맞고. 석중 얼굴 비추면 기쁘게 달려가 악수하는 기남. 창근도 분주히 손님 맞이한다. 화환 위치 지시하던 수찬도 아는 얼굴 보면 정신없이 '오셨습니까?' 인사하는 모습.

S#55　연회장 대기실 (낮)

화장대 따위가 딸린 작은 대기실. 바깥 분위기와 달리 쓸쓸하게 홀로 앉은 수련. 전에 고른 예복 입은 수련, 거울에 비친 자기 모습 어색하게 훑어보다가 문득 빈 대기실 돌아보면… 외롭다. 수련 풀 죽어 시선 떨구는데.

명희　여기 숨어 있었냐?

수련 놀라 보면, 문 빼꼼 열어 들어오는 명희. 반가움과 미안함에 울컥하는 수련.

수련　(글썽이며, 손잡고) 명희야.

명희	에에? 아야 울지 말어, 화장 번진다. (가방 뒤적) 아, 그리고 요거.

수련, 명희가 건네는 서류 봉투 받아 의아하게 열어보면 구겨지고 찢어진 부분 최대한 펼쳐 테이프로 이어붙인 시국선언문이다.

명희	미안. 나가 간수를 잘못해서 찢어 묵었다.
수련	이거…
명희	혜건이가 주라더라. 니 애쓴 결과물은 봐야지 않겠냐고.
수련	…….
식장직원	(문 열고서) 곧 식 시작합니다. 준비해주세요.
명희	난 나가 있을게. (손 한번 꽉 잡아주고 나가는)

문 닫히면 다시 홀로 남은 수련, 이어붙인 시국선언문 보며 생각이 많은데…

S#56 연회장 (저녁)

'흠흠' 마이크 테스트하는 사회자, 눈으로 신호 주면 연주자들 연주 시작하고.

사회자	지금부터 황희태, 이수련 양의 약혼이 시작될 예정이오니, 귀빈 여러분께서는 모두 착석해주시길 바랍니다.

'아유, 여기 앉어' 하는 수찬의 고집으로 가족석 테이블에 어색하

게 앉는 명희.

사회자 먼저 양가 부모님의 인사가 있겠습니다. 박수로 맞아주십시오.

양가 부모인 해령과 기남, 창근이 앞으로 나가 손님들에게 정중히 인사 올리고. 자리에 앉아 박수치는 수찬과 명희, 그리고 다른 테이블의 뾰로통한 정태 모습.

사회자 다음은 오늘의 주인공을 자리에 모시겠습니다. 예비 신랑 신부를 향해 뜨거운 축복의 박수 부탁드립니다!

수련 앞서 들어오고, 뒤따라 걸어 들어오는 희태의 구둣발…
턱시도에 보타이를 깔끔하게 매고, 포마드로 머리 넘긴 희태의 모습. 왕자님 같다. 희태 미모에 여기저기서 감탄하는 하객들.
명희도 잠시 넋 잃고 그런 희태 보고… 하객 향해 인사하고, 예물 주고받는 등 약혼 식순 진행하는 두 사람의 모습. 하객들 축복의 박수 터지면, 명희도 힘없이 박수.
시간 경과. 희태와 수련, 사람들 식사하는 자리마다 인사하며 돌아다니고 있다. 테이블의 수찬도 아는 사람 오갈 때마다 일어나 인사하느라, 식사할 정신이 없고. 다시 자리 앉는 수찬, 옆에서 먹는 둥 마는 둥 깨작이던 명희에게

수찬 나 땜시 정신 사나워가꼬 밥도 안 먹히겠네잉. 괜히 여 앉으라 갔나?

명희   (고개 젓고) 괜찮아요. (잔기침에 물 마시면)

수찬   (보더니) 어, 물 좀 더 달라고 할까? (시선으로 웨이터 찾으면)

명희   아뇨, 아뇨. 제가 가져올게요. 인사 나누세요. (컵 들고 일어나는)

한편 정태, 휘 눈치 보곤 서빙 카트에 있던 요리 몰래 비닐에 옮겨 담는다.
'에이 씨, 내가 왜…' 투덜거리면서도 열심히 봉지에 쓸어 담고 휙 돌아서다가, 툭! 물 뜨러 오던 명희와 부딪히고. 봉지에 묻었던 소스 명희 옷에 묻는다.

정태   (옷 보고 사색이 되는) 죄, 죄송합니다!

명희   아녀, 나가 뒤에서 불쑥 나와가꼬. (얼어있는 정태에게) 괜찮애.

명수 또래인 정태 귀여운지, 미소로 가볍게 머리 쓰다듬어주고 가는 명희. 정태, 비닐봉지 손에 꼭 쥔 채 가는 명희 보고.

S#57   연회장 화장실 (밤)

세면대에서 물 묻혀 옷에 묻은 얼룩 대충 지워보는 명희. 이게 지워지려나… 그때, 귀가하려는 듯 가방 든 차림의 하객들 즐겁게 떠들면서 화장실로 들어온다.

하객1   아따, 신랑 얼굴이 훤~한 것이, 예물이 따로 필요 없겠드만.

하객2   긍께 말여. 수련이 가는 대체 뭔 복이래?

하객1   저 인물에 또 의사란다. 여즉 아무도 안 채간 것이 신기하당께.

잠자코 얘기 들으며 북북 닦아내던 명희, 보면… 오히려 더 번지기만 한 얼룩.

S#58   연회장 앞 (밤)

명희, 연회장 다시 들어가려 문 열면, 문틈에서 왁자지껄 즐거운 소리 새어 나오고.
차마 다시 들어갈 용기가 생기지 않는 명희… 그대로 도로 문 닫고서 돌아선다.

S#59   연회장 밖 (밤)

테라스처럼 야외로 나와 있는 공간. 명희 문 열고 나오면, 홀로 나와 앉아 담배 태우던 희태… 담배 손에 든 채 명희와 눈이 딱 마주치고. 두 사람, 놀란 눈으로 잠시 서로 눈 마주쳤다가… 먼저 시선 돌리는 희태.
희태 반대쪽으로 고개 돌려 후… 머금었던 연기를 마저 내뿜고 담배 발로 비벼 끈다. 그러다 문득 희태 눈에 들어오는 명희의 발… 희태가 전에 사줬던 그 구두고. 아무런 말 없이 각자의 자리에서 서로를 바라보는 명희와 희태. 고조되는 마음을 대신하듯 풀벌레 시끄럽게 울어대다가, 일순간 조용해지면…

| 희태 | (작게 혼잣말) 오늘은 풀벌레도 안 도와주네. |

침묵을 깨는 희태의 그 말에 명희, 과거 희태와 함께했던 순간을 떠올린다.

| 인서트 | **명희 하숙집 안쪽 마당 (밤/회상-3화 씬46)** |

지난 봄밤, 나란히 평상에 앉아 바람을 만끽하던 두 사람의 모습들.

희태	저는 일 년 중에 오월을 제일 기다려요. 오월 밤엔 노래가 엉망이어도, 풀벌레가 도와주거든요.
명희	풀벌레가요?
희태	명희 씨만 생각하면, 자꾸 노래가 돼요.
명희	(두근거림으로 보면)
희태	나랑 딱 오월 한 달만 만나볼래요?

다시 현재. 열 기운에 달뜬 명희, 차오르는 감정에 눈물 글썽이면… 희태, 그런 명희의 표정을 가만히 바라보다가 조심스레 입연다.

희태	…괜찮으세요?
명희	아니요.
희태	(보면)

명희   안 괜찮아요. 희태 씨 없는 오월은, 싫어요.

숨죽여 명희의 말 듣던 희태, 그제야 숨통이 트이는 듯 참았던 숨을 길게 내쉬고 이 순간만을 기다려왔다는 듯이 씩 미소지어 보인다. 자리 박차고 일어나는 희태, 다가가 명희의 손을 잡아 이끌고. 마주 잡은 두 손으로 도망치듯 달려가는 두 사람의 모습에서…

5화 END

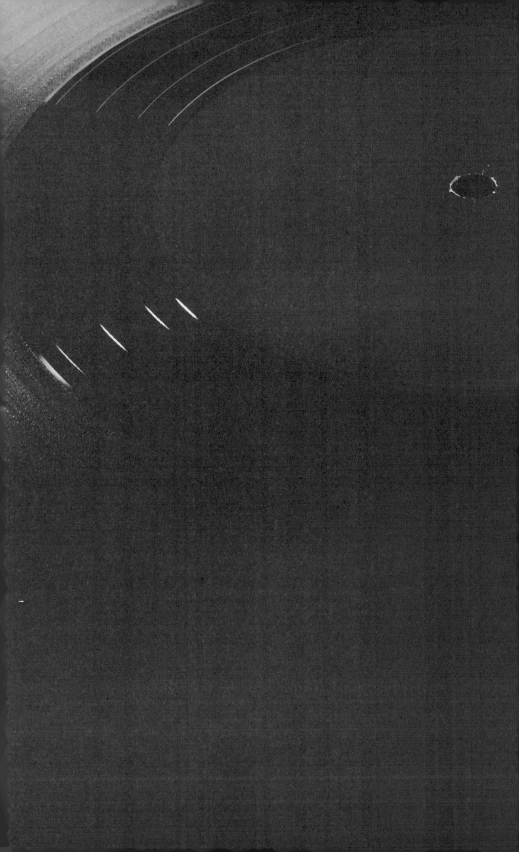

제6화

기침, 사랑 그리고

S#1 **연회장 밖** (밤/5화 엔딩)

명희   아니요.

희태   (보면)

명희   안 괜찮아요. 희태 씨 없는 오월은, 싫어요.

숨죽여 명희의 말 듣던 희태, 참았던 숨을 길게 내쉬며 씩 웃어 보이고. 자리 박차고 일어나 명희의 손을 잡아 이끄는 희태. 달려가는 두 사람 모습에서.

S#2 **연회장 앞** (밤)

단정한 셔츠 차림의 혜건, 화환 사이에 세워진 '약혼-황희태 이수련' 안내판 보고. 잠시 연회장 입구에서 망설이며 서성이다가…

인기척에 고개 돌려서 보면, 발코니에서 나와 손잡고 달리는 희태와 명희. 혜건, 눈을 의심하며 충격으로 보는데.

수찬(E)   무슨 용건으로 오셨습니까?

혜건   (화들짝) 아, 아닙니다. (도망치듯 자리 피하고)

S#3   연회장 (밤)

연회 파하는 분위기 속에서 눈으로 희태 찾던 수련, 무심코 창밖을 바라보면… 손잡은 채 정원 가로질러 빠져나가는 명희와 희태의 모습이 보이고.

수련, 그런 두 사람의 모습 철렁해서 보는데… 때마침 수련에게 다가오는 고모.

고모   손님들 가시는디, 황 서방은 어디 갔대?

창근   (보더니) 아까부터 안 보이던디, 뭐 탈이라도 났는가?

기남도 그제야 미간 꿈틀, 눈으로 희태 찾듯 연회장 안을 훑고…
머뭇거리던 수련,

수련   먼저… 보냈어요.

창근   뭔 소리여, 먼저 보내다니?

수련   아침부터 몸이 안 좋대서… (어색 미소) 먼저 들어가 쉬라고 했어요.

고모 '아따, 그려도 그렇지!' 툴툴대는 사이, '이것 봐라?' 수련을 눈여겨보는 기남. 태연한 척하려 애쓰지만 미세하게 흔들리는 수련의 눈빛에서, 타이틀 오른다.

[Track 06. 기침, 사랑 그리고]

S#4 **하천길 (밤)**

보타이 푼 희태와 나란히 걷던 명희 에취! 재채기하면, 희태 바로 재킷 벗으며

희태　추워요? (재킷 걸쳐주려는)

명희　(낯간지러워 피하며) 아니, 아뇨. 괜찮은디…

희태　또 그 소리. 뭐가 괜찮아요. (손등 이마 짚어보고) 봐, 열도 있네. (옷 걸쳐주며 툴툴) 오뉴월 감긴 누가 걸리나 했더니, 속상하게…

명희 어깨에 재킷 걸쳐주다 못해, 아예 포장하듯 옷소매로 꽁꽁 묶는 희태.

희태　이제부터 그 말 금기어예요. 괜찮아 한 번에 딱밤 한 대. 오케이?

명희　(피식 끄덕이다가, 곧 근심으로) 약혼식장은, 수련이는… 괜찮을까요?

희태　(보다가, 약하게 딱밤) 한 대.

명희　(억울) 아니, 이거는, 의문문인디…

희태	말했잖아요. 내가 다 간단하게 만들겠다고. 그러니까 명희 씬 우리 남은 시간을 어떻게 보낼지, 그 생각만 해요. 복잡한 건 내가 할게요.
명희	그런 게 어딨어요. 왜 힘든 걸 혼자 다 떠안을라고…
희태	(말 막듯, 손잡고) 혼자 아니잖아요, 이제.
명희	(보면)
희태	뭐든 괜찮아요. 명희 씨만 함께 있으면.

두 사람 서로 아련하게 바라보다가, 명희 덤덤히 희태 딱밤 때리고 걸어간다. 희태, '아니, 이건 그런 의미의 괜찮아요가 아닌데' 항의하며 명희 따라 걸어가고.

S#5　　**연회장 건물 앞 (밤)**

건물 앞에 승용차들 서있고. 희태네 가족과 수련네 가족, 서로 인사차레로 '그럼 들어가십쇼', '또 뵙겠습니다' 하면 기남네 향해 대충 꾸벅하는 수련.
수련, 고모 뒤따라서 창근의 차로 걸어가면… 그런 수련을 불러 세우는 수찬.

| 수찬 | 수련이 넌 나랑 가자. 아버진 고모 모셔드려야 한께. (차 문 열며) 타. |

S#6　수찬의 차 안 (밤)

조수석의 수련, 심란하게 창밖을 바라보고 있으면⋯ 그런 수련 힐끔 보는 수찬.

수찬　매제는 어디가 그렇게 안 좋대?

수련　그냥 뭐, 감기 기운 있나 보더라고.

수찬　잉, 명희도 종일 콜록 대드만. 환절기라 그런가 보네. 그러고 본께 정신없어서 명희 간 줄도 몰랐네잉. 명희랑 인사는 했어?

수련　(잠시 머뭇) 나나 오빠나 정신 없응께 그냥 조용히 갔나 보제. 원체 남 신경 쓰이게 하는 거 싫어하잖애. 명희가.

수찬　(미소로 끄덕이며) 욕봤다, 오늘. 엄니도 계셨음 좋았을 거인디.

수련　(애써 미소만 지어 보이면)

수찬　(농반진반) 아따, 생각할수록 매제 괘씸해서 안 되겠네잉. 나가 불러다 혼구녕 좀 내야 쓰겄어. 어디 사내놈이, 약혼녀 혼자 냅두고, 잉?

수련　혼구녕은 무슨⋯ (진심?) 에에? 하지 말어.

수찬　참내, 벌써 약혼자라고 감싸냐? (짠한 미소) 눈이나 좀 붙이고 있어.

S#7　명희 하숙집 근처 골목 (밤)

하숙집 앞 골목 어귀에 걸음을 멈춰서는 명희와 희태.

희태　(뾰로통) 대체 왜 집 앞까진 안 돼요?

명희　엎어지믄 코 닿을 덴디, 여가 집 앞이지 뭘⋯ 글고 괜히 또 (하면)

희태	(O.L) 괜히 또 진아 보면 시끄럽다고요. 알았어요. 내일은 뭐 해요?
명희	내일은 성당 갔다가, 근무 가요.
희태	그럼 내일 과외는 저녁에 해야겠네. 명희 씨 퇴근할 때쯤 마주치게. 아예 근무표를 저한테 넘겨요. 근무 맞춰서 데이트 일정 짜게.
명희	(치, 웃으며) 알았어요.
희태	(작게 한숨) 이래서 가사들을 쓰나 봐요. 전화도 못 하고, 얼굴 떠올릴 사진 한 장 없는데… 밤이 너무 기네.

마주 보는 둘, 서로 두근거림으로 바라보다가… 문득 명희 귓가에 손 뻗는 희태. 명희, 순간 놀라 움찔하면… 희태, 명희 귀의 클립형 귀걸이 한쪽을 슬쩍 빼 보인다.

희태	이거라도 가져갈래요. 명희 씨 생각하게.
명희	(움찔한 게 쑥스러워 괜히) 나는, 나도 뭐, 줘야 하는 거 아녜요?
희태	(자기 몸 내려다보며) 난 뭐 줄 게 없는데… 단추라도 하나 뗄까요?

보던 명희 손 뻗더니, 목에 걸치고 있던 희태의 보타이를 스륵 가져간다.

명희	(들어 보이며) 전 이걸로 할게요.

그 순간 묘해지는 두 사람 사이의 공기. 희태, 입 맞추려 천천히 다가가면 명희, 긴장한 채로 눈 꼭 감고… 두 사람 입 닿기 직전인 그 순간, 삐익!! (E)

호루라기 소리에 화들짝 놀라 떨어지는 두 사람. 보면, 통금 순찰 중인 최 순경.

최순경 　거, 저, 통금 사이렌 울리기 직전인디 남녀 둘이서 야밤에 뭣들 한 대?! 아, 방 잡을 거 아니믄 싸게싸게 들어들 가쑈! (궁시렁)

새빨개지는 두 사람. 명희, 걸치고 있던 희태 자켓 후다닥 벗어 돌려주며

명희 　글믄, 전, 들어갈게요. (가고)
희태 　아, 네, 네! (가는 뒤에 대고) 내일 봐요, 명희 씨!

홀로 남은 희태, 후… 뛰는 가슴 겨우 가라앉히고, 명희 귀걸이 보며 미소 짓는다.

S#8　희태 본가 전경 (아침)

S#9　희태 본가 희태 방 (아침)
씻고 나온 듯, 수건으로 머리 털며 방으로 들어오던 희태. 책상 한 쪽에 고이 올려둔 명희의 귀걸이 보며 옅게 미소 짓는데, 방문 벌컥. 보면, 평상시와 같은 표정의 기남… 들어와 문 조용히 닫아 잠근다.

희태   아버지. 안녕히 주무셨어… (하는데)

저벅저벅 다가오더니 감정 없이 무표정하게 희태의 뺨을 세게 내려치는 기남. 희태, 갑작스러운 상황에 뺨 잡고 잠시 멍했다가… 애써 심상한 표정으로 보면.

기남   어젠 아팠다면서. 몸은 좀 괜찮아졌나?
희태   (보다가 미소로) 네.

기남, 그 말에 또 한 번 뺨 철썩. 이어 한 대 더 때리려면 기남 손목 잡는 희태. 그런 희태 행동에 작게 비웃음을 띄우는 기남, 희태 손 뿌리치고서…

기남   머리 좀 크니까, 애비도 이겨 먹을 거 같지? 착각하지 마. 네가 막을 수 있는 건 고작 요 손 하나고, 날고 기어봤자 내 손바닥 안이니까.
희태   (말없이 보면)
기남   한 번만 더 사람들 앞에서 아들 역할 저버렸다간, 그땐 뺨 정도로 안 넘어가. 알았어?

희태, 대답 없이 무표정하게 기남 보는데… 그때 똑똑 노크 소리가 정적을 깬다.

기남   (바깥 향해) 뭐야.

가정부(E)   어르신. 손님이 오셨는데요?

S#10   희태 본가 거실 (아침)

기남과 희태 차례로 계단 내려오면서 보면, 어색하게 현관 앞에 서 있는… 수련이다. 희태 놀라서 '네가 왜…?' 보면, 가식 미소로 커다란 보자기 들어 보이는 수련.

시간 경과. 거실 소파 테이블 위에 놓인 수련의 보자기. 해령이 매듭 풀어 상자 열면, 화려한 이바지 음식들이 정갈하게 담겨 있다.

해령   (보고 감탄) 어제 약혼 치르느라 정신도 없었을 텐데, 뭘 이런 걸 다.

수련   식전에 인사도 못 드렸응께, 이바지는 꼭 직접 가져다드리라고 아버지가 신신당부하셔서요.

기남   (찻잔 따위 다른 선물 들고) 아이고 이 귀한걸… (인자하게) 아버님께 감사하다고 꼭 전해줘요.

수련   (심기 꼬인 미소) 예.

기남   (찻잔 대충 놓으며) 식사 준비는 다 됐나? (하다가 보는) 정태는?

해령   (준비된 대답) 정태는 교회 수련회를 가서, 내일 저녁에야 온다네요.

기남   (못마땅한, 일어나며) 가서 식사들 하지.

따라 일어나던 수련, 희태의 발간 한쪽 뺨 눈에 들어오고… 뺨은 왜 저래? 의아한데.

S#11   희태 본가 주방 (낮)

수저 소리만 달그락 들리는 삭막한 식사. 기남, 밥 먹으며 말없이

희태 노려보면… 희태, 맞은 뺨에 얼음물 잔 대고서 태연하게 식

사 중. 그러다 기남 시선 느껴 보며

희태   (해맑게) 제가 감기 기운 때문에, 아직 열이 안 내려서. (수련 향해)

         아. 약혼녀 앞인데, 식사예절이 아닌가?

수련   (기남 내외 향해 재빨리) 저는, 상관없습니다.

         후… 못마땅하지만, 수련 앞이라 꾹 누르는 기남과 부러 더 뻔뻔

         하게 밥 먹는 희태.

         달그락 수저 소리만 가득한 식탁에서 눈치로 깨작이는 수련. 체

         하겠네, 진짜…

S#12   희태 본가 정원 (낮)

식사 후, 정원 구경하는 척 밖으로 나온 희태와 수련. 나무 따위에

숨듯이 서고.

수련   (표정 돌변하며) 니…!

희태   잠깐, 잠깐! 혹시 때릴 거면 (반대쪽 뺨) 이쪽으로.

수련   (어이없이 보다) 도대체가, 말도 없이 그라고 사라지믄 난 어쩌라

         고? 어른들한테 둘러대느라 얼마나 당황했는지 아냐?

희태   미안. 어제는 사정이 생겨서.

수련	(빠른 사과에 말문 막혀서 보다가) 어제 봤어. 니 명희랑 나가는 거. 니들, 앞으로 어쩔라고 그래?
희태	우리가 어쩌든, 딱히 상관없지 않아? 너 원하는 대로 약혼은 치렀고, 공장 완공 때까지 현상 유지… 너랑 나는 딱 거기까지잖아.
수련	(순간 복잡한 감정 스치고) 왜 상관이 없냐? 니 말마따나 현상 유지는 해야제. 니들 관계 드러나믄 약혼이고 뭐고 말짱 꽝 아니냐고.
희태	알았어. 앞으론 조심할게.
수련	(태도가 열 받아) 남 일이냐? 막말로 어제 둘 모습 나만 봤응게 망정이지, 집안사람이나 손님들 봤음 어쩔 뻔했냐? 난 뭐라 설명하냐고!
희태	(갸웃 보며) 뭐에 그렇게 화가 난 거야?
수련	(당황) 허, 시방 누가 화를 낸다고…

그 순간, 해령 문 열고 나오더니 정원 쪽 희태와 수련을 향해 소리친다.

해령	들어와서 다과들 들어요.
희태	(잠시 생각하다, 해령 들으란 듯) 수련아. 방 구경할래?
수련	(이건 또 무슨 꿍꿍이?)

S#13 희태 본가 수련 집 (낮)
문가에 서서 해령에게 다과 담긴 쟁반 건네받는 가식 미소 희태.

해령	뭐 더 필요한 거 있으면 편하게 얘기해요.
수련	(어색하게 미소) 예.

해령 문 닫고 나가면 바로 표정 바뀌는 희태, 쟁반 책상 위에 두고 침대에 눕는다.

수련	(누운 희태 보면서) …뭐냐?
희태	여기서 적당히 시간 때우다 가라는 나의… 배려? 우리 아버지 앞에서 약혼녀 연기하는 것보다는 낫지 않겠어?
수련	(단번에 납득, 책상 보며) 넌 뭔 대학생이, 방에 책 한 권이 없냐?
희태	책이 왜 없어. 거기 있는 거 죄다 책이구만.
수련	요딴 참고서 말고 읽을 책 말이여, 읽을 책. (에휴) 니도 앨범이나 꺼내 봐. 어릴 땐 또 얼마나 못생겼나 구경이나 허게.
희태	난 앨범 같은 거 없는데.
수련	(그 말에 잠시 보다가) 뭔들 있겠냐… (책장 훑다가 응?)

수련, 책 사이 꽂혀있는 뭔가 발견해 꺼내면, 화려한 무대의상 입은 여가수 흑백사진.

수련	(피식) 뭐냐 이건?
희태	우리 어머니.
수련	(순간 당황해) …어?
희태	밑에 계신 어머니 말고 친어머니. 아프기 전 사진이 그거밖에 없어서.

수련	(조심스레 사진 내려놓으며) 니는, 그, 엄니 사진을 뭘, 구석탱이에 박아 두고 그래. 액자에라도 넣어두지 않고…
희태	(픽, 일어나) 그러는 너희 집도 어머니 사진은 하나도 안 보이던데?
수련	그거는… 사진 볼 때마다 생각난께, 안 보이는 데 둔 거고.
희태	같은 이유야. (사진 다시 책 사이에 꽂으며) 몇 살 때 돌아가셨어?
수련	…나 열두 살 때.
희태	아이고, 너무 어렸네. 힘들었겠다, 행사가 많아서.
수련	행사…?
희태	운동회며 입학식, 졸업식 때마다 생각났을 거 아냐. 난 어머니 없이 치른 게 고등학교 졸업식 한 번인데도 못 견디겠던데. (다과 먹으며) 뭐, 수석 졸업이라 어쩔 수 없이 참석은 했지마는~

수련, 희태에게서 자신의 어떤 면이 겹쳐 보이고… 같은 아픔을 아는 희태를 조금 뭉클하게 보면, '뭘 그렇게 보냐'는 듯한 희태 표정에

수련	(괜히) 재수 없어. 지 입으로 수석 졸업이래…
희태	야, 졸업만 수석이겠냐? 입학도…
수련	(O.L) 아따, 듣기 싫어! 하이튼 잘난 척은. (애써 심상하게 다과 먹고)

S#14   성당 안 (낮)

미사 진행 중인 성당 안. 신자들 성가 부르면, 뒤늦게 살금살금 들어오는 명희, 선민과 혜건이 앉은 자리로 가 앉으며 '왔다' 손짓과

표정으로 인사하는데.

그런 명희 굳은 표정으로 보는 혜건, 쌀쌀맞게 시선 피하면 '뭐지?' 의아한 명희. 선민에게 '왜 저래?' 입 모양으로 속삭이면 선민 어깨 으쓱하며 '몰라' 하고.

인서트　　**성당 마당 (낮)**

미사 후, 마당에서 국수를 나눠 먹는 신자들의 모습.

S#15　　**성당 일각 (낮)**

명희, 쌓여 있던 빈 육수통 따위를 혼자 정리하던 혜건을 보고 다가오며

명희　　것들도 다 설거지할 것들이제? 나 줘.

혜건　　(명희 한번 보더니, 더 요란하게 집기 정리하면)

명희　　정혜건, 니 뭔 일 있냐? 사람을 본 체도 않고. (잡고) 뭔디. 말을 해.

혜건, 명희의 손길을 확 뿌리치고. 명희, 그런 혜건 태도에 놀라 바라본다.

혜건　　(한참 뜸 들이다) 나 봤다.

명희　　뭘?

혜건　　수련이 약혼식 날, 니랑⋯ 희태.

명희	!!
혜건	느그 서로 어찌 알고⋯ 아니 것보다, 두 사람, 대체 뭔 관계여? 희태, 수련이 약혼자잖애. 명희 니⋯ 수련이 친구 아니었냐?
명희	혜건아. (어디서부터 설명해야 할지 막막해 말문 막히고)
혜건	수련이는 느그 둘 그런 사인 거, 아냐?

명희, 고개 끄덕. 허⋯ 실망으로 명희 보다가, 집기들 와당탕 내려 놓고 가는 혜건. 우연히 입구 쪽에 서서 이를 듣던 선민, 씩씩거리 며 가는 혜건 보다가 명희 보고.

S#16 성당 마당 (낮)

마당 한구석에서 수도 호스로 대야에 물 받아 설거지하는 명희와 선민. 선민, 묵묵히 설거지하는 명희를 지켜보다가⋯ 일부러 더 심상하게 입 연다.

선민	잘했다.
명희	(설거지 멈추고 보면)
선민	솔직히 속이 다 시원허다. 김명희가 넘의 꺼 뺏을 인물은 못 되고, 난생 첨으로 자기 거 지킨 거 같은디⋯ 용썼다. 난 명희 니 편이여.

명희 마음 복잡하지만, 선민 마음 씀씀이 고마워 애써 미소 짓고 설거지 이어 한다.

S#17   **병영 일각 (낮)**

짤그락, 동전들을 쥔 주먹을 쥐락펴락하는 경수, 빈 공중전화를
긴장으로 바라본다. 경수, 멀리 들리는 소리에 움찔, 주변 살피며
몰래 전화기로 다가가 동전을 넣는다. 02로 시작되는 번호를 꾹
꾹 누르는 경수. 뚜루루… 신호 가면, 긴장으로 주변 살핀다.

S#18   **희태 본가 거실 + 수찬 사무실 (낮)**

희태 집 거실에서 전화 울리고. 마침 수련 배웅하고 집으로 돌아
오던 희태, 전화벨 무시하고 2층 올라가려 하면, 그 사이 '여보세
요?' 전화 받는 가정부.

가정부   (희태에게) 큰 도련님. 전화 왔는데요.

희태   (올라가려다 멈칫) 저요? (다가가 전화 받는) …여보세요?

수찬(F)   어, 매제. 몸은 좀 괜찮애?

자기 사무실 책상에 앉아 전화하는 수찬, 애써 호쾌하게 이야기
한다.

수찬   그간 너무 교류가 없었던 거 같아서. 저녁에 남자끼리 한번 볼까
         한디.

희태   (갑자기 웬) 아, 형님 어쩌죠? 제가 오늘은 볼일이 있어서…

수찬   볼일은 몇 신디? 그전에 보자, 그믄. 나가 매제한티 시간 맞출게.

희태   (당황) 아…

수찬	(부드럽지만 단호히) 아따, 잠깐만 시간 내. 볼일 전에 보내줄랑께.
희태	(수찬 고집 의아하고) 예, 뭐… 그러시죠, 그럼.

S#19 병영 일각 (낮)

한편, 공중전화의 경수. 계속해서 뚜루루 이어지는 신호음에 초조해 미치겠고.

경수	(작게 혼잣말) 황희태. 전화 좀 받아라, 제발… (하는데)
홍병장(E)	뭐하나?

뒤에서 들려오는 목소리에 경수, 핏기 싹… 공포 영화처럼 뒤돌아보면, 느물느물 뽀빠이 과자 따위 먹으며 선 홍 병장과 그 뒤에서 무시무시한 표정으로 '안 끊어?' 입 모양으로 눈치 주는 광규. 경수, 고양이 앞의 쥐처럼 수화기 내려놓고.

S#20 보안대 조사실 (낮)

무표정하게 팔짱 끼고서 고문 이루어지는 조사실 한구석을 바라보는 기남. 물고문에 첨벙거리는 소리. 간간이 기남 옷까지 물방울 튀어 신경질적으로 툭 털고. 전화선을 쭉 늘어트리며 전화기 채로 기남에게 깍듯이 수화기 건네는 조사관.

기남	여보세요. (했다가, 대번에 돌변하는) 예, 의원님! 무슨 일로… 아뇨,

괜찮습니다. (계속 진행하라는 손짓으로 가며) 예, 바로 가겠습니다.

S#21   한정식집 (저녁)

각 잡힌 자세의 기남, 마주 앉은 석중에게 술 따르며 이야기 듣는다.

석중   의약법 개정을 한다고 난리를 치는데, 내가 그쪽 상임위 애들 설득한다고 아주… 내 사돈집도 아닌데 이렇게까지 해야 하나 싶더라니까.

기남   감사합니다, 의원님. 은혜 절대 잊지 않겠습니다.

석중   아무튼, 내 선에서 할 수 있는 건 다 했고… (안주머니에서 메모지 꺼내며) 마무리는 자네 선에서 지어. 아까 말한 상임위 의원들.

기남   (알아듣고, 메모지 받아들며) 예, 알겠습니다.

석중   참 그리고, 이거.

기남, 석중이 내민 서류 봉투를 받아 꺼내 보면… 이력서 하나가 들어있고.

석중   저번에 말했던 (위쪽 고갯짓하며) 사촌. 창화제약 보니까 대표가 아직 풋내기던데. 공동경영인 하나 있으면 든든하지 않겠어?

기남   (난감) 의원님 고견은 감사하지만, 이미 부친인 이창근 사장이 경영에 참여하는지라, 공동경영은… 쉽게 받아들이지 않을 텐데요.

석중   (헛웃음) 왜 그래? 자네답지 않게. 받아들이게 만들어야지. 뭐, 사돈집 곳간이라고 벌써 챙기고 드는 건가?

기남 아닙니다, 의원님.

석중 어제 대통령 중동 순방 나간 거 알지? (술 따르면서 은밀히) 곧 비
      상계엄 확대될 거야. 배 뜨기 직전이라고. 한배 타려면 지금밖에
      없어.

기남 (술 받으며 보면)

석중 황 과장. 이번에 정부 새로 들어서면… 고작 5년하고 말 거 같아?
      길게 생각해. 자네 계속 거기 있을 사람 아니잖아?

대답 대신 각 잡고 술 한잔 쭉 비워내는 기남, 다시 잔 내밀며 마
음을 다잡는 표정.

S#22   대폿집 (밤)

먼저 도착해 앉아있는 수찬, 혼자 술 따르다가… 희태 들어오는
모습 보고 미소로

수찬 어, 매제! 왔는가? 앉어.

희태 (앉으며 휘 둘러보는) 형님이 이런 델 좋아하시는 줄은 몰랐네요.

수찬 남자끼리 친해지는 덴 여만한 데가 없제. (술 따르러) 한잔 받어.

희태 아… 전 이따가 볼일이 있어서요.

수찬 아따, 뭔 볼일인디 딱 한 잔도 못 받는가?

희태 중요한 볼일이라. 그럼, 잔만 받겠습니다.

수찬 아이, 잔만 받는 건 어느 나라 법이대? 고사 지내는 것도 아니고.

희태	그럼… 잔도 안 받겠습니다. (미소) 대신 제가 한잔 따라드릴게요.
수찬	(자작하며 미소) 왜, 겁나? 술 들어가믄 내 앞에서 실수라도 할까 봐?

한잔 쭉 들이켜는 수찬, 묘한 도발의 시선으로 희태 보면… 말없이 보던 희태.

희태	오늘 술친구가 절실하신가 봐요. (잔 내밀며) 해드릴게요, 술친구.

팽팽한 긴장감 속에 가짜 미소 지어 보이는 둘. 희태 잔에 가득 따르는 수찬. 잔에 술 따르면, 동시에 비워내는 두 사람. 빈 잔 탁! 또 따르고 마시는 둘… 시간 경과. 빈 술병을 새 술병으로 바꿔주는 술집 점원, '괜찮나?' 걱정스레 보면 흐트러지지 않으려 애쓰는 두 사람. 다시 건배하고는, 기 싸움하듯 동시에 원샷하고.

수찬	주량껏 마셔. 내 속도 맞춘다고 너무 무리하진 말고.
희태	(수찬 앞접시에 음식 놔주며) 아유, 제 걱정은 마시고요.
수찬	(희태 살피듯 가만히 보다가) 그래서 매제는… 우리 수련이 좋아하나?
희태	(뜬금없지만, 미소로) 서로 조금씩 알아가면서, 잘 지내고 있습니다.
수찬	앞으론, 어쩔 계획인가? 결혼이며… 신혼집은, 어서 차리게?
희태	그거야 뭐, 차차… 어른들 뜻대로 하지 않을까, 싶은데요.
수찬	…약혼도 그런 식으로 했는가? 어른들이 시켜가꼬?
희태	(보다가) 그럼 수련 씬, 맞선부터 약혼까지 다 본인 의사였나요?
수찬	(분노 꾹 누르며) 아무리 마음이 없는 혼사라 혀도, 최소한도로 가져야 할 책임과 다해야 할 도리가 있는 법이여.

희태	전 지금… 도리를 다하고 있는 거 같은데요.
수찬	그게 시방… 약혼식 하다 사라진 놈이 할 소리여?

부딪히는 두 사람의 눈빛. 수찬, 희태를 향한 분노로 흔들리는 눈빛에서…

인서트   연회장 앞 (씬2/수찬의 회상)

명희를 찾으러 연회장 밖으로 나온 수찬, 입구에 멀뚱히 서 있는 혜건을 보고

수찬	무슨 용건으로 오셨습니까?

혜건, '아, 아닙니다' 자리 뜨면… 의아하게 보던 수찬, 혜건 보던 쪽 바라보면 손을 잡고 달려가는 명희와 희태의 모습. 충격으로 굳는 수찬의 얼굴. 다시 대폿집. 수찬, 속에서 솟구치는 분노를 겨우 누르며 희태를 본다.

수찬	혼자 사라진 게 아니잖아. 그날.
희태	(보다가) 오늘 보자고 하신 의도가 뭡니까?
수찬	뭐가 됐든, 딱 거기까지만 해. 책임지지 못 할 짓은 하지 말라고.
희태	전 책임지지 못 할 짓은 한 적이 없는데요.
수찬	(냉소) 책임이 뭔 의민지는 아나? 내 행동에 누구 하나 안 다치게 하는 거, 그거이 책임이여! 주변이 쑥대밭이 되건 말건, 자네 하나

좋으면 그만이여? 어찌 이리 사람이 경솔해!

희태   (다가가 나지막이) 지금 수련이 때문에 화내시는 건 맞나요?

수찬   …뭐?

희태   형님은 책임과 도리에 맞게 사세요. 저는 후회 없이 사는 게 먼 저라.

수찬, 분노와 적의로 바라보는데… 희태 다시 태연하게 잔 들어 보이며 '막잔?' 미친놈인가…? 말문 막혀 바라보는 수찬 모습에 서…

S#23   명희 하숙집 마당 (밤)

삐걱 대문 열리며 막 퇴근한 명희 들어오면, 반갑게 진아 마당 나 와보고는

진아   (실망) 아 뭐여, 언니였어? 희태 오빠 줄 알았네.

명희   (의아) 아직 안 왔어? 과외 저녁에 한다지 않았냐?

진아   몰라, 깜빡하셨는가… (하고) 근디 저녁에 과외 하는 건 어찌 알 았대?

명희, 대충 둘러댈 말 찾으려 '어…' 하는데, 그때 다시 삐걱 열리 는 대문 소리. 진아 '오빠!!' 반갑게 외치고, 명희 뒤돌아보면 멀쩡 한 모습의 희태 들어온다.

| 희태 | (미소로) 저 왔어요. |
| 진아 | 아따, 왜 이제 오셨대요! 걱정했네. |

명희, 희태 보면 멀쩡한 척하지만 묘하게 평소와 다른 이질적인 희태 모습. 이상한데.

S#24 명희 하숙집 광규 방 (밤)

진아를 따라 방으로 들어오는 희태. 진아, 혼날까 봐 제 발 저려서 중얼거린다.

진아	그, 내주신 숙제는 다 했는디… 거시기 그, 오답 노트를 다 모대 가꼬.
희태	(상냥하게) 숙제를 다 했어? 양도 많았는데, 우리 진아 수고했네.
진아	(웬일이지? 눈치 보며 헤헤 웃다가 쿵) 오빠 혹시 술 드셨…?
희태	(O.L) 음악은 곧 뭐다?!
진아	(자동) 수학이다…
희태	그렇지! 가서 한 곡 틀어봐. 오늘 우리 진아 피디 선곡 능력 좀 보자.

뭐지? 취했다기엔 멀쩡해 보이고… 알쏭달쏭 진아, 주춤주춤 오디오로 향하고.

| 진아 | (LP 뒤적이며) 저, 거시기 국내로 틀까요, 팝으로 틀까요? |

진아 말 마치는 동시에 돌아보면, 앉은 자세 그대로 책상에 머리 박고 기절한 희태.

S#25　명희 하숙집 거실 (밤)

낑낑, 희태 끌고 거실로 나오는 진아부… 명희와 진아 깐 이불 위에 희태 눕히고.

진아부　(허리 펴며) 하이고마, 들어올 땐 멀쩡하시드만. 무슨 일이고 이게. (진아에게) 니는 가가 자리끼 쫌 가 온나.

진아　(재빨리 부엌으로 가며) 자리끼!

진아부　햐, 이래 만취를 했는데도 과외를 하러 오시고. 책임감이, 마. (감탄) 거의 뭐 김유신 아이가, 김유신.

명희　(김유신… 피식 웃음 참으며, 희태 베개 베어 주고)

진아부　접때 보니 술도 좀 하시드만, 뭔 일로 이래 못 이길 정도로 술을 자셨노. 하여튼간… 이, 머리 좋은 사람들일수록 고민이 많다, 고민이.

자는 희태 위에 이불 덮어주던 명희, 진아부의 말에 문득 희태 보면. 술에 취해, 숨소리도 없이 죽은 듯이 곤히 자는 희태 모습. 걱정으로 보다가 희태 이불 좀 더 위로 여며주는 명희, 마음이 쓰이고…

S#26   명희 하숙집 전경 (아침)

S#27   명희 하숙집 거실 (아침)

잠든 희태 얼굴 위로 '희태 씨, 희태 씨' 하는 아득한 명희 목소리.
희태 그 목소리에 가늘게 눈떠서 보면, 몽롱한 와중에 후광 비치
는 명희 모습.
희태, 비몽사몽 간에 자신을 흔들어 깨우던 명희 손을 잡으며 중
얼거린다.

희태   명희 씨 꿈은 처음인데…

명희   (당황, 손 빼며 눈치) 오메, 아직 술이 덜 깨셨는갑다…

진아부   (얼굴 붉쓱) 선생님. 고마 인나서 해장 하이소.

잠시 누운 채로 멍하게 보던 희태, 화들짝 놀라서 벌떡! 까치집으
로 주변 돌아보면 이불 옆쪽에 밥상 차려져 있고, 진아와 진아부,
명희까지 찬찬히 보던 희태

희태   (얼떨떨) 제가 왜 여기서…

시간 경과. 경상도식 얼큰한 뭇국이 차려진 밥상. 어색하게 밥상
에 앉은 희태…

진아   아따, 콩나물국 끓이라니까 아침부터 뭔 뻘건 국물이래~

진아부	팍씨. 마, 니는 퍼뜩 묵고 학교나 가라.
희태	(국물 먹고 진심 감탄) 어우, 이거 국물이. 속 확 풀리는데요 아버님.
진아부	역시! 맛을 아시네. 요, 전라도 것들은 이 맛을 모른다 아입니까.
희태	저 전라돈데요. 광주 토박이. (후룩)
진아부	(태세 전환) 역시! 맛의 고장은 이, 전라도! 예. (후룩, 눈치) 그, 서울 말씨라 여기 분인지 몰랐네요. 사투린 잘 안 쓰시나 봅니다?
희태	쓰면 또 잘 쓰는데, 아버지가 유독 표준어를 강요하셔서… (하는데)
진아부	(밥상 탁!) 역시! 아버님이 자식 농사 잘 지으신 분이라 뭘 좀 아시네. 저도 아들놈 군대 보낼 때 젤로 강조한 게 바로 이 말씁니다, 말씨. 다행히 우리 아들은 경상 전라 혼혈이라, 사투릴 그냥 자유 자재로…

광주 토박이 셋, 떨떠름한 표정으로 진아부 신나서 떠벌리는 모습 보고. 워낙 자주 있는 일인 듯, 무시하고 먹으라고 희태에게 손짓하는 명희와 진아.

S#28   병영 급식소 (낮)

광규, 반찬이나 국 따위 뜨다가 손 데어서 순간 '오메, 뜨거' 전라도 사투리. 말해놓고 광규 본인도 화들짝, 들은 사람 없겠지? 흠흠… 주변 살피다가 보면,
멀리 테이블의 홍 병장, 밥 먹는 경수 옆자리에 앉아 툭툭 재미로 때리며 괴롭히고. '아이, 저거 또…' 귀찮은 표정의 광규, 그쪽 향해 식판 들고 가려면 앉아있던 군인1

군인1   (작게) 야. 여기 앉아. 왜 또 저기 껴서 사서 고생할라 그래?

광규   우짜노 그라모. 홍 병장 저거 저러다 아 잡는다.

군인1   (앉히며) 아, 잡든 말든. 니가 말려주니까 더 지랄하는 거야. (작게) 그리고 쟤한테만 지랄하니까 나머지는 편하잖아. 냅둬, 그냥.

          광규, 찝찝하게 앉아 묵묵히 밥 퍼먹기 시작한다. 홍 병장, 경수 툭툭 때리면서…

홍병장   야, 데모하는 기집애들이 그렇게 문란하다며? 썰 좀 풀어봐라. (음흉) 특히 공순이들, 대학생이라면 그냥 자빠져 준다던데. 너도 여공들 좀 후려봤냐?

경수   (듣다 꾹, 용기 내 조용히 수저 놓으며) 그런 사실 없습니다.

홍병장   허 이 새끼, 표정 봐라? 야, 치겠다? (때리며) 선임이 썰을 풀라면, 지어서라도 풀 것이지, 어? (점점 과해지는) 어디 눈깔 치켜뜨고, 어?

          애써 못 본 척, 미역국 한입 퍼먹고 묵묵히 씹던 광규… 어느 순간 으득, 돌 씹히면

광규   (못 참겠다, 수저 탁!) 아따, 이게 시방 조개미역국이대 돌맹이국이대?

          모두들 헉! 광규의 갑작스러운 걸쭉한 전라도 말씨에 다들 충격받아 광규 보는데. 그 누구보다 충격받은 홍 병장의 표정, 어이가 없다는 듯이 허… 살벌하게 웃으면

광규	해감을 지대로 해야 될 거 아녀, 해감을!

체념을 넘어 해탈한 광규, 바닥에 퉤 돌 뱉고. 이를 바라보는 경수 놀란 표정에서…

S#29　병영 화장실 (낮)

부들부들, 나란히 머리 박고 있는 광규와 경수. 입술 터진 광규, 슬쩍 살피고는

광규	(자세 풀며) 아야, 쉬면서 해 쉬면서. 아따 죽겄네, 씨…
경수	(따라 자세 풀고서, 보다가) 아까… 왜 그러셨습니까?
광규	언제 한번 들이받을라갰어. 허구한 날 광주토백이 앞에서 전라도가 뭣이 어쩌고… 홍 병장 저거 명문대랑 전라도에만 발작하는 거 알제?
경수	(미안) 괜히 저 때문에…
광규	됐어. 어차피 한 달 후면 전역할 섀끼 저거… 인자라도 말 편히한께 속이 다 시원해부네. 오메. 글고, 지랄에도 총량이 있는 법이여, 잉? 전라도랑 서울대 반반씩 나눠가꼬 지랄허믄, 니도 인자 좀 살만할걸?
경수	(고마움에 보다가) 저랑 제일 친한 친구도 광주 출신이지 말입니다.
광규	이 섀끼가, 광주가 뭔 쬐깐한 동넨 줄 아냐? 광주 산다고 다 알게?

누군가 오는 기척 느끼는 광규, '야야' 경수에게 눈치 주고 다시

자세 잡는 두 사람.

S#30   수찬 사무실 (낮)

응접 소파에 마주 앉은 기남과 창근. 창근, 당황스러운 표정으로
이력서 보며…

창근   갑자기 이게 무슨… 공동경영이라뇨.

기남   너무 깊게 생각 마십쇼. 그냥 투자자들 안심시키는 수단… (하는데)

창근   황 과장님. 나 사업가요. 이 바닥서 온갖 풍파 다 겪어본 사람입니
다. (메모지 툭툭) 윗분들 용돈? 예, 어느 정도는 각오했고, 얼마든
지 감수하겠습니다. 근데 요거는, (이력서 내려놓으며) 결국 내 손으
로 내 사업체 바치란 뜻 아니요. 총만 안 들었지 강도랑 다를 게
뭡니까.

기남   총도 들었습니다.

창근   (보면)

기남   직접 바치면 제물이지만, 공중분해 되면 그저… 사냥감이 되겠지
요. 온갖 데서 달려들어 살점 다 뜯어 먹고 나면, 다른 사업체까지
넘볼 겁니다. (이력서 쓱) 덜 잃는 쪽으로 생각하세요. 사업가답게.

창근   (분하고, 절망스럽게 이력서 보는데)

S#31   명희 하숙집 마당 (낮)

개어놓은 빨래 가지고 방으로 가려던 명희를 따라 마당으로 나오

는 희태.

희태	(집안에 들릴까 속삭이는) 명희 씨!
명희	속은 괜찮아요? 어젠 누구랑 그라고…
희태	있어요, 불편한 사람. 참! (손 내밀며) 근무표, 주기로 했잖아요.
명희	그거를 진짜 받게요? (치, 웃고) 오늘내일 비번이에요.
희태	진짜?! (신나) 그럼 우리 이틀 내내 데이트해요! (하고는 아차) 아니, 그, 1박 2일이 아니라 이틀 연속으로. (하고는 또) …1박 2일도 돼요?
명희	(미쳤나 봐! 민망한 듯 희태 한 대 치고)
진아부(E)	(집안에서) 명희야, 전화 받아라!

S#32 나주집 거실 + 명희 하숙집 거실 (낮)

나주집 거실에 앉은 순녀… 간간이 안방 쪽에서 현철 쿨럭대는
소리 들리고.

순녀	잉, 명희냐? 혹시 오늘 병원 근무 언제 나가냐? (듣고) 잉, 잘됐네. 글믄 오늘 하루만 니 방서 명수 좀 데꼬 잘래? 아버지가 장 다녀오는 길에 델꼬 오기로 했는디, 몸이 영 안 좋으시네.
명희	(내심 걱정, 무심하게) 몸이 왜?
순녀(F)	별건 아니고, 요전에 비 쫄딱 맞고 오드만 감기가 심하게 들어붓네.
명희	명수는 언제 데리러 가야 되는디? (듣고 아…) 알았어요.

산책 기다리는 강아지처럼 앞에서 들떠 기다리던 희태, 명희 전화 끊으면 신나서 '지금 나가?' 손짓하면, 명희 미안한 표정… 천진하게 '왜?' 입 모양으로 묻는 희태.

S#33 합숙소 복도 (낮)

복도에서 짐 챙기는 아이들에게 공지사항 외치는 박 코치.

박코치   전원 귀가했다가 내일 아침 10시까지 이리로 다시 집합한다잉. 앞으로 훈련 중에 집에 갈 일 없응께 필요한 물건들 있으믄 잘 챙겨오고!

그때 방에서 나오던 명수, 복도에서 불안하게 다리 떨며 선 정태를 보고

명수   넌 집에 안 가냐?

정태   (애써 태연한 척) 어, 뭐… 왔다 갔다 하기도 귀찮고.

박코치   (불쑥) 왜 안 가. 집에 가!

정태   예?! 아까 코치님 따라가도 된다고…

박코치   거야 먼 데 살아서 집 가기 힘든 아그들 말하는 거고, 황정태 넌 광주 살잖애. (쑥, 내쫓듯 휘이) 아따, 집에 가! 언능!

S#34   합숙소 앞 (낮)

결국, 쫓겨나듯 합숙소 밖으로 나오는 명수와 정태.

명수, 성일과 진규에게 '내일 보자!' 인사하고 보면, 어딘지 불안해 보이는 정태.

명수	(의아하게 보다가) 니 혹시 갈 데 없냐?
정태	뭔 소리야. 내가, 갈 데가 왜 없어? 그러는 넌, 왜 안 가냐?
명수	난 아부지 기다리는디. (흐음) 정 갈 데 없으믄 나랑 가도 되고.
정태	내가 왜 너랑… (하는데)
명희(E)	명수야!

명수 반갑게 '누나?!' 하는데, 정태 뒤늦게 따라 보면… 명희와 함께 서 있는,

희태	(황당하게 보며) …황정태?
정태	(헉, 쟤가 왜 여길? 놀라서 얼어붙고)

희태	(여인숙 올려다보며 씨익) 교회 수련회를… 이런 데서 다 하네?

묘한 긴장감 흐르는 형제들 사이에서 명희와 명수, 두 사람 어리둥절 보는데.

S#35   중국집 (낮)

들뜬 명수 옆에 잡혀 온 사람처럼 불편하게 앉아있는 정태, 힐끗 고개 들어 맞은 편에서 어떻게 정태 골려 먹을까 능글맞은 표정 짓고 있는 희태를 노려보고.

명희   신기하네. 어찌 딱 희태 씨 동생이 명수 같은 방 친구래? (말 없는 정태 마음 쓰여서) 괜히 불편한디 억지로 끌고 왔나?

희태   아니에요. 얘 갈 데도 없어요. 저녁까지 '교회 수련회' 예정이셔서.

정태   (찌릿 노려보면)

명희   (피식) 저 째려보는 눈이 딱 희태 씨 빼다 박은…

희태, 정태   (O.L, 동시에 불쾌) 아닌데요. / 아닌데.

명수   왐마, 희한하네잉. 말도 막 똑같이 해분다.

마침 테이블로 음식들 나오고. 탕수육이며 깐풍기 따위 요리들 보고 명수 '와아!'

희태   (요리들 괜히 명수 쪽으로) 명수야, 많이 먹어. 꼭꼭 씹어서!

명희   (왜 저래? 다시 요리 정태 쪽으로) 본께 한창 크는 건 이짝 같은디.

희태   에이~ 얘 이거 다 큰 거예요. (명수 쪽으로) 제가 열두 살 때 딱 명수만 했거든요? 늦게 크는 애들이 나중에 더 커요. 많이 먹어야 돼.

명희   (왜 저래 진짜? 정태 쪽에 음식 놓고) 저거 다 헛소린께 믿지 말고, 많이 묵어라잉.

명희, 뚱하게 있는 정태 보고는 거침없는 손길로 젓가락 쥐여주면서 '언능 묵어'하고. 정태, 순간 약혼식에서 괜찮다며 자기 머리 쓰다듬어주던 명희(5화 씬56) 떠오른다.

정태 (보다가) 근데… 둘은 무슨 사인데?

정태의 말에 동시에 켁, 먹다 사레들리는 명희와 희태. 순간 당황해서 정적. 정태, 난생처음 보는 당황한 희태 모습에 씨익… 의미심장한 미소로 보면.

명수 글고 본께 접때 느이 형 약혼식한다고… (헛다리) 그게 누나여?!
명희 야잇, 뭔 소리여. 우리는 그냥… (희태와 눈빛 대화)
희태 (끙… 분하지만 어쩔 수 없이) 친구지… 친구.
정태 (흐응, 그제야 젓가락질하며) 친구끼리 원래 이렇게 붙어 다니나?
희태 (기싸움) 너도 명수랑 약혼 안 했는데 붙어 다니잖아?
명희 (헛소리 그만! 몰래 툭, 수습하려는) 거시기, 뭐냐, 그… 니들 대회 전에 노는 게 오늘이 마지막이람서. 둘이 어디 가고 싶은 데는 없고?!
명수 으음, 다 같이 가고 싶은 데가 있긴 한디…
명희 (반갑게) 가믄 되제! 어딘디?

S#36 유원지 초입 (낮)

오래된 유원지 입구로 들어가는 넷. 신난 명수 앞서 달려가고. 왜 내가 애랑 여길… 불만 가득한 표정의 희태, 명희 손길에 끌려 따라가는데.

명수	(흥분) 누나, 누나!! 나 저거, 솜사탕!
명희	니 여서 당까지 오르믄 심장 터지는 거 아니냐? (지갑 꺼내며) 정태
	야, 니도 솜사탕 먹을래?
정태	(새침) 단 거 안 좋아해요.
명희	(치, 웃는) 나가 살아생전에 단 거 싫어하는 애긴 본 적이 없는디.
정태	아니, 전 진짜로 안 좋아해요.

(cut to) 솜사탕 쥐고 먹는 정태, 눈까지 감고 음미 중… 미쳤다. 너무 맛있고. 소중하게 야금야금 솜사탕 떼먹는 정태 아이 같은 모습에 희태, 인지부조화 오고… 두 소년 따라 걷던 명희, 희태에게 '봤지?' 여유만만 표정 지어 보인다.

S#37 유원지 (낮)

유원지 곳곳을 거닐고 구경하는 네 명의 모습 스케치.

잠깐의 틈을 타 희태, 명희 손 잡을…뻔하다가, 정태 돌아보면 바로 떨어지는 명희. 저놈 저거 일부러 저러는 거 같은데… 짜증과 불만으로 정태 노려보는 희태.

결국에는 남매, 형제끼리 나뉘어 놀이기구와 아슬한 리프트 따위 타고. 밝은 명수와 명희 남매 모습과 달리, 권태기 부부처럼 뚱하게 먼 곳만 보는 형제들.

S#38   **버스 안 (낮)**

돌아가는 버스 안. 나란히 앉아 곤히 잠든 정태와 명수의 모습.
다른 자리에 나란히 앉은 희태와 명희. 희태, 두 아이 잠든 거 확
인하고 나서

희태   (한숨, 작게) 황금 같은 1박 2일 중 하루가 이렇게 저무네…

명희   아니, 애초에 1박 2일도 아니고… 난 즐거웠는디, 희태 씬 아니
         대요?

희태   그런 거 알아요? 달콤한 사탕 먹는데, 안쪽 어금니 하나가 콕콕
         쑤시는 기분. 그래서 사탕 맛보다 그 이빨에 더 신경 쓰이는 기분?

명희   (황당하게 웃고) 왜 그렇게 동생을 싫어해요?

희태   쟤가 평소에 나한테 얼마나 못되게 구는데요.

명희   오늘 본게 희태 씨가 더 못되게 굴드만. 키만 컸지 겨우 열두 살
         인디, 어찌 애기랑 싸울라 든대요? 똑같은 열두 살처럼.

희태   (답답) 아, 명희 씬 몰라. 쟤가 나이만 어렸지, 하는 짓은…

명희   아따, 다 큰 척해봤자 애기랑께. 봐봐요, 저게 어디 어른인가.

희태, 명희 말에 정태 자는 얼굴 다시 보면… 천상 딱 열두 살짜리
꼬마고.

명희   아무리 숨길라고 해도 티가 나는 것들이 있어요. (슬쩍) 정태는 희
         태 씨랑 가까워지고픈 거 같은디.

희태   쟤가, 저랑요? 아이, 그건 진짜 말도 안 된다.

명희   먼저 곁 좀 내줘요. 희태 씬 어른이잖애, 열두 살이 아니라.

희태   (그 말에 생각이 많아지는데)

S#39   **혜건네 사진관 앞 (저녁)**

모자 쓴 수련 괜히 주변을 휘 경계하고, 손엔 커다란 선물세트 상
자를 들고 있다. 잠시 멀찍이 서서 망설이다가, 마음먹은 듯 사진
관 향해 걸어가고.

S#40   **혜건네 사진관 (저녁)**

혜건, '딸랑' 문 열리는 소리에 읽던 책(금지서적) 후다닥 숨기며
보면…

혜건   (놀라) 수련아.

혜건 향해 애써 미소 짓고는, 손에 든 주스 상자 한번 들어 보이는
수련.
시간 경과. 혜건이 선물세트 열어보면, 상자 안에 꽉 들어차 있는
시국선언문 전단.

수련   초안을 고대로 찍으믄 어쩌냐? 니가 준 거에서 문장 몇 개 고
           쳤다.

혜건   요거를 다… 니 혼자서 만들었냐?

수련   가두시위도 그렇고, 대성회* 시작하믄 전단 모자랄 거 같아서. (괜히) 아주 그냥, 등사판 민다고 팔뚝 운동 지대로 했다. (알통) 봐봐. 니 정도는 그냥 이겨불겠제?

혜건   (웃다가, 짠하게) 같이 밥상 다 차려놓고, 아쉬워서 어쩌냐?

수련   아쉽긴… 같이 투쟁 못 해서 미안하제. 암튼… 나도 방구석에서 삐라라도 찍을 텐께, 혹시라도 도움 필요한 거 있으믄 언제든 얘기하고.

혜건   고맙다 참말로. (눈치) 근디 니… 괜찮냐? (머뭇) 희태랑… 명희 말여.

       수련, 순간 멈칫… 그 둘 사이를 혜건이가 어떻게? 충격으로 보다가 작게 냉소.

수련   고것을… 니한테도 말했냐?

       혜건이 '아, 고거이…' 하며 마저 설명하려는데, '딸랑' 소리와 함께 선민 들어오고.

선민   (경계로) 이수련? 니가 여긴 뭔 일이냐?

수련   사진관에 사진 찍으러 왔제. (굳은 얼굴로 일어나며) 간다잉.

혜건   (가는 수련 향해) 아야, 수련아! (차마 잡지 못하고 한숨)

• 민족민주화대성회

S#41   수찬 사무실 (저녁)

회계사인 친구1과 응접 소파에 마주 앉은 수찬, 서류 넘겨보던 손
멈칫하며

수찬   (짐짓 정색) 뭔 소리여? 여자 문제라니?

친구1   (눈치) 거, 매제 될 사람 승보는 거 같아가꼬 거시기한디, 워낙에
        그짝 집안이… 복잡한께, 수련이 혼인 전엔 꼼꼼히 살펴보라고.
        혹시 또 모르잖애. 서울서 몰래 즈그 아버지처럼 딴 살림 차렸는
        지도 모르고.

수찬   (서류 내려놓으며) 그것은 너무 갔네.

친구1   아따, 사람 일 모른당께? 보고 자란 게 그건디. 결혼은 결혼대로
        하고, 어서 몰래 순진한 처녀 하나 꾀가꼬 혼외자라도 덜컥 생겨
        불믄…

수찬   (O.L, 단호히) 그 얘긴 고만하고. 작년도 재무제표나 줘 봐.

        친구1 깨갱, '작년도~ 재무제표가~' 하며 서류 찾고. 애써 일에
        집중하려는 수찬.

S#42   수찬의 차 안 (저녁)

머리가 복잡한 수찬, 신호대기 하면서 생각에 잠겨 있고…
공원에서 수찬 머리의 꽃잎 떼어 건네던 명희의 모습(3화 씬34)과
기차 안에서 명희와 나란히 앉아 즐겁게 대화하던 순간(5화 씬28)
회상하다가, 희태와 손을 잡고 뛰어가던 명희의 모습(6화 씬2) 떠

오르면, 핸들을 꽉 쥐는 수찬…

마음을 먹은 듯, 굳은 표정으로 핸들 확 꺾어 유턴한다.

S#43   길거리 (저녁)

집으로 돌아가는 정태와 희태, 사람 하나 들어설 만큼 거리 두고
어색하게 걸어간다. 희태, 곁눈으로 정태 살피면서 명희의 말을
떠올린다.

명희(E)　아무리 숨길라고 해도 티가 나는 것들이 있어요. 정태는 희태 씨
　　　　랑 가까워지고픈 거 같은디.

정태　(시선 느끼고 노려보며) 뭘 봐?

희태　(그럴 리가 없지, 픽 웃고) 넌 나 싫어하는 거 지치지도 않냐?

정태　그런 너는, 우리 집에 붙어있는 거 지치지도 않냐?

희태　(놀리려고) 아니~? 너~무 좋은데, 나는? 평생 붙어있을 건데?

정태　(노려보다가 으휴, 다시 앞 보며) 버러지 같아…

희태　야, 말 나온 김에 묻자. 넌 왜 그렇게 날 싫어하냐?

정태　자꾸 싫어할 짓을 하니까.

희태　난 누가 나 싫어하면 다 받아쳐야 하는 성격이야. 그니까 싫은 티
　　　를 내지 마. 그냥 무시해! 가끔 밥 같이 먹는 정원사 정도로 생각
　　　하면…

정태　(O.L, 멈춰서) 자꾸 아들 행세를 하잖아, 니가!

희태　(보면)

정태　너 오고 나서부터 다들 첩이라고, 첩 자식이라고 수군거리잖아!

진짜 가족은 우린데, 첫째 아들은 난데!

눈물까지 맺혀 씩씩거리는 정태를 보는 희태… 이젠 정말 열두 살짜리로 보이고.

희태   그게 그렇게 초조했냐? 너도 참, (소매로 정태 눈물 꾹) 애는 애다.
정태   (탁, 손길 쳐내면)
희태   네 말이 맞아. 내가 아무리 숨기려고 아들 행세를 해도… 첩 자식은 나고, 첫째 아들은 너야. 그러니까 초조해할 거 없어, 너는.

처음 보는 희태의 악의 없는 진중한 모습에 잠시 말없이 보는 정태. 희태 씩 웃고 다시 걷기 시작하면, 정태 보다가 따라 걸어가고. 두 사람 뒷모습 위로.

희태   명수네 누나랑 본 거는, 교회 수련회랑 퉁 치자?
정태   (짜증) 말할 생각도 없었거든…

S#44   **명희 하숙집 앞 (밤)**
명수와 하숙집으로 걸어가는 명희. 신난 명수, 명희에게 웃고 떠들며

명수   누나, 우리도 남들이 보믄 그 둘 맹키로 닮아 보일랑가?
명희   에에? (명수 볼 쿡) 나가 요 똥개랑? 한나도 안 닮았는디.

명수 '아, 진짜!' 툴툴거리고, 명희 웃다가 보면… 하숙집 앞에 세
워진 승용차. 심각한 표정으로 생각에 잠겨 있던 수찬, 명희 보고
는 차에 기댔던 몸 떼고 선다.

명희   (놀라 걸음 멈추는) …수찬 오빠?

S#45   골목 일각 (밤)

인적 드문 곳으로 자리를 옮겨 마주 선 수찬과 명희.

수찬   접때 말한 늦둥이 동생인가 보네잉. 웃는 게 명희 니랑 똑 닮았다.
명희   (웃고) 그런가… 근디, 무슨 일로 기다리셨어요?

수찬   명희야. (뜸 들이다, 마음 다치지 않게) 황희태랑은… 뭔 사이여?

그걸 어떻게? 철렁해서 보면… 명희 표정에서 수찬, 외면하고 싶
던 진실을 확인한다. 우려의 한숨으로 명희를 보던 수찬, 난간 끝
에 선 사람 설득하듯 조심스레 입 뗀다.

수찬   괜찮애. 실수는, 바로잡으믄 돼. 넌 시방 황희태한테 속고 있는
          거고,
명희   실수… 아니에요. 속은 것도 아니고요.
수찬   (애타는) 명희야. 황희태 그 사람, 좋은 남자 아녀. 니가 엮일만한
          그런 사람이 아니라고.

명희	제가 선택했어요.

수찬	(보면)

명희	저 평생 양보하고 포기만 하면서 살았어요. 용기가 없어서… 황
	희태 씨는… 그런 제가, 처음으로 용기 낸 선택이에요.

수찬	(아프게 보고)

명희	욕을 하시고, 돌을 던지셔도… 제 선택이니까, 제가 감수할게요.

수찬	(울컥) 그니까 명희 니가 왜, 왜 그딴 놈 때문에 돌을 맞아야 하
	냐고.

애끓는 마음에 눈시울 붉어지는 수찬. 그런 수찬 마음을 알아채
고 아프게 보는 명희.

명희	…죄송해요.

말문이 막히는 수찬, 체념으로 보면… 복잡한 마음으로 보던 명
희, 시선 떨구고.

S#46   고급 바 (밤)

상심해 홀로 술 마시는 수찬. 쓰게 술 마시고 따르면서, 과거 장면
들 떠올린다.

인서트　　**고급의상실 (낮/회상-5화 37씬)**

명희 발밑에 화려한 구두를 놔주는 수찬. 명희 신어보면, 어울려서 수찬 싱글벙글.

인서트　　**연회장 앞 (저녁/회상-5화 54씬 직후)**

약혼식 손님 맞이하던 수찬, 명희 오면 반갑게 '어, 명희야!' 하고 인사하는데. 무심코 명희 발 보면… 앞에서 사준 화려한 구두가 아닌, 희태 사준 구두 신고 있고. 어? 순간 의아하고 서운하지만, 명희 향해 애써 밝게 웃어 보이는 수찬의 모습에서

명희(E)　　제가 선택했어요.

다시 현재. 슬픈 눈으로 회상에 젖어 있다가, 다시 술을 마시는 수찬.

S#47　　**수련 집 거실 (밤)**

수련 현관문 열면… 쓰러지듯 집 안으로 들어오는 수찬, 만취해 비틀거리고. 놀란 수련, '오빠!' 하며 부축하고. (cut to) 소파에 겨우 수찬을 앉히는 수련.

수련　　(힘들어) 아니, 뭔 술을 이리 취할 때까정… 안 그러던 양반이 요새 왜 이란대? (겉옷 벗기며) 저 아저씨. 옷이나 좀 벗고…

수찬	이수련이. 니… 황희태 좋아하냐?
수련	(멈칫했다가 계속 겉옷 벗기며) 취해부렀네. 뭘 그딴 거를 묻고…
수찬	(벗기던 수련 손 잡고서) 대답해 봐… 황희태, 좋아해?
수련	(난감하게 보다가, 대충 둘러대는) 아따, 그럼 뭐 싫은디 약혼할까.
수찬	글믄 가는… 황희태는, 니 좋아한대?
수련	(보다가) 왜 그런가, 자꾸. 뭔 말을 하고 싶은데.
수찬	니는 왜 하필 좋아해도 그런 놈을 좋아해. 하고많은 남자 중에 왜…

수찬, 술기운에 못 이겨 몸 기우뚱하면… 어, 수찬 넘어지지 않게 잡는 수련. 수련 품에 안겨서 수찬, 만취해서 헛소리처럼 중얼거리는데…

| 수찬 | 명희도 니도 왜… 그딴 놈한테, 왜… |

수련, 수찬에게서 명희 얘기 나오자 철렁하고… (cut to) 소파에 누워 잠든 수찬. 그 옆에 앉아 생각에 잠긴 수련, 피가 식는 기분이고. 뭔가를 결심하는 눈빛에서.

S#48 명희 하숙집 마당 (아침)
대문으로 걸어가며 명수를 배웅하는 명희.

| 명희 | 거, 데려다준다니까는… |

명수	아따, 애기도 아니고. 나 지도만 있으믄 나주 집까지도 찾아간당께?
명희	하여튼 똥고집… 차 조심허고. 뭐 놔두고 가는 건 없제?
명수	잉. 담에 통닭이나 사 와. (대문 나가며) 아따, 나오지 말어. 간다잉!

명수 애어른 말투에 피식, 대문 닫히는 모습 웃으며 보던 명희.
집 안으로 들어가려는데, 초인종 소리 들리면 으이그… 대문으로
되돌아가는 명희.

명희	(대문 밖 향해) 것 봐라. 뭐 또 놔두고 갔제?

명희, 무심코 대문 열어서 보면… 굳은 표정으로 서 있는 수련이다.

S#49 골목길 일각 (아침)
자리를 옮기고 마주 선 명희와 수련.

명희	쩐번엔 미안. 집안 행산디, 니한테 말도 없이…
수련	느그들, 꼭 이렇게까지 해야 돼?
명희	(보면)
수련	둘이 좋아하는 건 알었어. 근디 고거를 혜건이에, 우리 오빠까정 알아야겄냐? 꼭 이라고 나 바보 만들면서 법석들을 떨어야겄어?
명희	수련아. 법석을 떤 것이 아니라, (한숨) 그 혜건이랑 수찬 오빠는…
수련	(O.L, 울컥해서) 어차피 갈 사람이잖애, 니는!

명희	(말문 잃고 보다가) 뭐?
수련	(순간 아차 하지만) 인자 니 출국 한 달도 안 남았잖애. 니한텐 몇 주 잠깐이지만, 나나 우리 가족은…
명희	그때랑 똑같네.
수련	뭐?
명희	또… 나만 떠나믄, 해결되는 거여?
수련	!!

S#50   고등학교 (낮/회상-명희와 수련 여고 시절)

공부하던 명희 앞에 앉는 수련, 스크랩한 기사(시국선언 사제단 연행) 탁 내려놓으며

수련	명희야. 여기 연행된 사제단, 느이 성당 신부님도 포함이제? (의지로 눈 반짝) 나한티 괜찮은 계획이 하나 있는디… 명희 니도 같이 할래?
명희	(보다가 미소로) 계획이 뭔디?

(cut to) 수련과 명희, 학교 곳곳에 대자보 붙이고, 등굣길에 전단 나눠주는 모습.

(cut to) 수업 중인 교실, 문 두드리더니 형사 둘 들어온다. 잠시 교사와 얘기하더니 교사가 명희를 가리키면, 멈칫 놀라는 명희. 연행하려 명희에게 다가가는 형사들.

(cut to) 며칠 후, 아이들 와글와글 창가에 모여서 뭔가를 구경하

고 있으면, 수련이 그 옆으로 다가가서 창밖 보는데… 홀로 운동
장을 가로질러 걸어가는 명희.

여고생1   명희 오늘 자퇴서 냈대. (작게) 교내 시위 땜시.
여고생2   아니 왜 명희만? (수련 슬쩍 보고)

수련, 홀로 떠나가는 명희 뒷모습을 흔들리는 시선으로 아프게
보는데.

S#51   골목길 일각 (아침)

다시 현재. 흔들림 없는 명희 시선 앞에 과거 그 순간처럼 흔들리
는 수련의 눈동자…

수련   니 그동안… 그렇게 생각하고 있었냐?
명희   (말없이 보면)
수련   (글썽, 모진 말) 그간 그거 숨기고 친구 노릇 하느라 고생 많았네.

수련, 눈물 흐르기 전에 돌아서고. 명희도 붉어진 눈가로 가는 수
련 보다가…

S#52   길거리 (낮)

약속 장소에 나와 있는 명희. 착잡한 심경에 잠시 상념에 잠겨 있

는데… 그때, 놀래주려고 살금살금 다가오는 희태 모습 상점 쇼윈도에 비쳐서 휙 돌아보면

희태   (화들짝) 오메, 깜짝이야…! 아 뭐야, 내가 더 놀랐잖아요.

명희   (픽 웃음 터지고) 놀랄 땐 꼭 오메 소리 하시더라.

희태   그럼 뭐 놀랄 때도 서울말로 놀랄까. (시계 보고) 일부러 일찍 나왔는데, 나보다 더 일찍 나오셨네. 많이 보고 싶었나 봐요?

명희   아니 뭐… 꼭 그런 건 아니고.

희태   (웃고) 우리 정식으로 하는 첫 데이트인데, 하고 싶은 거 없어요?

명희   그냥, 다 평범한 거라… 희태 씨는 뭐, 하고 싶은 거 있어요?

희태   (눈 반짝) 말하면, 다 할 수 있어요?

어쩐지 엉큼해… 명희가 한 대 툭 때리면, '아니 왜…?' 억울한 웃음 짓는 희태. 손 뻗어 명희 손 잡는 희태. 잠시 미소로 서로 보다가 발걸음 옮기는 두 사람.

S#53   몽타주 − 희태와 명희의 데이트 (낮)

빵집에서 빵 사 먹는 두 사람. '어? 묻었다' 하며 자상하게 생크림 묻히는 희태.

레코드점에 들어가 각자 마음에 드는 음반 하나씩 고르는 두 사람. 명희 고민 끝에 앨범 하나 꺼내 들어 보이면 오오…! 구린 명희 음악 취향에 감탄하는 희태. 헌책방의 명희, 맘에 드는 책 한 권 골라 돌아보면… 책 푹 빠져서 읽고 있는 희태.

미간까지 찌푸리며 집중해 읽는 희태 모습에 명희 픽, 웃음 터지고. 잠시 그대로 멀찍이 서서 희태를 바라보는 명희… 여러 생각에 미소 씁쓸해지고.

S#54   수찬 사무실 앞 (낮)

사무실로 출근하던 수찬, 사무실 건물 안에서 나오는 한 남자를 마주친다. 기사가 후다닥 차 문 열면, 거들먹거리며 타는 남자 의아하게 보는 수찬 모습에서…

S#55   수찬 사무실 (낮)

앞 장면 남자의 사진이 붙어있는 이력서를 확 구겨버리는 수찬, 앞에 앉은 창근에게

수찬	생판 처음 보는 사람이 공동대표라뇨! 아이 뭐 상납까진 그래, 관습이라 치고 넘어간대도, 이따위 인사개입은 월권이요. 절대 안 됩니다, 아부지!
창근	나라고 그걸 모르겠냐. 이번 건은… 어쩔 수 없이 그라고 됐다.
수찬	(보다가) 황기남, 그 사람 짓이요?
창근	(착잡하게 끄덕) 요번만 그짝 뜻대로 하믄, 앞으론 이런 수모 없게 해준단다. (한숨) 더러워도 어쩌겄냐, 식구 될 사인디… 따라야제.

밀려오는 모욕감과 분노로 주먹을 꽉 쥐는 수찬, 결심한 듯 창근

에게 말한다.

수찬　끌려다닐 거 없이… 수련이, 파혼시켜요.
창근　…뭐?
수찬　황희태 그놈… 여자 있어요.

S#56　음악다방 (저녁)

구석 자리에 앉은 희태와 명희. 메모지에 '출국 전에 할 것' 리스트 끄적이던 희태, 다방에서 존 덴버의 〈Annie's song〉 흘러나오면 반갑게 고개 들면서…

희태　어, 내 신청곡이다. (다시 펜 들고) 자, 또! 또 뭐하고 싶어요?
명희　또? (흠, 생각하다가) 아, 나주 가야 돼요. 그간 전화만 하고, 집에 못 간 지가 좀 돼가꼬… 근무 없을 때 한번 들를라고요.
희태　오케이. (글씨 적는) 나주 집 가기… 괄호 열고, 희태랑 같이.
명희　아따, 희태 씨가 거길 왜 간대요. 가서 뭐라 소개할라고…
희태　뭐라 하긴, 애인이라 해야지. 저 맘 먹으면 어른들이 엄청 이뻐해요. 마음을 자주 안 먹어서 그렇지. 같이 가요, 나주! (별표치고)

명희, 그런 희태 바라보며… 복잡한 생각들이 또 마음을 어지럽히는데, 글씨 적던 희태, 생각 많은 명희 알아채고 빤히 보면… 명희, 마음 들킬까 재빨리

명희	희태 씨 신청곡, 노래 좋네. 제목이 뭐대요?
희태	(흠… 보다가 미소로) 먼저 말해주면, 얘기해줄게요.
명희	저요? 노고지리의 찻잔… (하는데)
희태	(웃고) 아니, 신청곡 말고요. 온종일 무슨 생각 하느라 자꾸 그렇게 슬픈 눈이 되는 건지 묻는 건데요.

잠시 마주 바라보는 희태와 명희. 심란한 명희, 먼저 시선 떨구며…

명희	저 하나 좋자고… 너무 많은 사람을 힘들게 하는 거 같아요. 그래서 행복하다고 느낄 때마다… 나쁜 사람 같아요, 제가.
희태	(안타깝게 보다가) 말을 하지… 왜 자꾸 힘든 걸 숨겨요?
명희	희태 씨도 숨기잖아요. 힘들어하면… 후회하는 것처럼 보일까 봐.
희태	(보면)
명희	저는 후회 안 해요. 근데 후회하지 않는다고, 힘들지 않은 건 아니잖아요. 강하고 좋은 모습이 아니어도… 다 보여줄 수 있음 좋겠어요, 서로.

조곤조곤 용기 있게 자기 마음을 이야기하는 명희 보는 희태, 가슴 깊은 곳에서 난생처음 느끼는 애틋함이 차오르고. 그런 자기 마음 들킬까, 부러 장난스럽게

희태	명희 씨 이제 큰일 났다. 나 사실 엄살 왕인데. 이제 만나면 종~일 힘든 것만 얘기해야겠다.

명희	그래요, 다 들어줄 텐께. (하고) 뭐 그래서, 노래 제목은 뭐대요?
희태	(대답 없이, 턱 괴고 애틋한 미소로 보는)

S#57 수련 집 거실 (저녁)

기남, 수련네 집 안으로 들어오며 보면… 평소와 달리 굳은 표정
의 수찬과 창근.

기남	사돈께서 이렇게 먼저 연락을 다 주시고. 무슨 일이십니까?
창근	(단호히) 일단, 앉으시죠.
기남	(심상치 않은 분위기의 두 사람 보는)

S#58 길거리 (저녁)

수련, 가방에서 시국선언 전단지 꺼내 거리 구석구석 몇 장씩 몰
래 두면서 걷다가 바깥 진열장에 TV들 놓여있는 전파사 앞에 우
뚝 멈춰, TV 속 뉴스를 본다.
'서울 市內(시내) 6개 大學(대학) 학생들 일제히 거리로' 따위의 자
막이 띄워진 광화문에 쏟아져나온 서울 대학생들의 시위 영상을
보며 심장이 뛰는 수련.

S#59 수련 집 거실 (저녁)

집에 들어오던 수련 보면, 심각한 표정으로 앉아있는 창근과 수찬.

그리고 그 맞은편에 앉아있는… 기남. 심상치 않은 셋 분위기에 수련, 불길한데.

수련	(주춤, 다가가며) 뭔… 일이대요?
창근	(한숨) 놀라지 말고 들어라잉. 니 약혼자한테… 딴 여자가 있단다.
수련	!!
수찬	유책 사유는 그 댁에 있응께, 서로 문제 일으키지 말고 정리하시죠.
기남	(차분히) 이번 일에 대해서 따님은, 전혀 아는 바가 없었나요?
수찬	(발끈) 그걸 알았으믄, 약혼했겠습니까?
기남	(수련 바라보며) 그러니까… 희태에게 여자가 있다는 것도, 그 여자가 누구인지도, 따님은 전혀 아는 바가 없다는 거죠?

수련, 뭔가를 알고 있는 듯 흔들림 없는 기남 눈빛과 가족들의 분위기에 압도되어 눈빛 흔들리다가, 자기도 모르게 고개 끄덕이면, 기남 입가에 쓴 미소 스치고.

기남	(정중하게) 면목 없습니다. 이게 다 자식 잘못 키운 저의 부덕입니다. 하지만, 어렵게 맺은 두 집안의 연을 어찌 이런 일로 정리할 수 있겠습니까. 한 번만 기회를 주시면 제가 책임지고… 다 바로 잡겠습니다.

S#60   명희 하숙집 근처 골목 (밤)

함께 길을 걷는 명희와 희태. 재잘거리는 명희를 미소로 보며 걷
는 희태.

명희   원래 이라고 이틀 연속으로 쉬는 날이 거의 없었거든요. 어디나
         그렇겠지만 중간 연차들 숫자가 적어가꼬. 그나마 후배 중에 인
         영이라고 있는디, 가가 신규라 일도 어설픈디 나 생각한다고 근
         무 짤 때 꼭…

애틋하게 명희를 보던 희태, 문득 슬퍼지고. 그 감정 들키지 않으
려 표정 관리하면…

명희   (헙, 입 다물고 눈치) 시방 재미없죠잉?!
희태   예? 아뇨, 나 재밌게 듣고 있었는데 왜. 계속해요.
명희   (창피) 지루하믄 눈치를 주라고요… 가만히 들웅께 계속 떠벌렸네.
희태   안 지루해요. 얼른 계속해요. 괜찮은데, 진짜로…
명희   (딱밤 한 대 때리고) 괜찮담서, 왜 그런 소눈을 하고 있대요?
희태   (말 안 하고 머뭇거리면)
명희   이잉? 바로 아까 서로 다 얘기하자 해놓고. 어이 엄살 왕, 이러
         기요?
희태   …불안해서요.
명희   (보면)
희태   너무 행복하니까… 내 인생이 절대, 나 좋으라고 이렇게 풀린 적
         이 없는데… 일부러 짓궂게 높이 높이 비행기 태우다, 하루아침

에 떨어질 거 같아서, 불안해요.

눈물까지 글썽이는 희태, 뒤늦게 민망해 '그냥 엄살 왕의 헛소리…'라며 수습하려면, 묵묵히 바라보던 명희, 불쑥 솟은 용기로 희태에게 다가가 가볍게 입을 맞춘다.
희태 잠시 놀라 보다가… 쑥스러운 명희 돌아서려면, 붙잡아 다시 입 맞추고. 긴 입맞춤 후, 서로 애틋하게 바라보는 두 사람.

희태   (작게) 오늘도 집 앞까진 안 되죠?
명희   (웃으며 끄덕) 또 봐요, 내일…

희태 미소로 끄덕. 명희 아쉽게 발걸음 떼면, 아쉬워 가는 뒷모습 계속 보는 희태. 명희 중간에 뒤돌아 빨리 가라 손짓하면 '알았어, 알았어' 하며 뒤도는 희태.

S#61   **명희 하숙집 앞 + 길거리 (밤)**
두근거리는 가슴 안고 걸어가는 명희, 희태 생각에 수줍은 미소 떠오르고. 익숙하게 하숙집 대문 열려던 순간… 뒤에서 획! 복면 따위를 뒤집어씌우는 괴한! 같은 시각 걸어가던 희태, 명희 생각에 주머니에 손 넣어 명희의 귀걸이 꺼내 본다.
하숙집 앞 명희, 비명도 채 지르지 못하고 괴한들에 의해 순식간에 승합차 태워진다. 승합차 부웅 떠나면, 아무 일도 없었던 것처럼 고요한 하숙집 대문 앞.

희태 보면, 클립 부분 부러진 귀걸이. 부러진 부분 만지며 불길한 희태 표정에서…

6화 END